Playlist meines Lebens 2.0

Jörg Marenski

Playlist meines Lebens 2.0

15 Erzählungen, Krimis
und Novellen

Impressum

Bibliografische Information der Deutschen
Nationalbibliothek:
Die Deutsche Nationalbibliothek verzeichnet diese
Publikation in der Deutschen Nationalbibliografie;
detaillierte bibliografische Daten sind im Internet über
http://dnb.dnb.de abrufbar.

© 2020 Jörg Marenski

Herstellung und Verlag: BoD – Books on Demand,
Norderstedt

ISBN: 9783837079821

Vorwort

Nachdem ich bereits die Anthologie „Der Spieler", basierend auf Titeln des Rockmusikers Achim Reichel, veröffentlicht hatte, stellte ich fest, dass es erheblich mehr Lieder gibt, die in meinem Leben eine wichtige Rolle gespielt haben. Was liegt also näher, als einen weiteren Band zu veröffentlichen, nur dieses Mal noch persönlicher.

Was erwartet Sie als Leser/in? Teilweise Fiktion, teilweise dokumentarische Erlebnisse … mal humorvoll, mal nachdenklich oder auch einfach nur spannend. In jedem Falle spiegelt jedes Kapitel eine Facette meines eigenen Lebens oder aber meiner Einstellung zu manchen Dingen. Mit jeder Story ist ein Lied verbunden und diese Verbindung erläutere ich kurz.

Dieses Buch ist also eine Art Zeitreise, von den 60ern bis in die Gegenwart. Bitte begleiten Sie mich dabei! Möglicherweise finden Sie sich selbst darin wieder, fühlen sich an selbst Erlebtes erinnert oder Sie teilen mein Erschrecken über manche Ereignisse.

Sie werden feststellen, dass ich mich sehr oft auf Titel von Reinhard Mey beziehe. Das liegt einfach daran, dass mich dieser „Meister der Worte" nicht nur musikalisch, sondern auch als eine Art moralischer Kompass geleitet hat.

Also seien Sie willkommen in meiner Welt …

Inhaltsverzeichnis

1

Interpreten: Simon and Garfunkel

Erscheinungsjahr: 1970

Ohne Hermann Schüller aus Düsseldorf Benrath wäre diese Novelle niemals entstanden. Hermann, oft auch als „Bürgermeister der Paulsmühle" bezeichnet, hatte in langen Gesprächen mit meinem Freund Andreas Vogt ein besonderes Bild von diesem Teil Benraths gezeichnet. Dazu gehörten auch historische Anekdoten, deren Zeitzeuge er gewesen ist. Hermann weilt nicht mehr unter uns, aber wenn man an einen Himmel glauben will, dann wird er sicher mit Wohlwollen auf seine Paulsmühle herabblicken und deren Entwicklung mit großem Interesse verfolgen. Mein Vater war selbst großer Boxfan und kannte Max Schmeling wohl auch persönlich. Daher durfte ich in frühester Jugend auch schon nachts die Live-Übertragungen der Boxkämpfe von Muhammad Ali mit ansehen und wurde so selbst zum Fan. So entstand diese fiktive Novelle, die aber auf realen Ereignissen basiert.

The Boxer (K.O. in der 6. Runde)

Geht es Ihnen manchmal auch so? Manchmal springt Sie eine Erinnerung an, aus nichtigem Anlass. Ein Aufblitzen, ein Wimpernschlag, ein Blick, ein Geruch, eine Örtlichkeit … und schon geht der Verstand auf Reisen. So geht es mir gerade. Ich stehe auf dem Parkplatz eines Discounters, an der Telleringstraße. Habe ich nichts vergessen? Was ist noch zu erledigen? Noch schnell einen Schluck aus der Wasserflasche … schmeckt seltsam … wie damals, als mein Vater mit mir Angeln gegangen war. Das Wasser damals hat auch so abgestanden geschmeckt. Was hatte er mir damals eigentlich erzählt? Es war einer dieser besonderen Momente gewesen. Ich erinnere mich jetzt … ja klar, er erzählte mir vom Boxen und dass er Max Schmeling persönlich gekannt habe. Was einem manchmal so durch den Kopf schießt! Mein Blick gleitet zum Haus auf der anderen Straßenseite. Ich lese die Bezeichnungen Stehcafé, Presse und Atlas Fitness-Center. Moment, hat mir nicht vor kurzem mein Freund Andreas von diesem Haus erzählt? Nein, nicht von DIESEM Haus, sondern dem, dass früher an dieser Stelle stand, dem „Haus Wagner".

Im „Haus Wagner" war eine Kneipe beheimatet gewesen und in deren hinteren Räumen hatte man einen Trainingsraum für Boxer eingerichtet, erzählt man sich. Und da hatte Schmeling seine ersten Meriten in dem Sport erzielt, der später sein Leben bestimmen sollte. Vater hatte eher beiläufig berichtet, dass er gemeinsam mit Schmeling einen Einsatz als Fallschirmjäger im 2. Weltkrieg gehabt habe. Es kann nicht die Landung auf Kreta gewesen sein, dieses menschliche und militärische Desaster war meinem Vater erspart geblieben. Ja, und noch später haben die beiden sich angeblich einmal im Hause von Heinz Rühmann in oder bei Berlin getroffen. Mein Vater war ein eher fantasieloser Mensch, der sich mir gegenüber nie mit irgendetwas gebrüstet hatte. Er war ein typischer Vertreter seiner Generation gewesen, die über das Erlebte und Erlittene lieber geschwiegen hatte.

Eigentlich müsste ich jetzt ja weiter, noch all die anderen Dinge erledigen, die so wichtig sind. Aber meine Gedanken schweifen weiter ab … begeben sich auf eine Reise … eine Zeitreise in ein Deutschland, ein Düsseldorf, von dem heute kaum noch Spuren zu sehen sind. Langsam zerfließt vor mir der moderne Backsteinbau mit seinen angesetzten weißen Balkonen und weicht einer anderen Ansicht … ein eher marodes Haus, ursprünglich weiß, der Putz an vielen Stellen abgeblättert, die Fenster schmutzig, und neben der Tür prangt ein Schriftzug: „Haus Wagner".

***

Es war am 1.6.1924, als Max Schmeling langsam über die Paulsmühlenstraße auf das „Haus Wagner" zuging. Jetzt, um 20 Uhr, begann die Dämmerung. Die Mütter riefen ihre Kinder ins Haus, die nach dem Abendbrot doch noch schnell für ein Viertelstündchen mit den Kameraden hatten spielen dürfen. Vereinzelt wurde er noch erkannt und er lüftete grüßend den Hut. Wie anders war doch die Anreise heute im Vergleich zu seiner Ankunft damals im Jahr 1922 gewesen! Damals Holzklasse, heute 2. Klasse mit bequem gepolsterten Sitzen. Ja, es war ihm gut ergangen seit damals, aber er hatte nie vergessen, wie es gewesen war: als 17-jähriger in einer fremden, großen Stadt, allein, keine Wohnung, keine Arbeit, kein Mensch, an den er sich wenden konnte. Die erste Nacht hatte er noch auf einer Parkbank und in einer Polizeiwache verbracht. Sein Jugendfreund aus Hamburg, Matthias, hatte ihm geraten, Hilfe bei dessen Eltern zu suchen. Das hatte sich als Fehlschuss erwiesen, denn sie konnten ihm weder ein vorübergehendes Nachtlager noch Unterstützung bei der Suche nach einer Arbeitsstelle geben.

Max hatte sich irgendwie durchgebissen, ein möbliertes Zimmer unterm Dach auf der Flenderstraße gefunden und sich als sogenannter Kostgänger bei „Witwe Schlösser" auf der Schulstraße angemeldet. Ob es bei ihr immer noch die großartigen Kohlrouladen gibt, so richtig zum Sattessen? Er wollte es morgen Mittag direkt ausprobieren. Jetzt stand er vor der Tür des „Haus Wagner". Dumpf drang das Stimmengewirr der Gäste durch die nur angelehnte Pforte und es wurde von den leidlich gut gespielten Klängen eines Akkordeons noch diffuser gemacht. Als Max die Kneipe betrat, erkannte er das Stück: Veronika, der Lenz ist da. Na ja, DER war nun schon fast vorbei, dachte er sich und nickte dem Wirt zu, dass er nach hinten in die Boxhalle wollte. Der Lärm in der Bierschwemme wäre eh zu laut für ein Gespräch über drei Köpfe hinweg gewesen. Der Wirt war immer noch der gleiche wie zu seiner damaligen Zeit in Düsseldorf. Ein Spanier namens Jesus, der mit seiner Frau gemeinsam das „Haus Wagner" betrieb und für seine hervorragende Küche bekannt war.

Der Boxer war froh, dem dichten Zigarren- und Zigarettenqualm entfliehen zu können. Gut, wirklich besser war es in der Boxhalle auch nicht, deren Luft von Schweiß und Lederfett gesättigt war. „Das riecht hier ja wie im Pumakäfig. Sind denn neuerdings die Fenster verriegelt?" Max hatte sich, ganz gegen seine üblichen Gewohnheiten, mit lauter Stimme Gehör verschafft. Augenblicklich stellten die Männer ihre Aktivitäten im Ring, am Sandsack, an der Boxbirne oder mit den Springseilen ein und blickten zu dem Störer. Als Erster erkannte ihn der ältere Mann, der am Boxring stand. „Mensch, Maxe, das ist ja eine Freude! Welcher günstige Wind hat dich denn mal wieder her geweht?" Max eilte auf ihn zu und schüttelte dem Freund herzlich die Hand. „Karl, das ist ja eine Freude, dich direkt zu treffen. Ja, liest du denn keine Zeitungen mehr? Ich boxe in Düsseldorf, ein richtig großer Kampf. Gegen den Czapp, in der Tonhalle." Karl Klein legte den Arm um die Schulter seines jungen Schützlings und führte ihn in eine ruhige Ecke des Raumes. „Weißt du, ich bin im Moment nicht so ganz auf dem Laufenden. Meiner Frau ging es eine lange Zeit nicht gut und ich musste mich um sie kümmern. Da verliert man Sportnachrichten ganz aus dem Blick. Nicht böse sein"

Wie hätte Max böse sein können? Kleins Frau hatte sich ihm gegenüber immer wie eine Mutter verhalten und nie gemurrt, wenn ihr Mann mal wieder mit dem Jungboxer zum Training gegangen war. "Nein, Karl, wie geht es Ilse denn jetzt? Ist sie wieder auf dem Weg der Besserung?" Klein winkte traurig ab. „Erzähl mal lieber, wie es dir ergangen ist und was ich für dich tun kann. Du bist doch nicht nur aus Spaß an der Freud hierhergekommen." Schmeling grinste. „Nein, ich würde mich gerne hier auf den Kampf vorbereiten. Kannst du mir ein paar Sparringspartner besorgen? Aber bitte kein Fallobst, ich muss absolut in Spitzenform gegen Czapp sein, sonst ist mein erster Profikampf zugleich auch mein letzter." Klein überlegte kurz und nickte dann energisch. „Pass auf: wie ich sehe, hast du ja deine Tasche mit. Also zieh dich direkt um und mach dich warm. Du weißt ja hoffentlich noch, wo alles ist. Hier hat sich ja doch nichts verändert. Ich hab sogar einen Kandidaten direkt hier, den Willi Boeselager. Ist noch in den Anfängen, hat aber großes Potential. Unheimliche Nehmerqualitäten, der steckt Dinger weg, die lassen Andere im Krankenhaus landen." Klein machte die beiden Männer miteinander bekannt und so begannen die Vorbereitungen für das erste Training in Benrath.

Als Max und Willi nach dem Kampf nebeneinander an den großen, steinernen Waschbecken standen, trat Klein von hinten an sie heran. „So, Max, ich hab mich mal mit den Trainern zusammengesetzt. Wir können dir folgendes Angebot machen: du kannst ab sofort hier jeden Tag für drei Stunden trainieren. Wir stellen dir Geräte und Waschzeug und du bekommst von uns noch vier zusätzliche Sparringspartner zu Willi. Das geht doch für dich in Ordnung, Herr Boeselager?" Willi grinste schief. „Wenn ich zwei Tage Pause bekomme und dann meinen Kiefer wieder fühle, ist das für mich in Ordnung." Damit ließ er sein feuchtes Handtuch auf Max' nackten Rücken klatschen und verabschiedete sich: „Mach's gut, Max, und danke für den Kampf. Bist ein echt harter Brocken." Max dankte ihm und sagte zu Klein: „Karl, ich wollte mich noch mal bei dir bedanken. Du hast recht, ich hätte mich vorher melden sollen, aber das Angebot kam so unerwartet, dass ich nicht wusste, wo mir der Kopf stand. Toll, dass ihr mir so entgegenkommt. Und was muss ich euch für die Trainingszeiten zahlen?" Klein winkte ab. „Lass mal, es gereicht uns zur Ehre, dass ein künftiger Champion bei uns angefangen hat und …" „Halt den Ball flach, Karl, noch ist der Kampf nicht gewonnen." „Stimmt, und morgen früh um Punkt 7.00 Uhr sehe ich dich vor dem Benrather Schloss. Lockeres Laufen, Dehnen, Schattenboxen, danach einige Sätze Sprints. Wir wollen doch mal sehen, wie es um deine Fitness steht."

Besser hätte dieser Abend kaum für Schmeling enden können. Zufrieden pfeifend schlenderte er durch das Paulsmühlenviertel und machte sich auf den Weg in das Park-Hotel an der Hauptstraße[1]. Das war schon etwas Anderes als die Nächte auf Parkbänken und Bahnhöfen. Der Spaziergang nach dem anstrengenden Training hatte Max gutgetan. Jetzt wollte er nur noch ins Bett. Der Portier begrüßte ihn höflich und händigte ihm neben seinem Zimmerschlüssel noch ein Kuvert aus, das als Beschriftung lediglich den Namen des Boxers trug.

---

1   Die Lage des im Jahr 1938 abgerissenen Hotels befand sich auf Höhe der Einmündung Heubesstraße

In seinem Zimmer angekommen hing Max seinen Mantel an den Haken und ließ sich angezogen auf das Bett fallen. Neugierig riss er den Umschlag auf und zog einen kleinen, handgeschriebenen Zettel hervor. Auf diesem stand folgender Text: „Willkommen in Düsseldorf, Herr Schmeling. Ich würde mich gerne einmal mit Ihnen über ein lukratives Geschäft unterhalten. Erlauben Sie mir bitte, Sie morgen Abend in Ihrem Hotel aufzusuchen. Ein wohlgesonnener Freund." Nachdenklich legte er seine Stirn in Falten. Was war das denn für eine seltsame Nachricht? Anonym und so kryptisch. „Naja, wir werden sehen, was sich da ergibt" dachte Schmeling bei sich. Jetzt war es allerdings höchste Zeit zu schlafen, denn er wusste, dass Karl extrem auf Pünktlichkeit Wert legte.

Der Schlaf war erholsam, aber sehr kurz gewesen. Nach einem kleinen Frühstück hatte Schmeling sich einen Trainingsanzug und ein paar Laufschuhe angezogen und traf gerade noch rechtzeitig ein. Karl wartete schon mit seinem Fahrrad und scheuchte den Boxer die nächsten zwei Stunden durch den Schlosspark, entlang des Spiegelweihers und zum Abschluss gab es noch ein paar Runden Schattenboxen vor der Orangerie. Max fühlte sich gut und Karl war sehr zufrieden mit der Fitness seines Schützlings. Sie verabschiedeten sich voneinander mit der Vereinbarung, sich gegen 18 Uhr wieder im „Haus Wagner" zu treffen, um dort das Boxtraining fortzusetzen.

Schmeling gönnte sich eine kleine Pause und fuhr mit der Straßenbahn in die Innenstadt. Im Café Hemesath verwöhnte er sich mit einem Stück „Euer-Torte[2]". Ein sanfter Wind wehte über die Allee und brachte die schicken Kleider der vorbei flanierenden Damen bauschend zur Geltung. Hier war alles so schick: Herren mit hellem Sommeranzug, Melone, Gamaschenschuhen und Hemd mit „Vatermörder-Kragen". Sportliche Männer mit Schlägermütze, Knickerbockerhose und karierter Weste. Damen mit kurzem Charleston-Kleid, langer Perlenkette, gewagtem Hut und überlanger Zigarettenspitze. Die Menschen wirkten alle wie aus den Wochenschauberichten, die er in den Lichtspielhäusern gesehen hatte. Omnipräsent waren aber auch französische Soldaten in Uniform, da das Rheinland immer noch von französischen Truppen besetzt war. Bevor er ins Paulsmühlenviertel zurückkehrte, machte er einen Zwischenstopp bei der Post, um ein Telegramm an seine Mutter zu senden. Schließlich hatte er versprochen sich zu melden.

Karl war natürlich schon vor Ort, als Max den Trainingsraum betrat. Nur noch schnell umziehen und schon ging es ans Warmmachen: Seilspringen, Liegestützen, Rumpfbeugen, wieder einmal an den Sandsack. Karl zog sich Trainingspratzen über, um mit Max einige Schlagkombinationen einzustudieren.

---

2   Euer-Torte war die Spezialität eines Bäckers aus Wülfrath, der seine Produkte auch bei Spitzen-Konditoren verkaufte

Plötzlich ging die Tür auf und ein gut gekleideter Mann trat in Begleitung einer jungen Frau herein. Mochte man noch über den Grund seiner Anwesenheit grübeln, war das Geheimnis mit einem Blick auf dessen Tasche gelüftet, ein klassischer Arztkoffer. Es handelte sich um Dr. Gernot Messing, niedergelassener Internist und selbst bekennender Boxfan. Für ihn war es eine Selbstverständlichkeit, als Ringarzt und medizinischer Betreuer für den "Ring- und Stemmclub Gleichheit" zur Verfügung zu stehen. In seiner Begleitung befand sich seine Sprechstundenhilfe Renate Kraft. Diese blonde Schönheit hielt sich zwar im Hintergrund, war aber Max direkt beim Eintreten aufgefallen. Er war von ihrer Erscheinung offenbar so abgelenkt, dass er die von links kommende Pratze seines Freundes und Trainers nicht sah und dieser einen Volltreffer auf Max' Mund landete. „Junge, wo bist du nur mit deinen Augen? HIER spielt die Musik. Für die schönen Damen hast du später noch Zeit. Lass mal gucken. Auweia, das sieht aber mies aus." Karl winkte direkt Dr. Messing herbei. Klein stellte seinen Schützling vor. „Das ist Max Schmeling ein Naturtalent. Der wird es mal weit bringen, das sage ich Ihnen, Herr Doktor … sofern er sich besser konzentriert", beendete er mit gespieltem Ernst den Satz. Messing besah sich das Malheur und schüttelte den Kopf. „Nee, mein Junge, dafür brauchst du mich nicht, das kann auch meine Assistentin machen. Renate, die Blutblase an der Unterlippe bitte punktieren und danach mit Alkohol reinigen. Zum Schluss dann noch etwas Alaun drauf. Das wird ganz schön beißen, junger Mann, aber Sie wissen ja, Schmerz erzieht."

Damit wandte er sich dem Ring zu, in dem zwei Kontrahenten aufeinander eindroschen, einer von ihnen mit mehr Begeisterung als Können. Sein Gegner war in der Szene bestens bekannt, Hans Peter Auschrath, genannt „Happy". Er war bekannt dafür, seine Gegner mit einem Leberhaken außer Gefecht zu setzen. „Da drüben werde ich wohl gleich mehr gebraucht", verabschiedete sich der Mediziner. Renate trat auf den jungen Boxer zu und öffnete die Tasche. „Würden Sie sich bitte hinsetzen? So weit hoch reichen meine Arme nicht." Tatsächlich überragte der Hüne die junge Frau um fast zwei Köpfe. Gehorsam nahm er auf einem Schemel Platz und hob den Kopf in den Nacken. „Das wird jetzt gleich etwas pieken", warnte Renate, als sie die Nadel ansetzte. Schmeling verzog nur kurz das Gesicht, wollte sich aber keine Blöße geben. War das Reinigen mit dem Alkohol noch unangenehm, war das Alaun zum Abschluss einfach nur widerlich. Scharf sog er den Atem nach innen. „Warten Sie mal ab, wie es ist, wenn Sie mit der Zunge drankommen. Da wird Ihnen kein Essen mehr schmecken", neckte sie ihren duldsamen Patienten. Schmeling erhob sich und dankte ihr. Als er ihre Hand ergriff, war es wie ein leichter elektrischer Schlag für Renate. Ihr schoss die Röte ins Gesicht und sie hielt seine Hand länger als nötig. „Kommen Sie auch zu meinem Kampf in der Tonhalle?" Renate starrte den Riesen an, klappte ein paar Mal den Mund auf und zu wie ein Karpfen und stammelte dann: „Gerne … wenn mein Chef mich mitnimmt." Und dieser rief in genau diesem Augenblick nach ihr: „Renate, wenn Sie sich von Ihrer nordischen

Eiche mal loseisen könnten, wir haben hier was Ernstes zu tun. Wir müssen schneiden." Die Sprechstundehilfe erbleichte etwas. „Jetzt bin ich seit sechs Jahren im Beruf, aber sowas zu sehen macht mir immer noch zu schaffen. Danke für die Einladung, Herr …?" „Schmeling … für meine Freunde Max." Sie lächelte und antwortete: „Also gut, Max … und …" „RENATE, der Mann hier blutet", ertönte die fordernde Stimme des Arztes. Die beiden Kontrahenten im Ringe hatten einander so vermöbelt, dass das Auge des Kleineren vollkommen zugeschwollen war.

Verlegen kratzte sich Schmeling am Hinterkopf. In diesem Augenblick öffnete sich wieder die Tür der Trainingshalle und der Duftcocktail von Zigarren, Schweiß, Schnaps und Bier drang herein. Drei junge Männer betraten den Raum und der vorderste zögerte einen Augenblick, als er Schmeling erblickte. Dann ging ein strahlendes Lächeln über das dunkelhäutige Gesicht des Mannes. „Mensch, Maxe, dass du dich mal wieder blicken lässt. Was macht denn das „Ungeheuer aus der Uckermark" hier?" Schmeling eilte auf den Sprecher zu, umarmte ihn und hob ihn hoch, als wäre er ein Sack Kartoffeln. „Paul, du alter Bagalut[3], was machst du denn hier? Hast du etwa auch mit dem Boxen angefangen?" Karl Klein war hinzugetreten. „Und wie. Paul ist ein hervorragender Weltergewichtler, schnell wie eine Raubkatze, mit einem sicheren Blick für Lücken. Wärest du in seiner Gewichtsklasse, wüsste ich

---

3   Bagaluten: norddeutsch, umgangssprachlich für Rüpel oder Radaubruder

nicht, auf wen ich setzen würde, Max. Aber quatschen könnt ihr später, jetzt wartet Willi auf dich. Mit der verletzten Lippe wirst du aber bitte mit Helm boxen."

Paul Maova war im Jahr 1922 wie Schmeling bei der Firma Capito und Klein beschäftigt gewesen. Ebenso wie Max hatte der aus Namibia stammende Maova Brunnen gebohrt, Metallwerkstücke bearbeitet und so sein Studium der Ingenieurwissenschaften finanziert. Die beiden jungen Männer waren sich auf Anhieb sympathisch gewesen und waren sehr oft gemeinsam in Arbeitsgruppen eingesetzt worden. Dem Mitinhaber des Unternehmens, Karl Klein, war sofort aufgefallen, wie sich die beiden ergänzten und wie produktiv sie dadurch waren. Solche Talente mussten gefördert werden. Daher hatte es Klein einen Stich gegeben, als Schmeling die Firma verließ. Aber er hatte schnell eingesehen, dass Schmeling das Angebot des neuen Arbeitgebers gar nicht hatte ausschlagen können. So trennte man sich einvernehmlich und ohne ein böses Wort. Kurz danach hatte Klein dann Maova unter seine Fittiche genommen und ihn für den Boxsport begeistern können.

Max befolgte den Rat seines Mentors und begrüßte Willi Boeselager. Es folgte ein nahezu ausgeglichener Kampf über sechs Runden, der glücklicherweise ohne Verletzungen blieb. Dabei schonten sich die Gegner keineswegs. Boeselager erwischte Schmeling mit einem Uppercut, der diesen taumeln ließ. Max revanchierte sich mit einem Leberhaken. Als der Gong zum letzten

Mal ertönte, hingen beide Gegner schwer atmend in den Seilen. Eine kurze Untersuchung durch den Ringarzt ergab aber keinen Befund, sodass sich die Männer freundschaftlich gegenseitig auf die Boxhandschuhe schlugen und sich von anderen Sportlern beim Ablegen der Handschuhe helfen ließen. Renate ließ es sich nicht nehmen, Max die mit Mull und Leukoplast bandagierten Hände zu befreien. Auch dabei zitterten kaum merklich ihre Finger. Nach dem Waschen traf Max wieder auf Paul, an dem es nun war, sich einem Gegner in seiner Gewichtsklasse zu stellen. „Sehen wir uns draußen noch auf ein Bier, Max?" „Lieber Morgen, Paul, für heute reicht es mir." Damit verschwand Schmeling aus der Halle.

Er merkte nicht, dass ihm beim Verlassen des „Haus Wagner" zwei Männer in geringem Abstand unauffällig folgten. Auf der Paulistraße, unmittelbar am Friedhof gelegen, kam plötzlich ein gut gekleideter Herr aus einem Hauseigang und verstellte Schmeling den Weg. Doch sein Gegenüber hinderte ihn am Weitergehen und richtete das Wort an den Boxer: „Herr Schmeling, darf ich mich Ihnen vorstellen? Mein Name ist Erwin Geschonneck. Ich bin der Justiziar der Gloria Rhenania. Wir sind ein … nun, sagen wir einmal … wir sind eine Interessengemeinschaft. Wir vertreten die Interessen unterschiedlicher Bürgergruppen, hier im Rheinland. Darf ich Sie vielleicht auf ein Glas Bier einladen?"

Seine beiden Verfolger hatten mittlerweile

aufgeschlossen und standen nun unmittelbar hinter Schmeling. Außerdem waren hinter Geschonneck zwei weitere Personen aus dem Hauseingang getreten. Schmeling war somit von fünf Personen umzingelt, von denen vier einen durchaus „handfesten" Eindruck machten. Ein grobschlächtiger Kerl mit deutlich nach innen gewölbter Nase und eine Narbe auf der linken Wange ließ seine Knöchel knacken, um den Ernst der Situation zu unterstreichen. Max war sicher kein Feigling und vor allem war er nicht dumm. Seine Gegenüber waren keine fairen Sportsmänner, die er aus dem Ring gewohnt war. Das waren Straßenschläger, die vor keiner hinterlistigen Schliche zurückschreckten. „Wenn es denn der Gemeinschaft dient, komme ich gerne mit Ihnen", lautete daher seine vorsichtige Antwort. „Narbengesicht" schien enttäuscht von Schmelings Zurückhaltung. Er hatte sich wohl schon auf eine heftige Klopperei gefreut. „Dann möchte ich Sie gerne in eines unserer besten Schankhäuser einladen. Ich darf mal vorgehen?" Das war keine Bitte, sondern die Aufforderung zu folgen. So marschierte die sechsköpfige Gesellschaft in Richtung den Benrather Schlosses, wobei seine Bewacher peinlichst darauf achteten, Schmeling keine Gelegenheit zur Flucht zu bieten. An der Düsseldorfer Straße 165[4] angekommen, betraten sie den Schankraum. Geschonneck schien hier einschlägig bekannt zu sein, denn sein bloßes Erscheinen und ein Kopfnicken zur Tür hin veranlasste

---

4   Es handelt sich um das Haus Spilles. Vor der Eingemeindung Benraths zu Düsseldorf im Jahr 1929 trug die heutige Benrather Schlossallee die Bezeichnung Düsseldorfer Straße.

eine Gruppe von vier Zechern, sofort ihren Tisch für die Neuankömmlinge zu räumen. Sie nahmen Platz und gaben per Handzeichen ihre Bestellung auf. Max hatte früher bereits das Düsseldorfer Altbier kennen und schätzen gelernt. Das „Wohlsein" und „Prost" seiner Gegenüber ließ er unerwidert. „Herr Schmeling, Sie sind doch ein aufgeweckter, junger Mann mit Ambitionen. Und Sie haben Ihre Fähigkeiten schon des Öfteren unter Beweis gestellt. Sie sind ein Boxer, auf den viele Fachleute heute schon schwören. Aber der Weg an die Spitze ist noch weit. Ihr Kampf gegen Czapp in der Tonhalle ist da nur ein erster, kleiner Schritt. Und da entsteht das Problem. Wenn Sie bei keinem namhaften Boxstall unter Vertrag sind oder sich nicht anderweitig abgesichert haben, wird Ihr großes Ziel, Weltmeister zu werden, unerreichbar bleiben. Da können wir von der Gloria Rhenania Sie unterstützen. Wieviel brauchen Sie denn so im Monat zur Verfügung? Ich meine, Sie haben inzwischen einen gewissen Standard entwickelt und den wollen Sie doch sicher gerne beibehalten. Sagen wir mal, 400 Reichsmark im Monat[5], das ist doch schon etwas, oder? Dazu noch eine Prämie nach dem Kampf von … ach, machen wir doch einfach eine runde Zahl daraus … 2.000 Reichsmark. Das ist doch ein prächtiges Angebot, Herr Schmeling, meinen Sie nicht?"

Max hatte stumm dem Monolog gelauscht und nahm jetzt einen großen Schluck Bier, um Zeit zu gewinnen.

---

5   Der durchschnittliche Lohn eines Arbeiters betrug im Jahr 1923 ungefähr 120 Reichsmark.

„Und was wollen Sie von mir im Gegenzug für dieses Arrangement?" Geschonnecks Gesicht überzog ein breites Grinsen, was sein Erscheinungsbild noch mehr rattenhaft anmuten ließ. Daran konnte auch seine Aufmachung nichts ändern: Melone, leichter Sommermantel mit Pelzkragen, dunkler Nadelstreifenanzug. Der Justiziar vermeinte, sein Opfer schon am Haken zu haben. „Ach, Herr Schmeling, das ist fast nichts. Sie sollen einfach in der sechsten Runde ungefähr in der Mitte zu Boden gehen. Das kann doch auch den Besten mal passieren. Ein Augenblick der Unachtsamkeit, einmal die Deckung nicht hoch genug genommen. Czapp ist ein großartiger Boxer und er wird sich so eine Gelegenheit nicht entgehen lassen. Sie gehen zu Boden, warten den Ringrichter ab, spielen ein wenig benommen und sind schon um 2.000 Mark reicher." Schmeling unterbrach Geschonneck. „Und wie lange werden Sie mir die 400 monatlich zahlen? Nur bis zum Kampf? Da kämen Sie ja billig davon." Der Anwalt lächelte noch immer. „Nein, Herr Schmeling (er dehnte den Namen gönnerhaft), wir wollen Sie doch nicht übervorteilen. Wir denken da an die nächsten zwei Jahre. Bis dahin werden Sie weitere Kämpfe haben … erfolgreiche Kämpfe … und wir können Sie auch gerne langfristig unterstützen und Ihnen so manchen lukrativen Gegner verschaffen." Zufrieden faltete Geschonneck seine Hände über dem Wohlstandsbäuchlein. Max überlegte wieder. Wenn er sich auf diese Verbrecherbande einlassen würde, wäre es ein für allemal vorbei mit seiner Karriere, DAS war ihm klar. Was ihn noch mehr irritierte, war die

Aussage, dass sie ihm auch lukrative Gegner besorgen könnten. Waren etwa bereits andere Kameraden dieser Versuchung erlegen? Fieberhaft suchte er nach einem Ausweg, denn es war mit seinem Ehrgefühl nicht vereinbar, einen Kampf zu „schieben". „Ich muss einfach eine Nacht darüber schlafen. Das muss ich doch nicht jetzt direkt entscheiden, oder?" Das Lächeln war auf einmal aus dem Gesicht des Anwalts verschwunden. Seine Augen waren nur noch schmale Schlitze, mit denen er Schmeling fixierte. „Sie sollten sich aber nicht zu lange Zeit mit Ihren Überlegungen lassen, Herr Schmeling. Und damit kein Missverständnis aufkommen: unsere Vereinbarung bleibt natürlich unter uns. Rudi, wir gehen."

Dieser Befehl war an den Mann mit der Gesichtsnarbe gerichtet. Dieser erhob sich und bemerkte ein Kopfnicken seines Chefs. Daraufhin bekam Schmeling von Rudi die Hand gereicht. Max war zum Glück auf der Hut gewesen, denn der Schläger versuchte sein Gegenüber mit einem unglaublich harten Händedruck einzuschüchtern. Der junge Boxer aber hatte eine solche Schliche vermutet und daher seine Hand nach oben abgewinkelt gehalten, sodass er einen deutlich besseren Hebel ansetzten konnte. Schmeling drückte mit so brachialer Gewalt zu, dass Rudi vor Schmerz aufstöhnte und zurück auf den Stuhl sank. Drohend erhoben sich nun dessen Spießgesellen, die aber sofort zurückgepfiffen wurden. „Wir melden uns morgen wieder bei Ihnen, Herr Schmeling. Sie sollten Ihr Zimmer im Hotel Hesse beibehalten." Damit war klar, dass ihn diese Galgenvögel schon länger observiert hatten und genauestens über seine Schritte informiert gewesen waren. Geschonneck und seine Kumpane verließen den Brauereiausschank, während Max noch einen Augenblick abwarten wollte, um das Gehörte zu analysieren.

Als er schließlich das Lokal verließ, lief ihm ein kalter Schauer über den Rücken, obwohl es ein warmer Sommerabend war. Auf der gegenüberliegenden Straßenseite stand in einer Toreinfahrt einer der Schläger, mit denen er eben noch an einem Tisch gesessen hatte. Dieser Kerl machte sich nicht einmal die Mühe, sich zu verstecken. Die Überwachung Schmelings war offensichtlich. Auf dem Weg zum Hotel grübelte der junge Boxer hin und her, fand aber keine echte Lösung seines Problems. Zu seinen Überlegungen gehörte es auch, Karl Klein über den Vorfall zu informieren, aber er wollte den väterlichen Freund doch lieber nicht in diese üble Geschichte hineinziehen. Ziemlich ratlos erreichte er das Hotel Hesse und ging direkt zu Bett. Einfach mal eine Nacht darüber schlafen, dachte er bei sich.

Doch auch am nächsten Morgen war er der Lösung seines Problems keinen Schritt nähergekommen. Nach dem obligatorischen Waldlauf im Benrather Schlosspark versuchte er sich ein wenig abzulenken. Daher fuhr Schmeling in die Innenstadt Düsseldorfs, um sich zumindest von außen die Tonhalle anzusehen.

An der Schadowstraße[6] angekommen, betrachtete er sich den Prachtbau genauer. Hier also, im sogenannten Kaisersaal, sollte sein großer Profikampf stattfinden. Die Wetten standen gegen ihn, denn Czapp war Lokalmatador und hatte außerdem die weitaus größere Kampferfahrung. Gerade überlegte er noch, ob er in dem Café der Tonhalle etwas trinken sollte, da drangen fremdartige Geräusche an sein Ohr. Über die Schadowstraße kam ein großer Trupp Menschen herangezogen, die Parolen skandierten und mit großen, grün-weiß-roten Fahnen schwenkten. Ab und zu brachen Personen aus dem Pulk heraus, ergriffen Passanten am Straßenrand und verprügelten diese. Steine flogen in Schaufenster der anliegenden Geschäfte. Schreie und lautes Wehklagen hallten durch die Straße. Ein Mann mit einer blutenden Kopfplatzwunde stolperte auf Schmeling zu und brach in seinen Armen zusammen. Max wusste sich nicht anders zu helfen als den Verletzten ins Café zu schaffen und ihm dort Hilfe angedeihen zu lassen. Der Mann gelang langsam wieder zu Bewusstsein und der von Max bestellte Cognac tat ihm sichtlich gut. Andere Gäste warfen verstohlene Blicke zu den beiden, taten aber schnell so, als ob sie das Ganze nichts anginge.

„Danke, junger Mann, dass Sie mich gerettet haben. Wer weiß, was dieses Separatistenpack sonst mit mir angestellt hätte." Max hatte natürlich Einiges von den

---

6   Die alte Tonhalle befand sich auf der Schadowstraße und wurde 1942 durch Bombenangriffe zerstört. Heute steht dort das Gebäude der Karstadt Filiale.

Vorkommnissen mitbekommen. Die Abspaltungsbewegung, die mit Billigung oder sogar Unterstützung der französisch-belgischen Besatzung agierte, hatte versucht, das Rheinland vom „Deutschen Reich" abzulösen und ein eigenständiges Staatengebilde zu konstituieren. In der Wahl ihrer Mittel waren sie dabei nicht zimperlich gewesen. Vergleichbar mit den Soldatenaufständen nach dem Weltkrieg war es zu bürgerkriegsähnlichen Zuständen in der Region zwischen Koblenz und dem Niederrhein gekommen. Am sogenannten „Blutsonntag" Ende September 1923 hatte es massive Ausschreitungen zwischen der Polizei und den Aufständischen gegeben, bei denen über 150 Menschen verletzt wurden und über ein Dutzend Menschen den Tod fanden.

Der Verletzte war langsam wieder zu Kräften gekommen und reichte seinem Retter die Hand. „Nochmals danke, mein Freund. Ja, wenn Adenauer geahnt hätte, was aus einer seiner Ideen entstanden ist. Haben Sie das damals mitbekommen? Über 20.000 Demonstranten gegen eine völlig unterbesetzte Polizei. Das war ein Schlachtfest, ein Krieg. Und wissen Sie, was das Schlimmste war? Die Rädelsführer dieses Packs wurden allesamt freigesprochen und die Polizisten UND der Regierungspräsident wurden verurteilt … nur, weil sie versucht hatten, die öffentliche Ordnung wiederherzustellen. Das ist eben die Rechtsprechung der Sieger, diese verdammten Franzosen und Belgier. In was für einem Land leben wir eigentlich?" Damit rappelte er sich von seinem Stuhl hoch und verließ leicht taumelnd das Lokal. Schmeling blieb nachdenklich sitzen und orderte sich einen Kaffee mit einem Cognac. Draußen war der Lärm abgeklungen. Was hatte der Mann eben gesagt? In was für einem Land leben wir? In einem sehr schönen Land, das sich scheinbar selbst zugrunde richtet. So zumindest schien es Schmeling. Was war er da schon mit seinen kleinen Problemen? So klein sie im großen Kontext erscheinen mochten, so riesig waren sie für den jungen Mann, der erst seinen Platz in dieser Welt zu finden hoffte. Allerdings stand für ihn eines fest: zu einer krakeelenden Masse, die sich an Wehrlosen und Schwachen vergreift, würde nie eine Option für ihn sein. Er würde sich den Verbrechern stellen, egal wie.

Energisch stand er auf, zahlte seine Rechnung und machte sich auf den Weg zurück ins Paulsmühlenviertel. Beim Einsteigen in die Straßenbahn bemerkte er, dass er auch hier einen Verfolger hatte. Schmeling machte sich sofort auf den Weg ins „Haus Wagner", wärmte sich auf und begann mit den üblichen Trainingseinheiten. Willi Boeselager war an diesem Tag nicht zum Training erschienen, daher musste ein Sparringskampf ausfallen. Max versuchte, sich zu konzentrieren, was ihm aber nur leidlich gelang. Dies fiel auch Paul Maova auf, der sich an einem Sandsack abmühte. Daraufhin unterbrach er seine Übungen und bot dem Freund an, mit ihm „Pratzen-Training" zu machen. Bei aller Freundschaft wollte Paul es seinem Gegner nicht zu leicht machen und spielte seine überragende Schnelligkeit aus. Dies brachte Max einige Treffer mit den gepolsterten, übergroßen Lederhandschuhen ein. Einer davon sorgte für einen kleinen Riss über Schmelings Augenbraue. Paul hörte erschreckt sofort auf. „Tut mir leid, Max. Ich dachte, den Schlag hättest du problemlos abwehren können. Was ist denn mit dir los? Du wirkst, als wärest du gar nicht richtig hier anwesend.“

Renate Kraft hatte an diesem Tag ebenfalls wieder „Ring-Dienst“. Sie hatte sich zu einer Art gutem Geist der Boxer entwickelt. Dr. Messing war von ihrem Engagement so begeistert, dass er ihr die Versorgung kleinerer Blessuren völlig selbständig überließ. So trat sie jetzt auch an die beiden Freunde heran und versorgte die kleine Wunde. Auch sie hatte sich über die fehlende Konzentration bei dem angehenden Profiboxer gewundert, hatte sie doch mit den Monaten einen profunden, sportlicher Sachverstand entwickelt. „Was machen Sie denn, Max? So dürfen Sie Czapp nicht gegenübertreten. Der macht Hackfleisch aus Ihnen.“ Max antwortete nicht und bedankte sich lediglich für die Hilfeleistung. An Paul gerichtet, meinte er: „Lass uns gleich bei einem Bier darüber reden. Aber pass auf, dass Karl nichts mitbekommt.“ Stirnrunzelnd nickte Maova und setzte sein eigenes Training fort.

Eine Stunde später saßen die beiden in einer Ecke des „Haus Wagner“ und tranken ein Bier. Mit gedämpfter Stimme berichtete Schmeling dem Freund, was vorgefallen war. Mit jedem Satz wurde Paul erstaunter und am Ende von Max' Bericht schlug er mit der flachen Hand auf den Tisch. „Da müssen wir was gegen unternehmen. Das können wir denen nicht so durchgehen lassen. Ich rede mal mit ein paar Sportskameraden." Bevor Schmeling eingreifen konnte, hatte sich der Freund erhoben und war in die Boxhalle zurückgegangen. Auf einmal tippte ihn jemand auf die Schulter. „Meine Eltern haben mir zwar beigebracht, dass man nicht lauschen soll, aber ich habe es trotzdem getan. Ach, Max, ich möchte Ihnen doch so gerne helfen. Sagen Sie mir, was ich für Sie tun kann und …" Er hatte sich erhoben und blickte auf Renate herab. Sanft legte er seine große Pranke auf ihre Schulter und erwiderte: „Renate, das ist unglaublich nett von Ihnen, aber Sie können da rein gar nichts tun. Das sind Verbrecher und das Letzte, was ich will, ist, Sie in Gefahr zu bringen. Bitte … ich bitte Sie herzlich … halten Sie sich da raus." Sie blickte ihn enttäuscht mit großen Augen an, in denen die Tränen schimmerten. Paul war zurückgekehrt und betrachtete die Szenerie verständnislos. „Komme ich ungelegen?" Beide schüttelten den Kopf und Renate zog sich zurück. „Ich habe mit ein paar Kameraden gesprochen. Wir werden dich ab sofort begleiten, mal sichtbar, mal unauffällig. Einige von den Jungs sind mir noch einen Gefallen schuldig. Wäre doch gelacht, wenn wir den Kerlen nicht beikommen würden."

Daran hatte Max seine Zweifel, nahm das Angebot aber dankbar an. Die erste Gelegenheit zur Bewährung ergab sich noch an diesem Abend. Als Schmeling das „Haus Wagner" verließ, wurde er bereits erwartet. Erwin Geschonneck stand auf der anderen Straßenseite gegenüber des Hauses Wagner und winkte ihm herüberzukommen. Max folgte der Aufforderung und ging hinter Geschonneck her in eine Toreinfahrt. „Wie lautet Ihre Entscheidung, Herr Schmeling? Wir hatten Ihnen ja großzügig Zeit bis heute Abend gegeben. Die „Gloria Rhenania" ist ein verlässlicher Partner und erwartet die gleiche Seriosität von Ihnen." Schmeling blickte sein Gegenüber geradeheraus an. „Herr Geschonneck, ich kann mich auf diese Vereinbarung nicht einlassen. Sie müssen das verstehen. Es ist in keinem Fall mit meinen Ehrverständnis als Sportsmann vereinbar, Kämpfe zu manipulieren. Gewiss, Ihr Angebot ist verlockend, aber wenn auch nur das kleinste Bisschen davon an die Öffentlichkeit gerät, dann ist es aus mit meiner Karriere. Dann tauge ich vielleicht gerade noch als Rausschmeißer." Geschonneck hielt den Kopf schief und sah den jungen Mann nachdenklich an. „Liegt es am Geld? Über die Summe können wir noch reden. Sie scheinen mir unentschlossen und …" Schmeling unterbrach ihn. „NEIN, Herr Geschonneck, es gibt nicht den geringsten Zweifel. Und damit ist unser Gespräch beendet." Der Justiziar lächelte sardonisch und stieß einen leisen Pfiff aus. „Sie kämpfen entweder FÜR uns … oder Sie kämpfen nie mehr. Die Entscheidung liegt bei Ihnen." Aus dem Schatten traten vier Männer, deren Absichten eindeutig waren. Sie hatten Knüppel, Schlagringe und Messer bei sich und gedachten auch, diese Waffen einzusetzen. Schmeling machte sich nicht die geringsten Illusionen. Er war zwar ein sehr guter Boxer, aber vier Gegner, die dazu auch noch erfahrene Straßenschläger zu sein schienen, waren für ihn unbezwingbar. Er stürzte sich auf den Nächststehenden und streckte ihn mit einem Uppercut zu Boden. Da landete ein Knüppel auf seinem Rücken und raubte ihm den Atem. Der Schlag ließ ihn taumeln und in seinen Ohren begann es zu rauschen. Er fühlte, dass er bald das Bewusstsein verlieren würde, während weitere Schläge überall auf seinen Körper trafen. Dann, wie durch einen langen Tunnel, drang eine Stimme an sein Ohr. „Dürfen wir mitspielen?“ Die Stimme klang zugleich fremd und vertraut. Auf einmal ließen die Schmerzen nach, ihn trafen keinen neuen Schläge. Mühsam rappelte er sich an der Hauswand hoch und sein Blick klärte sich wieder. Max sah, wie Paul und vier weitere Boxer aus dem „Haus Wagner“ in wilde Zweikämpfe mit den Verbrechern verwickelt waren. Auf einmal erklang ein erneuter Pfiff und die Schläger der „Gloria Rhenania“ zogen sich zurück. Geschonneck hatte bereits zu Beginn der Prügelei das Weite gesucht. Aus der Ferne erklang seine Stimme: „Seien Sie sich nicht zu sicher. Wir finden Sie und dann …“ Der Satz blieb unvollendet.

Die Tür des „Haus Wagner“ öffnete sich und Renate trat heraus. Im ersten Moment erschreckt, erfasste sie doch unmittelbar die Lage. Wie immer trug sie eine Tasche mit einer medizinischen Grundausstattung bei sich und eilte zu der Gruppe hin. Wortlos besah sie sich die nicht wenigen Blessuren der Kämpfer und machte sich an deren Versorgung. Max wehrte ihre Hilfe ab. „Bitte kümmern Sie sich zuerst um meine Verteidiger. Und danke, Renate.“ Er drückte ihre Hand und sah zu, wie sie routiniert Wunden reinigte, Salben auftrug und Pflaster auflegte. „So, und jetzt sind Sie dran, Max. Mein Gott, wer hat Sie denn so zugerichtet?“ Schmeling zögerte mit der Antwort, aber er war ihr die Wahrheit schuldig. „Sie können es sich sicher denken, nachdem sie unser Gespräch eben mit angehört haben.“ Dabei zwinkerte er ihr zu … und verzog sofort schmerzverzerrt das Gesicht. Sein linkes Auge war fast zugeschwollen und die rechte Wange war dick.

Nachdem die Sprechstundenhilfe ihr Werk vollendet hatte, bezog sie Position vor ihrem Schwarm. „So, Max, jetzt hören Sie MIR einmal zu. Die Sache hier war sicher nur ein Vorgeschmack auf das, was die Kerle sonst noch in petto haben. Sie kommen dieser Bande so nicht bei. Sie brauchen Hilfe und ich werde mich jetzt darum kümmern.“ Max wollte widersprechen. „Was glauben Sie kleines Persönchen denn gegen eine ganze Organisation ausrichten zu können? Ich kann Sie wirklich gut leiden, Renate, und ich könnte es mir nie verzeihen, wenn Ihnen wegen mir etwas zustoßen würde.“ Renate hingegen insistierte: „Es ist mir egal, wie Sie darüber denken, Sie großer Kerl. Manche Dinge kann man auch anders als mit Muskelkraft lösen … und ich meine damit nicht die Diplomatie. Sie mögen vielleicht glauben, Frauen können sich nicht durchsetzen, aber da haben Sie sich gewaltig geschnitten. Wir werden den Kerlen zeigen, wo Bartel den Most holt und …“ Max lächelte ob dieser Begeisterung und Energie. Er konnte gar nicht anders als Renate in den Arm zu nehmen und ihr einen Kuss auf die Wange zu geben. Sie verstummte sofort und errötete. Nach einigen Augenblicken verlegenen Schweigens räusperte sie sich und meinte: „Geben Sie mir einen Tag Zeit, dann bin ich schlauer. Passen Sie auf sich auf und lassen Sie sich von Ihren Leibwächtern begleiten." Damit verabschiedete sie sich von allen Beteiligten, wobei alle Männer ihr die Hand reichten und sich achtungsvoll verbeugten.

Max befolgte den Rat und machte sein Lauftraining in Begleitung zweier Kollegen. Es war unklar, ob die „Gloria Rhenania" die Überwachung eingestellt hatte oder aber mehr im Verborgenen arbeitete. Jedenfalls blieb der Sportler unbehelligt. Am frühen Abend erreichte ihn ein Telefonanruf im Hotel Hesse. Renate Kraft bat ihn, sich mit seinen Freunden um 20 Uhr im „Haus Wagner" einzufinden. Im gesamten Paulsmühlenviertel schien es merkwürdig still und einsam zu sein. Schmeling war pünktlich und seine Freunde ebenfalls. Auch Karl Klein war anwesend, der Schmeling sofort beim Betreten der Halle anfuhr. „Auf die Idee, mir vielleicht auch etwas von der Angelegenheit zu erzählen, bist du wohl nicht gekommen, du großer Dummkopf? Glaubst du etwa, dass ich es zulasse, wenn jemand meinen Jungen fertigmachen will?" Nachdem er seinem Ärger Luft gemacht hatte, nahm sein Gesicht einen sorgenvollen Zug an. „Mein Gott, du siehst schlimm aus. Es sind nur noch vier Wochen bis zum Kampf gegen Czapp. Aber viel wichtiger als das Körperliche ist, dass du diese Prügelei seelisch verkraftest. Das sind üble Ganoven und keine ehrhaften Sportsmänner. Die halten sich an keine Regel. Du hast gegen sie nicht verloren. Du hattest keine Chance ohne die Hilfe der Jungs hier. So, jetzt mache ich aber Schluss. Renate und Dr. Messing wollen mit euch reden." Damit gab er den Blick auf den Boxring frei, in dessen Mitte die junge Frau und der Mediziner standen. Der Ring wurde jetzt von einer Gruppe von etwa 20 Männern umringt, die allesamt ihren Blick auf Renate richteten. Diese holte tief Luft und begann ihre Ansprache.

„Meine Herren, ich danke Ihnen für Ihr pünktliches Erscheinen." Max blickte sie verwundert an. Da war nichts mehr von der etwas verschüchterten, kleinen Frau – vor ihm stand eine selbstbewusste Frau, die, den Zeichen der Zeit entsprechend, ihren Platz in der Gesellschaft behauptete und selbstgewusst ihr Recht einforderte. „Ich habe meinen Chef, Herrn Dr. Messing, gebeten, mir bei unserem Plan zu helfen. Zur Erklärung: Ich denke, Sie haben alle von den Ereignissen rund um Ihren Kameraden Max Schmeling gehört. Klar ist, dass wir uns von dieser Verbrecherbande nicht den Schneid abkaufen lassen werden. Klar ist auch, dass ich mich nicht mit den Burschen prügeln kann. Aber ich kann anders helfen. Mein Patenonkel ist ein echter Fachmann im Umgang mit diesem Pack. Der eine oder andere von Ihnen mag seinen Namen aus der Presse kennen. Es handelt sich um Ernst Gennat, den Chef des Berliner Mordbereitschaftsdienstes. Ich habe mit ihm telefoniert und er ist bereit, uns zu helfen. Es ist einer glücklichen

Fügung zu verdanken, dass einer seiner engsten Mitarbeiter inzwischen in Düsseldorf tätig ist. Onkel Ernst hat direkt mit diesem Herrn Kontakt aufgenommen und er müsste jeden Augenblick auch hier eintreffen."

Wie auf Stichwort schwang die Tür zur Boxhalle auf und ein eher zierlicher Mann von um die Dreißig trat herein. Er straffte die Schultern und ging an den neugierig dreinblickenden Boxern vorbei. Flink schwang er sich in den Boxring und offenbarte so, dass scheinbar ein drahtiger Kerl hinter der unscheinbaren Fassade schlummerte. „Meine Herren, ich stelle Ihnen hiermit Hans Werner Piechowiak vor. Er war langjähriger Vertrauter meines Patenonkels, der ihn nur sehr ungern zurück ins Rheinland kehren ließ. Herr Piechowiak ist Kriminalinspektor in Düsseldorf und wird uns bei der Bekämpfung der Bande mit Rat und Tat zur Seite stehen." Piechowiak ergriff das Wort. „Ganz so leicht, wie Sie sich das vorstellen, Fräulein Kraft, ist es nun doch nicht. Wir haben schon seit langem ein Auge auf die „Gloria Rhenania" geworfen. Mir sind solche Verbrecherorganisationen aus meiner Berliner Zeit bestens bekannt. Dort nannten sie sich Ringvereine und waren straff organisiert. Nach außen hin gaben sie sich den Anschein einer sozialen Einrichtung, die für Hinterbliebene oder Angehörige von in Haft sitzenden Mitgliedern eine Art von Versorgung organisierten. Tatsächlich aber arbeiteten sie Hand in Hand mit allen Arten von Verbrechern. Wir müssen nicht nur die kleinen Fische fangen, wir müssen an die Hintermänner ran. Entweder erwischen wir sie auf frischer Tat oder wir haben unbestreitbare Beweise. Stellen Sie sich das Unterfangen also nicht so leicht vor. Zeugen hatten selten eine hohe Lebenserwartung."

Paul richtete das Wort an den Inspektor. „Was wäre denn ein unbestreitbarer Beweis?" Der Polizist kratzte sich hinterm Ohr. „Nun ja, unbescholtene Zeugen, die vor Gericht Bestand haben. Ein Spitzel, der mitten in der Organisation tätig war. Zusammentragen von Fällen, die unmittelbar auf die Organisation verweisen. So in etwa." Die Gruppe der jungen Boxer empörte sich. „Das dauert doch alles viel zu lange. Sollen wir uns denn einfach geschlagen geben?" Karl Klein bat mit erhobener Hand um Ruhe. „Seid mal still, Kinders. Wir haben hier einen ausgewiesenen Fachmann, der weiß, wovon er spricht. Der Schlag gegen die „Gloria" muss so hart ausfallen, dass für Max keine Gefahr mehr besteht." Wieder war es an Paul, sich zu melden. „Herr Inspektor, wäre denn auch eine Art Tondokument ein ausreichender Beweis?" Piechowiak überlegte kurz. „Dem Grunde nach ja, aber sowas ist bislang meines Wissens noch nie versucht worden. Wie wollen Sie das denn anstellen?" Maova grinste: „Mein Ingenieurstudium scheint wohl doch nicht so ganz umsonst zu sein. Ich habe mich nebenbei intensiv mit dieser neuen Technik der Tonaufzeichnung befasst. Ich kann sehr schnell aus meinen Gerätschaften ein Aufzeichnungsgerät bauen, das wir hier verstecken können. Dann machen wir hier ein Treffen mit diesem Geschonneck aus und ich nehme alles auf."

Hans Werner Piechowiak überlegte kurz und nickte dann. „Das könnte klappen. Und noch besser wäre es, wenn wir auch die Köpfe der „Gloria" auf diese Art erwischen können. Es ist wichtig, der Schlange das Haupt abzuschlagen." Jetzt meldete sich Max zu Wort. „Dann mache ich ein Treffen mit Geschonneck aus, hier im „Haus Wagner". Dann darf aber kein anderer anwesend sein, damit die Aufnahme funktioniert. Ich sage ihm, dass ich es mir doch noch mal überlegt habe und mich auf die Schiebung einlasse." Paul nickte begeistert, denn er hatte den Gedanken des Freundes bereits nachvollzogen. „Genau, und dann baue ich vor deinem Kampf in der Tonhalle das Gerät noch einmal auf, in deiner Umkleidekabine. Ich fungiere einfach als dein Betreuer. Dann falle ich auch gar nicht weiter auf." So weit, so gut, dachte sich Karl Klein und zog seine Börse hervor. Er drückte Maova einige Geldscheine in die Hand, damit dieser noch fehlende Ausrüstung besorgen konnte. Polizeiinspektor Piechowiak übernahm die Verteilung der Aufgaben und Dr. Messing stellte einen genauen Zeitplan zusammen. Gegen 22 Uhr schien alles vorbereitet zu sein und die Versammlung löste sich auf.

Als Max an diesem Abend aus seinem Fenster im Hotel Hesse blickte, sah er gerade noch, wie sich eine Person in eine dunkle Häuserecke drückte. Kurzentschlossen verließ er augenblicklich das Hotel und ging geradewegs auf den Menschen zu. Dieser machte gar nicht erst den Versuch zu entkommen oder sich zu verstellen. „Sag Geschonneck, dass ich mich umentschieden habe. Ich will ihn morgen um 16 Uhr im „Haus Wagner" sprechen. Wir sind dort ungestört, ich habe mit dem Baas[7] gesprochen." Der Angesprochene nickte, warf seinen Zigarrenstumpen zu Boden und verschwand. Nur mit Mühe fand Schmeling in dieser Nacht in den Schlaf.

Paul Maova hatte die halbe Nacht durchgearbeitet und war bereits mittags im „Haus Wagner" aufgetaucht. Dort installierte er die Aufnahmeanlage in der Boxhalle, die doch einigen Platz beanspruchte. Geschickt versteckte er zwei Mikrofone in der Holztäfelung neben der Tischecke, die für das Gespräch vorgesehen war. Max erschien ebenfalls pünktlich. Er nahm an dem Tisch Platz, nachdem Paul ihm einige Anweisungen gegeben hatte. Dann verzog sich der Ingenieur zu seinen Kameraden in die Boxhalle, wo sich mittlerweile auch der Kriminalpolizist eingefunden hatte. Geschonneck schickte um Punkt 16 Uhr einen seiner Gehilfen vor, um sich zu versichern, dass es sich nicht um eine Falle handelte. Der Mann blickte sich um, bemerkte nur den hinter der Theke stehenden Wirt sowie den in der Ecke sitzenden Schmeling und wandte sich wieder nach draußen. Ein Pfiff und nur Sekunden später trat der Justiziar ein, gefolgt von zwei Leibwächtern. Gelassen nahm er direkt neben Schmeling Platz. Besser hatte es gar nicht kommen

---

7   Der Wirt des „Haus Wagner" wurde im Allgemeinen mit „Baas" angesprochen, eine im Rheinland übliche Anrede anstatt „Meister" oder „Herr". So wird auch heute noch der Vorsitzende der „Düsseldorfer Jonges" als Baas bezeichnet.

können. Dadurch saß er unmittelbar neben einem der Mikrofone.

Geschonneck öffnete seinen Mantel, atmete tief durch und wies seine Begleiter an, sich an der Theke ein Bier zu genehmigen. Dann nahm er Platz. „Sind Sie also doch zur Vernunft gekommen, Herr Schmeling. Das freut uns ungemein. Letztlich ist unser Arrangement doch für alle Beteiligten von Vorteil. Allerdings … aufgrund des gestrigen Vorfalls müssen wir Ihnen eine kleine Lektion erteilen. Ihr Anteil beim Kampf gegen Czapp wird also nur 1.000 Reichsmark betragen. Immer noch eine beträchtliche Summe, finden Sie nicht? Aber Strafe muss sein." Max nickte. „Sie müssen mich verstehen, Herr Geschonneck. Alles in mir wehrt sich gegen diese Sache, aber ich kann nicht akzeptieren, dass außer mir noch andere Menschen dadurch zu Schaden kommen. Und jetzt erklären Sie mir bitte noch einmal, wie das Ganze ablaufen soll."

Glücklicherweise registrierte Geschonneck nicht das leise Knacken, das durch Beginn der Tonaufzeichnung erklang. „Da gibt es gar nicht viel zu beachten, Herr Schmeling. Sie werden ungefähr in der Mitte der sechsten Runde k.o. gehen und Sie erhalten dafür von der „Gloria Rhenania" eine Börse von 1.000 Reichsmark sowie weitere 400 Reichsmark monatlich für die nächsten zwei Jahre. Es kann sich ja durchaus ergeben, dass wir noch öfter zusammenarbeiten werden. Auch das soll Ihr Schaden nicht sein." Max hoffte, dass diese Aussage deutlich genug aufgenommen werden konnte. Es fiel ihm schwer, sich per Handschlag von diesem schmierigen Advokaten zu verabschieden, und eilte unmittelbar zur Toilette, nachdem die drei Personen das Lokal verlassen hatten. Mit noch feuchten Händen kehrte er in die Boxhalle zurück und blickte Paul und den Polizisten fragend an. Beide strahlten über das ganze Gesicht wie Honigkuchenpferde. „Hör's dir selbst mal an. Das ist echt knorke geworden." Nachdem der junge Profiboxer die Aufzeichnung angehört hatte, atmete er erleichtert auf. Renate und Dr. Messing kamen nun auch zur Tür herein und auch sie bekamen die Tonaufzeichnung zu hören. Die Stimme klang zwar blechern, aber sie war eindeutig als die von Geschonneck zu identifizieren und vor allem war alles Gesagte deutlich zu verstehen. „Jetzt muss das Ganze nur noch in der Tonhalle genauso gut klappen", meinte Piechowiak. „Ich habe mit dem Regierungspräsidenten gesprochen. Der Mann ist absolut integer und steht ganz sicher nicht auf der Lohnliste der „Gloria Rhenania". Wir werden über 200 Polizisten bei der Veranstaltung einsetzen. Offiziell werden wir es mit den nach wie vor bestehenden Unruhen durch die Separatisten vom Rheinbund begründen. Das wird den Franzosen und Belgiern zwar nicht schmecken, aber das ist dem Regierungspräsidenten egal. Sein Amtsvorgänger wurde ja in Haft genommen, nur, weil er am „Blutsonntag" seinen Polizisten befohlen hatte, gegen die marodierenden Horden der Separatisten vorzugehen. Dieser Umgang mit seinem Amtsvorgänger macht ihn heute noch wütend und er scheint sich diebisch darüber zu freuen, den Besatzern eins auszuwischen. Denn, meine Freunde, eines ist klar: die „Gloria Rhenania" ist im gesamten Rheinland aktiv und wird von den Franzosen nicht nur geduldet. Da wird auch der eine oder andere Beamte oder Offizier die Hand aufhalten."

Max konnte in den folgenden Wochen ungestört trainieren und sich auf den Kampf gegen Czapp vorbereiten. Kam er einmal bei seinem städtischen Lauftraining über die Tellering- oder Paulsmühlenstraße, riefen ihm die Leute zu, wünschten ihm Glück oder applaudierten sogar. Das kam Schmeling sehr seltsam vor, war er doch der Fremde und sein Gegner der haushoch gesetzte Favorit. Es gab vorab ein Treffen der Gegner mit der Presse und beide Sportsleute verhielten sich fair und respektvoll. Schmeling war sich sicher, dass Czapp mit dieser abgekarteten Sache nicht das Geringste zu tun hatte. Die Verletzungen des jungen Boxers waren verheilt. Dank der medizinischen Versorgung durch Dr. Messing und die aufopfernde Pflege von Renate würde Max keine sichtbaren Spuren der Auseinandersetzung mit den Schlägern behalten. Auch die Überwachung Schmelings war lasch geworden. Nur gelegentlich entdeckte er einen Verfolger oder Beobachter. Geschonneck schien sich seiner Sache sehr sicher zu sein.

Dann war der große Tag des Kampfes gekommen. Schmeling hatte am Morgen nur ein leichtes Lauftraining absolviert und sich dann ins Hotel zurückgezogen. Gegen 15 Uhr holte Karl Klein seinen Schützling ab und gemeinsam fuhren sie zur Schadowstraße. Ein kurzer Blick in den prächtig ausgestalteten Kaisersaal, dessen Mitte von einem Boxring bestimmt wurde, und schon ging es in die Umkleidekabine, in der Max sich warm machte, von Klein mit guten Ratschlägen versorgt wurde und von Assistenten bandagiert wurde. Vorher aber, von Fremden unbeobachtet, hatte Paul die Mikrofone platziert. Im Nachbarraum hielten sich Maova, einige Kameraden aus dem „Haus Wagner", Dr. Messing und Renate sowie an die 20 Polizisten auf, die sofort eingreifen konnten, sobald es für Max gefährlich werden würde. Zur besseren Überwachung diente hier eine Rohrleitung, die die beiden Räume miteinander verband, und durch die jedes Geräusch zu hören war. Das bedingte absolutes Stillschweigen im Überwachungsraum.

Der Kampf sollte um 20 Uhr beginnen und Schmeling wurde zusammen mit Klein und den Assistenten, zu denen jetzt auch Paul gehörte, zum Ring geleitet. Der Lärm der 5.000 Boxfans in dem Saal war ohrenbetäubend. Ein Kommentator machte über ein Mikrofon seine Ansagen, die durch Lautsprecher übertragen wurden. Max gönnte sich einen kurzen Blick in die Runde. Dabei fiel ihm in der ersten Sitzreihe direkt Geschonneck auf, der mit einem Nicken zu den anderen Personen in seiner Reihe hinwies. Neben dem Justiziar saßen mehrere Männer in sehr eleganter Kleidung, manche in Begleitung von Damen. Deren

Kleidung war schon fast ein wenig zu mondän, fast schon ein wenig primitiv. Das war also die Crème de la Crème der „Gloria Rhenania". Geschonneck deutete mit dem Zeigefinger auf sein linkes, unteres Augenlid. Damit wollte er anzeigen, dass man Max genau im Blick habe. Schmelings letzter Blick galt seinem Gegner Hans Czapp, der siegessicher in seiner Ecke saß und mit seiner Entourage scherzte. Czapp war der lokale Favorit und niemand rechnete ernsthaft mit einem Sieg Schmelings. Insofern war der manipulierte K.O. Schmelings eigentlich Unsinn, aber wer wusste schon, was in den Köpfen dieser Gauner alles vorging.

Es erfolgte die Vorstellung der Kontrahenten, wobei bei der Nennung von Czapps Namen lauter Jubel aufbrandete, bei Schmeling hingegen ein ohrenbetäubendes Pfeifkonzert erklang. Die Boxer bekamen vom Ringrichter die üblichen Anweisungen, schlugen sich leicht zur Begrüßung auf die Handschuhe und gingen dann in ihre Ecken.

Der erste Gong ertönte und Czapp näherte sich seinem Gegner eher lässig. Schmeling verhielt sich abwartend und so kam der Kampf nicht recht auf Touren. Das Publikum bemerkte dies schnell und äußerte seinen Unmut. Czapp startete daraufhin einige kurze Angriffe, die Max aber locker auskonterte. Die erste Runde endete unentschieden. In der zweiten Runde drehte der Düsseldorfer etwas auf, was dem Hamburger sehr entgegenkam. Hier spielte Schmeling gekonnt seine Jugend und Schnelligkeit aus. So landete er einige Treffer, die den Gegner sichtlich beeindruckten. Runde 3 begann ähnlich, nahm aber an Heftigkeit zu. Schmeling erhielt einen Kopftreffer, der ihn kurzzeitig taumeln ließ. Der Ringrichter zählte ihn kurz bis fünf an und gab den Kampf dann wieder frei. Max revanchierte sich für den Treffer mit einem linken Haken, der Czapp das erste Mal auf die Bretter schickte. Einen Augenblick herrschte im Saal atemlose Stille. Dann brandete Jubel auf. Schmeling schien einige der Besucher jetzt auf seiner Seite zu haben. Czapp kam wieder hoch und schien jetzt sehr vorsichtig zu sein. Der Trainer von Czapp schien diesem in der Pause neue Anweisungen gegeben zu haben, denn Runde 4 begann mit wilden, schnellen Kombinationen, denen Schmeling kaum ausweichen konnte. Dabei hatte sich der erfahrenen Boxer aber so verausgabt, dass Schmeling in der Mitte der Runde das Heft wieder an sich reißen konnte. Ein kurzer, trockener Haken schickte Czapp erneut zu Boden. Wieder rappelte er sich auf, doch der Gong rettete ihn. In der nun folgenden Pause riskierte Max einen Blick zur Reihe der Ganoven und bemerkte deren sorgenvolle und sichtlich verärgerten Blicke. Geschonneck winkte drohend wie ein Lehrer mit dem Zeigefinger. Der Gong zur fünften Runde erklang. Schmeling hatte den Gegner nun vollends im Griff. Czapp wehrte sich verzweifelt, konnte aber keine rechte Strategie entwickeln, sich der schnellen Schlagkombinationen des jungen Gegners zu erwehren. Auch diese Runde endete klar nach Punkten für Schmeling.

Max wagte noch einmal einen Blick auf die Herren der „Gloria Rhenania" und er sah den unverhohlenen Hass in deren Gesichtern. Der Justiziar blickte streng und fuhr sich mit dem Zeigefinger der linken Hand über die Kehle. Die Drohung war unmissverständlich. Ein feister Kerl in einem zu knappen Nadelstreifenanzug hatte die beringten Hände in die Stuhllehnen gekrallt und sich vorgebeugt. Schweiß stand auf seiner Stirn und seinen Schweinsäuglein funkelten den Boxer wütend an. Dies war vermutlich der oberste Chef, der Boss. Karl Klein und Paul Maova waren Schmelings Blick gefolgt und sie hatten ihre Schlüsse gezogen. Absprachegemäß sollte der Kampf in der sechsten Runde enden … nur anders, als es sich die Verbrecher vorstellten. Paul verließ den Ring, um die Aufzeichnung vorzubereiten. Sein Platz wurde von einem genau instruierten Polizisten in Zivil übernommen.

Da … der Gong! Die alles entscheidende Runde! Czapp machte einen schwer angeschlagenen Eindruck. Langsam bewegte er sich im Kreis um Schmeling und hoffte, einen Glückstreffer zu landen. Aber schon nach 15 Sekunden hatte Max ihn wieder zu Boden geschickt. Einmal noch kam der Düsseldorfer nach oben, hob die Fäuste und machte einen verzweifelten Ausfall. Max wollte den Anschein wahren und ließ ihm noch etwas Zeit. Ungefähr zur Hälfte der Runde drang ein einzelnes Wort an Schmelings Ohr. „JETZT!" Die Stimme war gut zu erkennen und der junge Boxer wusste, dass dieser Befehl ihm galt. Er täuschte einen Angriff mit links an, dem Czapp begegnete … und damit den Weg für

Schmelings ansatzlose rechte Gerade freigab. Czapp sank zusammen wie eine Marionette, deren Fäden man durchschnitten hatte. Mühsam stemmte er sich auf alle Viere, kam dann vollends zum Stehen und suchte Halt an den Seilen. Der Ringrichter trat auf ihn zu, schaute in die glasig blickenden Augen und sprach ein paar Worte. Dann drehte er sich um, wedelte mit den Armen in der Luft und beendete den Kampf als technisches K.O. zugunsten Schmelings.

Auch der größte Fan des Düsseldorfer Idols hatte sehen können, dass sein Held dem Sieger unterlegen war. Der Kampf war fair und hart gewesen, das Urteil der Richter gerecht. Der Kaisersaal in der Düsseldorfer Tonhalle glich einem Hexenkessel. Menschen drängten sich an den Ring, Saalordner hielten die Massen in Schach. Der Kommentator benutzte das Mikrofon und bat um Ruhe. Dann verkündete er das Urteil, welches einstimmig ausfiel. Schmeling war der unumstrittene Sieger. Glücklich riss er beide Arme nach oben, winkte seinem Freund Karl zu und vergaß auch nicht, seinem Gegner fair die Hand zu reichen. Ein erneuter Blick hin zur Reihe der „Gloria“ … doch deren Plätze waren verwaist.

Max wurde unter Bewachung zurück in seine Kabine begleitet. Auf dem Weg versuchten unzählige Menschen, ihm die Hand zu reichen, ihn zu berühren oder ihm auf die Schulter zu klopfen. „Ja“, dachte der junge Mann bei sich, „es stimmt schon. Der Sieg hat viele Väter, die Niederlage nur einen.“ Denn er hatte sehr wohl die Worte der Menschen vernommen, die für ihn mitgefiebert hatten. „WIR haben gewonnen" … das war der Slogan, der am häufigsten erklang. In der Kabine angekommen, ließ er sich erschöpft auf einen Hocker sinken und Karl legte ihm ein frisches Handtuch über den Kopf. Es dauerte ungefähr eine halbe Stunde und der Boxer hatte sich ein wenig erholt, da erklangen im Gang vor der Kabine laute Stimmen und andere Laute, gefolgt von einem Stöhnen. Unmittelbar wurde die Tür aufgestoßen und mehrere Personen drängten in den kleinen Raum. Max erkannte sofort den Justiziar und den feisten Nadelstreifenanzug. Die restlichen sechs Personen waren unverkennbar Erfüllungsgehilfen in Sachen Körperverletzung, darüber konnte auch die etwas gediegenere Kleidung nicht hinwegtäuschen. Auch sie verursachten demonstrativ Knackgeräusche, als sie ihre Finger kneteten. Geschonneck ergriff als Erster das Wort, obwohl der Feiste vor Wut fast platzte. „Herr Schmeling, wir sollten uns einmal unterhalten. Wenn ich mich recht erinnere, hatten wir doch eine Absprache getroffen. Und an die haben Sie sich nicht gehalten. Wollen wir das vor Ihren Mitstreitern diskutieren oder wollen wir das lieber „entre-nous" klären?" Karl Klein reckte sich und stellte fest: „Ich bleibe hier." „Na gut, Herr Schmeling, wie sollen wir das nun handhaben? Wie wollen Sie uns den finanziellen Schaden ersetzen, den Sie durch die Nichteinhaltung unserer Vereinbarung verursacht haben? Unser Vorstandvorsitzender, Herr Bredow, wird sicher noch ein paar Worte …" Der Feiste, dessen Name nun bekannt war, unterbrach Geschonneck in breitem rheinischen Dialekt: „Nu halt mal de Schnüss, do Schwaadlapp. Mer han mingestens 300.000 Emmsche (Reichsmark) durch dä Döskopp verlore. Dä kritt jätz etsmol e paar op de Schnüss und op de Kopp. Mer losse ons nitt vunn dir op de Nas erömm danze. Schäng, donn jett, warömm isch disch metjenomme han." Der „Schäng" genannte trat vor und hob die Fäuste. Max erhob sich, nahm ebenfalls die Hände abwehrend hoch und sagte ruhig: „Welche Vereinbarung meinen Sie denn?" Bredow blickte ungläubig drein. „Jeschonneck, isch denk, do häss dem Kähl allet hoorkleen verzellt, wat he donn sull. Wie war dat noch?" Geschonneck wiederholte Wort für Wort die getroffene Vereinbarung und die vereinbarten Summen. „Danke, meine Herren, das war alles, was wir hören wollten." „Schlach däm Kähl de Zäng us dem Kopp", brüllte Bredow seinen Chef-Schläger an.

In diesem Augenblick wurde die Tür zur Kabine aufgestoßen und noch mehr Menschen drängten sich herein, überwiegend uniformierte Polizisten, mit Pistolen im Anschlag. Angeführt wurden sie von Kriminalinspektor Piechowiak, der lächelnd ein Paar Handschellen auf einem Zeigefinger baumeln ließ. „Herr Bredow, Herr Geschonneck, wie schön, dass wir uns einmal alle hier zusammentreffen. Wer hätte je gedacht, dass auf so kleiner Fläche so viele Jahre Gefängnis und Zuchthaus vereint sind. Jonte und Klimper-Charly, wir kennen uns ja zur Genüge aus der Altstadt. Und die anderen Herrschaften werden wir ja auch noch genauer kennenlernen. Darf ich die

Herrschaften nun bitten, mir ins Polizeipräsidium zu folgen?" Geschonneck hatte sich von dem Schrecken etwas erholt und versuchte, die Situation unter Kontrolle zu bringen. „Darf ich fragen, was Sie uns überhaupt vorwerfen, Herr Kommissar? Wir sind hier lediglich anwesend, um Herrn Schmeling zu seinem sensationellen Sieg zu gratulieren. Darin kann ich keine strafbare Handlung erkennen. Ich denke, Herr Bredow, unsere Freunde und ich werden uns nun zurückziehen und ..."

In diesem Augenblick erklang durch das Verbindungsrohr die unverkennbare Stimme des Justiziars, der ausführlich und verständlich die Schiebung, die Beträge und die Namen der Beteiligten nannte. Paul war grinsend in der Tür erschienen und winkte Karl und Max fröhlich zu. Jetzt rastete Bredow völlig aus: „Do Ahschloch, isch hau disch deine domme, arrojante Schädel zo Brei ..." und damit schlug er mit beiden Fäusten auf den nach dem ersten Treffer hilflos am Boden liegenden Mann ein. Sofort griffen die Beamten zu dritt ein, während ihre Kollegen die anderen Bandenmitglieder in Schach hielten und mit Handschellen ausstaffierten. Kriminalinspektor Piechowiak ließ die Beteiligten ins Präsidium verfrachten und verabschiedete sich von seinen „Mit-Verschwörern". „Das haben wir doch eigentlich prima hinbekommen. Paul, Sie haben die Aufnahmen bei sich? Dann ab damit zum Vervielfältigen. Wir wollen doch nicht, dass zufällig unsere besten Beweismittel abhandenkommen. Ich werde mir jetzt den Spaß gönnen und direkt den Regierungspräsidenten zur Vernehmung unsere Gäste einladen." Vor diebischer Freude rieb er sich die Hände.

Im Hinausgehen meinte der Kriminalpolizist: „Herr Schmeling, Sie sollten sich vielleicht etwas anziehen. Hier draußen wartet eine junge Dame auf Sie." Renate stand mit hochroten Wangen im Türrahmen. Max eilte auf sie zu, ergriff ihre Hand und küsste sie galant. „Renate, ohne Sie hätten wir das Kind nie schaukeln können. Ich werde Ihnen ewig dankbar sein." Kokett erwiderte sie: „Nur dankbar sein? Mehr darf ich nicht erwarten?" Max zögerte einen Augenblick, als Karl ihn in die Seite stieß. „Na los, du weißt doch, was sich gehört!" Schmeling räusperte sich. „Darf ich Sie denn einmal richtig groß zum Essen einladen, Fräulein Renate? Sie suchen das Restaurant aus. Nur eine Bitte habe ich: lassen Sie uns jetzt schon einen Termin festmachen. Am liebsten wäre mir schon übermorgen, denn in vier Tagen muss ich wieder abreisen." Diese Nachricht ließ Renate erstarren. Mit einem Kloß im Hals stammelte sie: „Ja, gerne, holen Sie mich doch einfach am „Haus Wagner" um 18 Uhr ab. Wir fahren dann mit dem Taxi nach Kaiserswerth. Da gibt es ein wunderbares Lokal, ganz nah am Rhein gelegen."

Max' Feststellung über seine zeitnahe Abreise hatte ihr klar gemacht, dass ihre Zuneigung nur bedingt auf Gegenliebe stieß. Ihrem Schwarm war zum jetzigen Zeitpunkt seine Karriere wichtiger … und irgendwie konnte sie es ihm nicht verdenken. Und wer weiß?

Vielleicht würde sie eines Tages mal ihren Kindern oder Enkeln erzählen können, dass sie von dem Weltmeister im Boxen zum Essen eingeladen worden war.

***

Ich schrecke hoch, denn der Fahrer des Transporters neben mir hat seine Schiebetür unnötig heftig zugeknallt. Bin ich etwa eingeschlafen? Mein Blick streift die Uhr meines Wagens … tatsächlich, ich habe auf dem Parkplatz des Supermarktes an der Paulsmühlenstraße fast eine Stunde geschlafen. Und was habe ich da alles zusammengeträumt! Kann das wirklich wahr gewesen sein? Ist es nur ein spannender Traum gewesen? Oder steckte, wie in fast allen guten Geschichten, ein Fünkchen Wahrheit drin? Ich sollte diese Geschichte wohl besser aufschreiben, bevor ich wieder alles vergesse … das heißt: wenn meine Frau mir dafür genügend Zeit lässt. Denn die wartet bereits seit einer Stunde darauf, dass ich mit den Einkäufen nach Hause komme. Und natürlich ist mein Handyakku wieder leer …

2

Interpret: Ute Freudenberg

Erscheinungsjahr: 1978

Auch wenn der Song von der ersten Liebe zu einem Menschen erzählt, steht er für mich für die Liebe zu einem Wesen, das mir sehr viel bedeutet hatte. Die Geschichte führt Sie zurück in die 60er Jahre ... in eine Zeit, als Düsseldorf noch nicht so schick war. Sicher, auf der Königsallee fanden schon wieder Modenschauen statt, aber im Stadtteil Bilk gab es noch immer Lücken in den Häuserreihen, die meine Eltern als Trümmergrundstücke bezeichneten.

Jugendliebe

Bevor wir uns missverstehen, ich spreche hier nicht von der ersten Liebe eines schüchternen kleinen Jungen zu einer Klassenkameradin ... nein, die Liebe, von der ich Ihnen erzählen will, begann viel früher ...

Ich muss so vier Jahre alt gewesen sein, als sich das Folgende ereignete:

Für mich als behüteten Jüngsten einer fünfköpfigen Familie war es das Größte, meine Mutter einmal die Woche auf den Markt begleiten zu dürfen. Man fühlte sich dann so erwachsen! Wir wohnten in Düsseldorf und hatten einen relativ langen Fußweg von unserer Wohnung bis zum Markt am Carlsplatz in der Düsseldorfer Altstadt.

Unser Weg führte dabei regelmäßig an einem Spirituosengeschäft vorbei, das von einem ehemaligen englischen Soldaten geführt wurde, welcher der Liebe wegen in Deutschland hängen geblieben war. Vor dessen Laden lag immer ein Hund auf dem Bürgersteig ... eine besondere Art von Hund, wie ich sie noch nie gesehen hatte, mit blauer Zunge und einem cognacfarbenen wuscheligen Fell. Den Namen der Rasse - Sie, werte Leser, werden es erraten haben ... Chow-Chow, konnte ich mir beim besten Willen nicht merken – so war der Hund einfach „Löwe" für mich ... Warum? Aus einem unerfindlichen Grund, und sei es nur ein typisch englischer Spleen, hatte der Ladenbesitzer den Hund so geschoren, dass er eine buschige Mähne um den Kopf hatte und das restliche Fell relativ kurz war ... eben wie bei Löwenmännchen, die ich schon so oft im Fernsehen bewundert hatte.

Wir hatten keine Tiere zu Hause und so war ich doch sehr vorsichtig bei der ersten Kontaktaufnahme. Die bestand darin, dass meine Mutter mich vor dem Laden zurückließ – der Ladenbesitzer versprach auf mich zu achten (oh glückliche Zeiten) – und ich vor Löwe stehen blieb und ihn die nächste dreiviertel Stunde ansah ... was er nur mit einem sehr reservierten Gesichtsausdruck zur Kenntnis nahm!

Mit der Häufigkeit der Besuche wuchs auch mein Mut und irgendwann traute ich mich, ihn auch anzufassen und zu streicheln ... Löwe ließ es würdig geschehen, da wir uns ja schon seit Wochen kannten und mein Geruch ihm vertraut war.

Die Vertrautheit wuchs immer mehr und so kam es mehr als einmal vor, dass meine Mutter, schwer bepackt mit den Einkäufen, vom Markt kam und ihr dicklicher kleiner Junge lag mit dem Kopf auf Löwes Bauch gekuschelt auf dem Bürgersteig und erzählte dem Tier, was ihm seit dem letzten Besuch widerfahren war. Es war einfach nur stille Vertrautheit und Löwe betrachtete ich als meinen besten Freund.

Irgendwann an einem Herbsttag ging ich mit meiner Mutter wie üblich zum Markt, konnte aber schon aus der Entfernung sehen, dass Löwe nicht vor dem Geschäft lag. Ich eilte sofort hinein, um ihn im Laden zu suchen ... doch vergeblich! Der Engländer und meine Mutter versuchten nach einem kurzen, leise geführten Gespräch mir klarzumachen, dass Löwe nicht mehr lebte ... er sei schon alt gewesen und krank und sicher seien die letzten Monate mit mir für ihn etwas ganz Besonderes gewesen. Tränen schossen in meine Augen ... nein, das konnte, das durfte nicht wahr sein, nicht mein bester Freund, nicht jetzt, niemals.

Von diesem Tag an weigerte ich mich meine Mutter zu begleiten. Ich soll in den Wochen danach sehr schweigsam gewesen sein und in mich gekehrt, völlig untypisch für mich ...

Ich glaube, es war das folgende Frühjahr, die ersten warmen Tage und die Kirschbäume blühten schon im Düsseldorfer Nordpark ... da forderte meine Mutter mich mit all ihrer zur Verfügung stehenden Autorität auf, mitzukommen – sie müsse viel einkaufen und bräuchte meine Hilfe beim Tragen. Ich wollte meine Mutter nicht enttäuschen und ging mit ... aber glauben Sie mir, ich war nicht besonders glücklich.

Ich versuchte die ganze Zeit, desinteressiert zu tun und den Spirituosenladen zu ignorieren. „Da guck' ich gar nicht mehr hin", redete ich mir wohl ein. Als wir jedoch ankamen, war es mit meinem guten Vorsatz vorbei ... denn vor dem Geschäft lag, als wäre nichts gewesen, mein Löwe ... zugegeben, er wirkte ein wenig dünner und kleiner, aber das störte mich nicht. Heiß und innig fiel die Umarmung aus, und dieser „neue" Löwe ertrug meine Liebkosungen zum Glück mit stiller Geduld. Ich stellte mir einfach vor, Löwe sei bei Verwandten in Urlaub gewesen ... so wie ich ab und zu auch ... in Cuxhaven bei Onkel und Tante. Zugegeben, ein reichlich langer Urlaub, aber in dem Alter ist Zeit ein sehr relativer Begriff ...

Doch dann gab es etwas, was ich heute noch als „Weihnachten im Frühjahr" bezeichne: der Engländer kam breit grinsend aus dem Laden und versteckte seine Hände hinter dem Rücken. Als er sie hervorzog, hielt er eines der wunderbarsten Geschenke meines Lebens in der Hand: einen Chow-Chow aus Stoff von

Hermann-Teddy, mit dem Rasierapparat genauso geschoren wie der echte Löwe.

Dieses Stofftier war viele Jahre mein treuer Begleiter, bis er, wie vielleicht in vielen Familien ähnlich geschehen, von meiner Mutter weitergegeben wurde ... ich tröste mich heute damit, dass ein anderes Kind in ihm eine ebenso mitfühlende Seele wie ich gefunden hat.

3

Interpret: PUR

Erscheinungsjahr: 1993

Die Gruppe PUR beschreibt in diesem Lied, dessen Text von Reinhard Mey stammt, eine alltägliche Situation: der Mann im Haus gegenüber. Man sieht sich, man grüßt, aber man kennt sich nicht näher. Warum eigentlich nicht? Vielleicht kann der Kontakt zu diesem Menschen eine Bereicherung sein, den Horizont erweitern, Kleinigkeiten des Alltags leichter machen ... oder auch zur Feststellung führen, dass man mit diesem alten Sack nichts zu tun haben will. Der Mann in dieser Geschichte scheint Letzteres zu sein ... oder täuscht man sich, weil man nur auf die Fassade blickt?

Der Mann am Fenster

Karl-Heinz Wesing schloss die Tür seiner Wohnung ab und machte sich auf den Weg zum Briefkasten. Obwohl es nur der Weg aus der ersten Etage war, war es täglich die gleiche Abfolge: ein Blick durch den Spion auf den Flur, die Sperrkette lösen, Tür öffnen, Tür schließen, abschließen und dann die 34 Stufen des Altbaus hinab zu den Briefkästen im Hochparterre. Eigentlich könnte er sich den täglichen Weg sparen, denn es war außer Werbung selten etwas Interessantes im Briefkasten. So würde es wohl auch heute sein. Am Geländer Halt suchend und sich auf seinen Gehstock stützend, humpelte er herab und immer wieder verfluchte er das Schicksal, das Alter, das Treppenhaus – und was ihm sonst noch so gerade querkam. Andere Mitbewohner wichen ihm aus und vermieden den Kontakt mit dem alten „Knöttersack‘, wie sie ihn hinter seinem Rücken nannten.

Es war Wesing egal, wie die Leute über ihn dachten. Das waren ja eh alles Arschlöcher! Mühsam nestelte er aus seiner Hosentasche den Schlüsselbund hervor (natürlich hatte er ihn zur Sicherheit auch nach dem Verschließen der Wohnung weggesteckt) und öffnete die leicht lädierte Blechklappe des Briefkastens. Werbung von Aldi, Lidl, Rewe und Poco ... nichts Wichtiges. Wieder nur Papiermüll – und wer müsste ihn wieder wegbringen? ER, der arme alte Wesing! Den Einwand, er könne doch die Werbung durch einen entsprechenden Aufkleber vermeiden, hätte er aber brüsk von sich gewiesen. Dann würde er doch auch nicht mitbekommen, was es im Angebot gab.

Von draußen drang der Verkehrslärm der Bilker Allee ins Treppenhaus, vermischt mit Sirenen von Krankenwagen, dem Schreien spielender Kinder und dem Gedudel orientalischer Musik aus einer Kneipe in der Nähe. „Nie hat man seine Ruhe“, grummelte Wesing, schloss den Briefkasten wieder und wand sich um. Im Gehen warf er kurz einen Blick in den

Rewe-Prospekt. Schwartemagen war im Angebot, den hatte er auch schon lange nicht mehr gegessen.

In diesem Augenblick schlug ihm etwas gegen die Beine, nicht feste, aber doch spürbar. Unwirsch ließ er den Prospekt sinken und polterte los. „Können sie nicht aufpassen? Sie sind doch nicht alleine auf der Welt! Gucken sie doch …!" Dann verstummte er. Ihm gegenüber stand seine Nachbarin aus dem Hochparterre, Frau Luckner. Frau Luckner war um die 60 Jahre alt, eine kleine, zierliche Frau, durchaus gepflegt und geschmackvoll gekleidet und … blind! Sie hatte sich aus ihrer Wohnung mit Hilfe ihres Blindenstocks getastet und wollte ebenfalls nach ihrer Post sehen. Dabei hatte sie mit dem dünnen weißen Stock Wesings Schienbein leicht touchiert.

Frau Luckner entschuldigte sich kleinlaut: „Tut mir leid, wenn ich ihnen weh getan habe. Aber wissen sie, ich kann kaum etwas sehen und muss mich vorwärts tasten ... auch hier, obwohl ich schon fünf Jahre in diesem Haus wohne! Wer sind sie, bitte?" Jeder normale Mensch hätte sich für den übertriebenen Ausbruch entschuldigt. Nicht so Karl-Heinz Wesing! „Langsam sollten sie sich aber doch gut genug hier auskennen, junge Frau!" Diese typisch rheinische Anrede, fast schon ein beleidigendes Diminutiv, war zwar im Vergleich zu Wesings Alter korrekt, er war immerhin 74, aber die Zurechtweisung war unverkennbar.

Dann gestattete sich der Alte einen genaueren Blick. Auf dem Gesicht der Frau waren Spuren von Tränen zu erkennen. Sie war zwar ungeschminkt, aber auf der von unzähligen Falten gerunzelten Haut war die Feuchtigkeit trotzdem gut zu erkennen. Wesing polterte weiter: „Warum weinen sie denn jetzt noch? Ist doch nichts passiert. Oder geht es ihnen nicht gut?" Frau Luckner schüttelte nur den Kopf und tastete sich weiter zu ihrem Briefkasten. Wesing folgte ihr und nahm ihr den Schlüssel aus der Hand. „Geben sie mal her, sie sind viel zu zittrig und lassen ihn nachher noch fallen und finden ihn nicht wieder!" Er öffnete den Kasten, entnahm ihm einen Umschlag mit einem Brief, der mit seltsamen erhabenen Punkten versehen war und reichte ihn ihr zusammen mit dem Schlüssel. „Da! Wenigstens ein Brief und nicht nur Scheißwerbung wie bei mir!" „Danke, Herr …?" „Wesing aus dem ersten Stock, direkt über ihnen." „Danke, Herr Wesing!", antwortete die alte Dame und wandte sich zum Gehen. Unsicher tastete sie sich entlang des Flurs. Der Nachbar folgte ihr, hakte sie unter und meckerte mit seiner rauen Stimme: „Ich bring sie jetzt erstmal rein. Sie sind ja völlig durch den Wind. Nachher fallen sie noch hin und dann kommt der Krankenwagen und ich werde von der Sirene aus meinem Mittagsschlaf geweckt!" Behutsam, ganz entgegen seinem Redefluss, führte er die Frau zur Tür, öffnete diese und begleitete seinen Gast ins Wohnzimmer. Er half ihr Platz zu nehmen und sie suchte direkt nach ihrer Handtasche. Daraus kramte sie ihr Portemonnaie hervor und reichte Wesing ein 2-Euro-Stück. „Für ihre Mühe!"

Jetzt war Wesing sprachlos. Das konnte doch wohl nicht wahr sein?! Gab ihm die olle Schrulle Geld dafür, dass er sie begleitet hatte? Er wollte schon beginnen, seinem Ärger Luft zu machen, da bemerkte er, dass Frau Luckner mit schmerzverzerrtem Gesicht ihre Sitzposition veränderte und wieder zwei Tränen über ihre Wangen rannen. „Was ist denn jetzt schon wieder los? Sie heulen aber auch ständig!" Frau Luckner wischte sich mit einem Taschentuch die Augen und versuchte wieder, dem Mann das Geldstück zu geben. „Isset denn möchlich?", verfiel Wesing in eine Art rheinisches Platt, „isch nemm doch kinn Jeld vunn inne! Wat issn loss?"

Frau Luckner schluchzte nur statt einer Antwort. „Immer dat Jleiche mit de Weibers! Isch mach ons jetz erssmol en Tass Kaffee. Dat werden se ja woll da han!" Er humpelte an seinem Stock in die Küche, die logischerweise an der gleichen Stelle der Wohnung war wie bei ihm. Er durchkramte die Schränke, fand Kaffeepulver und Filter und stellte dann die Maschine an, die leise gurgelnd ihren Betrieb aufnahm. Im Wohnzimmer fragte er die sich langsam fassende Frau: „Ham se auch wat Stärkeres? Nen Killepitsch oder nen Cognac?" Stumm wies sie auf die Schrankwand mit der Vitrine. Dort fand Wesing Gläser und eine halb volle Flasche Courvoisier. Er goss sich und ihr je ein Glas halbvoll ein, holte den Kaffee, Milch und Tassen und hockte sich auf den Sessel neben der Nachbarin. In der ganzen Zeit hatte Frau Luckner kein Wort gesprochen. An sich wirkte sie total eingeschüchtert und in sich gekehrt. So konnte das nicht weitergehen, beschloss Wesing und pupste sie daher auf die ihm so zu Eigen gewordene poltrige Art an: „So, Gnädigste, jetzt mal runter mit dem Seelentröster … und Prost!" Nachdem er seinen Cognac ausgetrunken hatte, fragte er: „Nehmen sie Zucker in den Kaffee?" „Nein, danke, nur Milch. Ich bin Diabetikerin … daher auch die Blindheit!"

Wesing schluckt schwer, überlegte sich eine passende Erwiderung, fand keine und meckerte daher in gewohnter Art weiter: „Jetzt mal Butter bei die Fische! Was ist los? Warum heulen sie dauernd? Und was ist los mit ihrem Pöppes?" Er hatte nämlich bemerkt, dass Frau Luckner das Gesicht wieder verzogen hatte. Sie räusperte sich, nahm einen Schluck Kaffee und begann: „Obwohl wir schon so lange Nachbarn sind, kennen wir uns ja nicht wirklich, Herr Wesing. Ich habe einige Jahre als Patentanwältin gearbeitet, bis bei mir MS diagnostiziert wurde. Zucker hatte ich schon als Kind, das führte wie gesagt zur fast völligen Erblindung. Ich kann gerade noch mal hell und dunkel unterscheiden." Wesing nickte, natürlich für die Sprecherin unbemerkt. Das erklärte auch den Briefumschlag in Brailleschrift. „Mittlerweile ist es so schlimm geworden, dass ich Pflegestufe II bekommen habe. Da mir die Wohnung gehört und ich auch immer gut verdient habe, kam für mich nie ein Heim in Frage.

Daher kommt täglich eine Pflegekraft zu mir. Ich versuche das Nötigste selbst zu machen, aber vieles geht einfach nicht mehr." Sie schluckte. „Meine Pflegekraft, Frau Götze, kommt täglich. Sie macht meine Spritzen und Insulinmessungen, sie hilft mir bei der Körperpflege und macht mir manchmal das Essen warm. Naja, und …" Sie stockte, atmete tief und rang sichtlich um Fassung. Dann flüsterte sie: „Und manchmal tut sie mir weh."

Wesing stutzte. „Wie? … Weh? … Was macht die denn?" Frau Luckner begann jetzt mit fahrigen Handbewegungen imaginäre Staubflocken von ihrer Bluse zu wischen. „Sie … sie tut mir … weh. Wenn sie mich massiert, dann drückt sie extra fest auf die Wirbelsäule. Spritzen stößt sie mir immer mit Wucht und ohne jedes Gefühl rein. Manchmal schubst sie mich sogar herum, wenn es ihr nicht schnell genug geht. Und heute … heute Morgen, da hatte ich so starke Schmerzen, dass ich ein Zäpfchen brauchte. Wissen sie, mein Magen verträgt nicht mehr so viel nach den Mengen an Medikamenten über die ganzen Jahre. Da hat sie mich einfach an der Schulter gepackt und aufs Bett gestoßen. Und das Zäpfchen … ja, das … das hat sie mir dann richtig mit Wucht reingedonnert." Sie stockte, was Wesing zu einem Einwand nutzte.

„Übertreiben sie da jetzt nicht etwas? Das ist doch immerhin eine Pflegekraft. Die hat das gelernt. Vielleicht sind sie nur ein wenig zu empfindlich und …" Frau Luckner fiel ihm ins Wort – mit einer Stimme und

Lautstärke, wie er sie niemals bei dieser zierlichen Person erwartet hätte. „Empfindlich? Nennen sie DAS empfindlich?" Damit erhob sie sich und stellte sich vor den Mann. Sie wandte sich um, spreizte die Beine und er konnte den großen Blutfleck auf der hellen Hose sehen. „Ich kann es zwar nicht sehen, aber ich fühle es und weiß, wie Blut riecht und schmeckt. Und was sagen sie DAZU?" Sie hatte sich in Rage geredet und riss sich jetzt die Bluse auf, wobei mehrere Knöpfe abrissen. Wesing versuchte sie zu hindern, aber es gelang ihm nicht. Resolut schob sie seine helfend angebotenen Hände von sich, zog die Bluse ganz aus und präsentierte ihren Rücken, der von Hämatomen und Striemen gezeichnet war. „Ich bin weder hingefallen noch bin ich Masochistin. Ich leide auch nicht an Demenz. Ich vermute, mein Rücken ist grün und blau. Und DAS bilde ich mir ganz sicher nicht ein." Schwer atmend ließ sie sich in den Sessel fallen, nachdem sie die Bluse wieder angezogen hatte und sie notdürftig schloss. „Außerdem vermisse ich das Collier, dass mir meine Mutter zum Abitur geschenkt hatte. Jaja, ich weiß, alte Menschen verlegen oft ihre Sachen. Aber nicht Blinde. Wir sind darauf angewiesen, dass alles in perfekter Ordnung bleibt. Sonst finden wir uns nicht zurecht. Da außer Frau Götze nur noch meine Nichte in die Wohnung kommt und für mich putzt, bleibt nur eine Lösung. Nadine, meine Nichte, ist es ganz sicher nicht. Ich hab's mehrfach getestet. Sie schimpft schon mit mir, dass ich immer so viel Bargeld rumliegen lasse."

Wesing dachte nach. „Und was sagt diese Nadine dazu? Der kann doch nicht egal sein, was mit ihrer Tante passiert! Dieses dumme Blag!" Frau Luckner flüsterte: „Da tun sie ihr Unrecht. Sie sehen mich zum ersten Mal in meiner Wohnung. Da fällt ihnen manches auf, was für meine Nichte Gewohnheit ist und was man dann einfach übersieht." Wesing kratzte sich am Kopf. „Da muss man was tun. Den Pflegedienst bestellen und mit denen reden. Oder jemandem von der Pflegekasse. Die müssen was unternehmen." Die alte Dame schüttelte den Kopf. „Habe ich schon ansatzweise versucht. Der Pflegedienst hält seine Hand schützend über die Frau. Die Kasse tut nichts ohne konkreten Anhaltspunkt … sagen sie. Ich weiß zwar nicht, was noch konkreter sein kann, aber sie wollen auch Zeugen. Und bei meiner Nichte hab ich mich geschämt etwas zu sagen. Die steht kurz vor ihrer Doktorarbeit und hat den Kopf mit wichtigeren Dingen voll."

„So! Und MIR erzählen sie das also, einem Wildfremden? Warum eigentlich?" Wesing blickte sein Gegenüber erwartungsvoll an. „Weil … weil … sie so gute Hände haben. Wissen sie, als Blinde verlasse ich mich öfter auf meine anderen Sinne und die Haptik bei ihrer Berührung sagte mir, dass ich zu ihnen Vertrauen haben kann. Klingt bescheuert, nicht?" Wesing grinste. „Bescheuert ist nicht gerade das Adjektiv, das ich verwendet hätte. Ein wenig esoterisch eher." Seine Stimme war jetzt nicht mehr grantig. Sie hatte einen warmen, schmeichelnden Unterton, der tröstete und umsorgte. „Dann müsste ich mich ja eigentlich geschmeichelt fühlen. Was halten sie denn davon, wenn ich morgen mal in der Wohnung bin, wenn diese Götze da ist? Ich kann mich doch in dem kleinen Zimmer nebenan verstecken und lauschen. Dann hätten sie ihren Zeugen." Frau Luckner überlegte nur kurz und sagte dann entschlossen zu.

Wesing ging nach oben in seine Wohnung, nachdem sie vereinbart hatten, dass er am folgenden Tag bereits um 8 Uhr kommen würde. Gegen 8.30 Uhr kam i.d.R. Frau Götze und so konnte er sein Versteck vorbereiten. Das besagte kleine Zimmer war auch in seiner Wohnung, da sie ja vom Schnitt her gleich war wie die von Frau Luckner. Er hatte sich dort eine kleine Werkstatt eingerichtet und verbrachte den Nachmittag damit, an technischen Gerätschaften zu basteln.

Am nächsten Morgen fand er sich pünktlich ein und bezog Posten. Frau Luckner war nervös und hektisch. Sie plagte die Sorge, dass sie sich verraten könnte und dass dann die Pflegekraft noch mehr mit ihr anstellen würde. Kurz nach halb neun öffnete sich die Wohnungstür, ohne dass vorher geklingelt wurde. Wesing hörte schnelle Schritte und dann eine bärbeißige Stimme, die der seinen in nichts nachstand – außer, dass sie einer Frau gehörte. Er lugte durch einen Spalt, denn er hatte die Tür offenstehen lassen. Er sah die relativ große, kräftige Frau mit kurzen, grau durchsträhnten Haaren, die sich jetzt ins Schlafzimmer begab. Was er hörte, machte ihn schlagartig wütend und er musste an sich halten, nicht sofort einzuschreiten. Kein „Guten Morgen", kein sonstiger Gruß, sondern nur: „Warum haben sie sich denn schon angezogen? Meinen sie, sie sind meine einzige Patientin? Jetzt muss ich wieder warten, bis Madame sich entkleidet hat. Ach, lassen sie das, das dauert viel zu lange. Los, herkommen und stellen sie sich nicht so an." Dann hörte er ein Klatschen, einen leisen Klagelaut und dann war Stille. „So, mehr Zeit habe ich heute nicht für Sie. Ich hab das Insulin für Nachmittag und Abend bereitgelegt, spritzen werden sie es ja wohl die beiden Male alleine schaffen. Ich muss heute ins Möbelhaus mit meinem Bruder, eine Couch kaufen. Wenn bloß nicht alles so teuer wäre!" Noch ein paar Minuten, in denen er nichts hörte und dann verließ die Matrone die Wohnung.

Wesing trat in den Flur ging vorsichtig in Richtung Schlafzimmer, blickte aber nicht hinein. Er klopfte an den Rahmen und fragte: „Kann ich reinkommen?" Frau Luckner bejahte das und er ging hinein. Er betrachtete die zierliche Frau, die auf ihn zu kam und wieder ihre Bluse öffnete. Auf der Bauchdecke hatte sich eine Beule gebildet und die Fläche darum war blutverschmiert. Weiteres Blut quoll hervor und er holte aus dem Bad einen nassen Lappen. Frau Luckner reinigte sich, bis er sagte: „Alles sauber!". Dann holte sie aus dem Nachttisch ein Pflaster, versorgte die Wunde und zeigte mit dem Finger auf die Kommode am Fenster. „Ich sehe zwar nichts mehr, aber ich höre ganz gut. Da sind ein paar Schubladen auf, nicht wahr?" Wesing bestätigte dies. „Sie hat sie nach Geld durchwühlt, nicht zum ersten Mal. Ich hab's mittlerweile gut versteckt." Wesing war froh, dass ihn seine Nachbarin in diesem Augenblick nicht sehen konnte. Sie hätte sich vor seinem Gesichtsausdruck und dem blanken Hass darin erschreckt. Als er antwortete, war seine Stimme schneidend und ohne Wärme, nicht einmal grantelig. „Ich werde etwas unternehmen, das verspreche ich ihnen. Ich werde ihnen nicht sagen, was, aber bitte lassen sie mir freie Hand. Die Tage der Qual sind gezählt. Ich werde die nächsten Tage morgens hier sein, wenn sie wiederkommt, aber dann sichtbar. Ich mache einfach einen Nachbarschaftsbesuch. So, und jetzt mache ich Ihnen Frühstück und gehe dann nach oben."

Gemeinsam aßen und tranken die Beiden, fast wie ein altes Ehepaar. Und genauso unterhielten sie sich auch: über das Tagesgeschehen, über Nichtigkeiten, über den Krimi von gestern Abend. So, als wären sie schon seit Jahren befreundet und würden einander in- und auswendig kennen. Dann verschwand Wesing in seine Wohnung.

Am nächsten Morgen holte Wesing Brötchen und kam dann in die Wohnung im Hochparterre. Er hatte gerade den Frühstückstisch gedeckt, als wieder die Tür aufging, natürlich wieder ohne vorheriges Klingeln. Frau Götze blickte ihn etwas verdutzt an und er stellte sich als Nachbar vor. Sie brummte etwas Unverständliches und verschwand im Schlafzimmer, wobei sie dieses Mal die Tür schloss. Er wartete in der Küche und trank derweil einen Kaffee. Frau Götze hatte wieder in Windeseile das getan, was sie wohl für ihre Pflicht hielt und kam in die Küche. Ohne einen Gruß ließ sie sich auf einen der Stühle am Küchentisch fallen. „Ach, das ist ja prima, ich hab noch ein wenig Hunger." Ohne zu fragen, schnappte sie sich ein Brötchen, beschmierte es dick mit Leberwurst und ergriff zur Krönung dann noch die unberührte volle Tasse Kaffee, die vor Wesing stand. „Sie haben doch sicher nichts dagegen", meinte sie mit einem drohenden Unterton in der Stimme. Wesing schüttelte nur den Kopf und machte eine unterwürfige Miene. Dabei beobachtete er die Frau genau, die jetzt selbstzufrieden das heiße Getränk schlürfte und wohlig stöhnte. „Der ist gut, den können sie wieder machen. Nicht so 'ne dünne Plörre, wie die von der Luckner. Da kann man ja den Tassenboden sehen – ach nee, die sieht ja nix!", meinte die mit einem hämischen Lachen. Dann wuchtete sie sich hoch und marschierte das Brötchen kauend aus der Wohnung – natürlich wieder ohne Gruß.

Mochte Wesing zuvor noch in seinen Überlegungen Skrupel gehabt haben, waren diese jetzt in Nichts aufgelöst. Frau Luckner kam herein und nahm am Tisch Platz. Als wäre er von Aussatz befallen, schob sie mit spitzen Fingern den Teller von sich, auf dem sie Brötchenkrümel ertastet hatte. „Sie?", fragte sie mit leiser Stimme. Wesing nickte, bemerkte dann den Fehler und sagte kurz angebunden „Ja". Dann erhob er sich. „ich mach ihnen was Neues, ich hab genug geholt. Mögen sie Schwartemagen?" Frau Luckner nickte und er deckte den Tisch für sie neu. Nach dem Frühstück ließ er es sich nicht nehmen, aufzuräumen und alles wegzupacken. Frau Luckner war ihm dabei behilflich, indem sie ihm genau sagte, an welche Stelle was gehörte. Zum Abschied trat er hinter sie und legte beide Hände auf ihre Schultern. „Meine Liebe, ich werde die Sache in die Hand nehmen. Sie müssen vor dieser Person geschützt werden. Und nicht nur sie, denn ich gehe davon aus, dass sie nicht nur mit ihnen so umspringt." Bevor er seine Hände wegnehmen konnte, hatte sie sie mit den ihren ergriffen, schmiegte ihre Wange an eine seiner Hände und gab ihr einen sanften Kuss. Wesing konnte gar nicht anders als seine Hände auf den Schultern der Frau liegen zu lassen. Und dann tat er etwas, was er seit dem Tod seiner Enkelin nie wieder bei einem Menschen gemacht hatte. Er streichelte Frau Luckner sanft über das Haar und ihre Wange. Dann räusperte er sich, irritiert von den eigenen Emotionen und dem Verhalten der Dame, und sprach: „So, ich hab jetzt noch etwas vorzubereiten. Ist es Ihnen recht, wenn ich morgen schon um halb acht da bin?" „Aber gerne", kam die Antwort.

Wesing rief ein Taxi und ließ sich zu einem Elektronikspezialisten auf der Oststraße fahren. Die Fahrt war aufgrund des U-Bahn-Baus eine kleine Himmelfahrt, aber der Fahrer wartete auf ihn und nach einer halben Stunde kam er mit seinen Erwerbungen zum Wagen zurück. Zu Hause angekommen, verzog sich Wesing in seine Werkstatt und stellte zur Stimulation eine Arien-CD von Pavarotti an. Mit einer geradezu monströs schlechten Gesangsstimme traute er sich nur in seinen eigenen vier Wänden mitzusingen, aber es tat ihm gut. Es baute Stress ab und machte seinen Kopf klar. Und den brauchte er jetzt, wenn er in den wenigen verbleibenden Stunden das fertig bekommen wollte, was er plante. Um 23 Uhr ging er dann zufrieden zu Bett.

Der nächste Tag. Wesing war sehr zeitig aufgestanden und hatte wie am Vortag Brötchen und Wurst besorgt. Dann schellte er bei Frau Luckner und bereitete wie am Vortag das Frühstück zu. Dann lief alles fast gleich ab, wie am Tag zuvor. Nach der Be- oder besser Misshandlung ihrer Patientin kam Frau Götze wieder grußlos in die Küche, wühlte dieses Mal in der Brötchentüte und im Wurstbeutel herum und ließ sich dann stöhnend auf den Stuhl plumpsen. Mit einem Aufschrei schoss sie direkt wieder empor, untersuchte den Sitz, fand aber nichts. Dann ging die Meckerei los. „Kann sich diese alte Kuh nicht mal vernünftige Möbel holen? Überall das alte Gelump hier. Jetzt bohren sich schon die Federn von dem Drecksding durch!" Sie schmierte sich dick Butter auf ein Mohnbrötchen und belegte es mit drei Scheiben gekochten Schinken, der in einer Art Luxusschleppe über den Rand hing. Mit einem Zug trank sie die eingegossene Tasse Kaffee aus und erhob sich dann. Mit vollem Mund kauend rief sie beim Hinausgehen dem alten Mann zu: „Morgen will ich Lachsschinken, den mag ich besonders. Und denken sie an Vollkornbrötchen, ich muss auf meine Figur achten!" Damit schob sie ab.

Wesing erhob sich und untersuchte die Sitzfläche des Stuhls. Er werkelte noch daran herum, als Frau Luckner die Küche betrat. Hastig steckte er etwas in die Hosentasche, vermutlich eine Papierserviette. „War's schlimm heute?" Sie schüttelte den Kopf. „Ging so, besser als sonst. Wie kann ich das nur wiedergutmachen? Sie kümmern sich so lieb um mich." Sie legte die Hände auf seine Brust, fuhr mit einer zu seinem Gesicht und betastete es. „Sie haben gütige Wangen … und sie haben Falten um die Augen. Die kommen vom Lachen, da bin ich sicher." Wesing wollte wieder in seine alten Marotten verfallen. „Ach Quatsch, das sind Sorgenfalten, nichts anderes", erwiderte er barsch. Sie lächelte nur, streichelte mit dem Handrücken seine Wange und hauchte dann einen leichten Kuss darauf. „Ich weiß, wir sind beide nicht mehr die Jüngsten, aber für ein Danke ist man nie zu alt. Irgendwie habe ich absolutes Vertrauen zu Ihnen." Wesing blieb stumm. Er dachte nach und war sich sicher, dass er zu dieser Frau nie wieder so barsch sein könnte wie zu seinen anderen Mitmenschen. So verbrachten sie den Morgen miteinander und gegen Mittag verabschiedete sich Wesing. Er würde am nächsten Tag wieder Frühstück machen.

Der Nachmittag brachte Regen und Sturm mit sich, der auch bis zum nächsten Morgen anhielt. Dennoch holte Wesing erneut Brötchen und Belag – natürlich OHNE Lachsschinken und Körnerbrötchen. Es war 8.30 Uhr … 8.45 Uhr … 9 Uhr – dann klingelte es an der Tür. Wesing ging hin und öffnete. Vor ihm stand eine kleine Frau um die dreißig mit einem langen blonden Pferdeschwanz. „Ist hier bei Frau Luckner?", fragte sie höflich. Wesing nickte und ließ die Fremde ein. „Ich bin Jadwiga, bin von Pflegedienst. Soll ich machen Versorgung von Frau Luckner, bitteschön. Ist wo?" Stirnrunzelnd führte er die junge Frau ins Schlafzimmer, wo Frau Luckner erwartungsvoll auf der Bettkante saß. Sie hatte die fremde Stimme vernommen und war nun doch etwas aufgeregt. Jadwiga trat auf sie zu, ergriff ihre Hand und führte sie zu ihrem Gesicht. „Fassen an, dass sie wissen wer ich bin", meinte sie lächelnd. „Woher wissen sie, dass ich blind bin und wie man mit Blinden umgeht?" Jadwiga lachte ein ehrliches, fröhliches Lachen. „Na, liebes Frau Luckner, ich bin doch Pflegerin. Ich hab gelesen ihre Akte, muss ich doch, muss doch wissen, wie ich helfen kann. Und Blind? Ich kenn blind, Mama in Polska ist auch blind. Kenn ich also was machen. So, jetzt bitt'schön hinlegen und sich von mir verwöhnen lassen. Heute Massage, nicht wahr?" Frau Luckner erstarrte und Wesing wollte schon eingreifen, da hatte Jadwiga schon vorsichtig Frau Luckners Hemd des Pyjamas hochgezogen. „Soll ihr Mann rausgehen oder kann bleiben?", fragte sie höflich. „Aber ich bin doch nicht …", hob Wesing an und drehte sich dann verschämt um. Jadwiga holte von der Kommode eine Lotion und ein Kühlgel. Dann bat sie Frau Luckner sich hinzulegen. Als sie den Rücken ihrer Patientin sah, schlug sie die Hände vor das Gesicht. „O mój Boże, was ist passiert mit ihnen? Warum hat Frau vor mir nicht das behandelt? Sie arme Matka!" Sie wärmte sich vorher die Hände durch Reiben an und goss sich Lotion darauf. Statt einer Massage wurde Frau Luckner liebevoll eingecremt und danach mit einem Kühlgel sowie ihrem Insulin versorgt. „Brauchen noch Hilfe? Was kann ich tun? Oder macht liebe Mann?" Wesing wollte wieder einhaken, aber Frau Luckner war schneller. „Danke ihnen, Jadwiga. Wir kommen zurecht. Moment, ich hab da noch was für sie", und dann kramte sie aus ihrer Handtasche die Geldbörse und steckte nach ein wenig Tasten einen 20-Euro-Schein in die Jeans der Polin. Diese wehrte sich zunächst, aber bedankte sich dann mit einem Handkuss. Als sie beinahe die Wohnungstür erreicht hatte, rief Herr Luckner: „Warum kommt eigentlich Frau Götze nicht?" Jadwiga wandte sich um. „Ist ganz traurig. Ich bin von Leiharbeitsfirma gestern geschickt, weil andere Frau Unfall hatte. Auf Autobahn, mit Wagen. Ist auf Heimweg nach Mönchengladbach abgekommen von Fahrbahn. Böschung runter, gefallen in See. Ganz traurig. So, ich komme heute Nachmittag wieder wegen Spritze. 15 Uhr, ist recht?" Frau Luckner nickte. Bevor Jadwiga die Tür zuzog, rief sie noch: „Sie sind auch eine sehr nette Mann, Herr Luckner. Passen gut auf liebe Frau auf, dass nicht bekommen noch mehr Flecken auf Rücken!"

Die beiden Alten blickten sich eine Weile betreten an – oder wenigstens Wesing tat es. Dann hörte Frau Luckner wieder sein „HMMHMM" und er verabschiedete sich. „So, ich geh dann mal wieder nach oben. Und da ich ja nun quasi zu ihrem Mann erklärt wurde, soll ich heute Abend zum Pilcherfilm runterkommen? Ich hab nachgesehen, der ist mit Beschreibung für Blinde." Frau Luckner sagte freudig ja und warf ihm aus der Diele noch eine Kusshand zu.

„Komisch", dachte er bei sich. „Weder sie noch ich haben uns auch nur einen Moment Gedanken um die Götze gemacht. Ist ja schon ein schlimmer Schicksalsschlag, aber wer weiß, wofür es gut ist." Damit setzte er sich in seinen Ohrensessel und betrachtete die gegenüberliegende Wand. Dort hingen einige Bilderrahmen. In einem war sein Technikerdiplom, in einem anderen sein Meisterbrief und daneben hing die Patentschrift, die er vor 25 Jahren ausgehändigt bekommen hatte. „Patent über eine Infusions- und Perfusionsspritze mit druckabhängigen Auslöser" war dort zu lesen. Mit einem milden Lächeln zog er aus der Hosentasche einen kleinen Gegenstand mit einer hauchfeinen Nadel hervor. „Was man nicht alles mit einer kleinen Überdosis Insulin regeln kann!" Dann stand er auf und ging zur Fensterbank. Dort hatte er eine Art kleinen Altar aufgebaut, mit Fotos seiner Frau und seines Sohnes mit dessen Familie. Nach Gerdas viel zu frühem Krebstod, zum Glück hatte die Enkelin sie noch ein paar Jahre kennengelernt, war die Familie seines

Sohnes sein einziger Halt gewesen. Dann kam der schreckliche Unfall, bei dem sein Sohn und dessen Frau sofort getötet worden waren. Sina, die achtjährige Enkelin, hatte schwer verletzt überlebt. Sie hätte wohl auch weiterleben können … wenn das Pflegepersonal im Krankenhaus sorgfältiger auf sie geachtet hätte. Im Obduktionsbericht hatte etwas von irreversiblen Hirnschäden gestanden. Kein Wunder, mit mehreren Luftbläschen aus der schlecht versorgten Infusion, die bis ins Hirn gewandert waren.

Er griff nach der Tageszeitung und las im Regionalteil:

<u>Schwerer Unfall auf der A52</u>

Auf regennasser Fahrbahn und mit überhöhter Geschwindigkeit war ein PKW eines Pflegedienstes von der Fahrbahn abgekommen und hatte die Leitplanken durchbrochen. Danach sei der Wagen in einen direkt an der BAB gelegenen See gestürzt und sofort untergegangen. Die Fahrerin sei jedoch schon bei dem Aufprall auf die Leitplanke durch einen Genickbruch gestorben. Bei der Frau wurden nicht unerhebliche Mengen an Betäubungsmitteln im Blut festgestellt.

Soso, dachte Wesing, das also auch noch. Er freute sich auf den Film heute Abend …

4

Interpret: Reinhard Mey

Erscheinungsjahr: 1988

Reisen mit der Eisenbahn nach Cuxhaven, in die damalige DDR oder zu den Großeltern nach Bamberg waren für mich von frühester Kindheit an prägende Ereignisse. Das lag auch daran, dass wir in unserer Familie über kein Auto verfügten. In diesen Genuss kam ich erst, als mein Bruder wieder zu Hause lebte und sich einen alten Käfer zugelegt hatte. Auch heute noch erinnere ich mich an das rhythmische Rattern des Zuges, welches mich langsam in einen Schlaf voller Träume gleiten ließ. Woran ich mich allerdings nicht gerne erinnere, waren die Eskapaden meines Vaters, der zum Rauchen immer an Bahnhöfen ausstieg und wirklich bis zur letzten Sekunde mit dem Einsteigen wartete ... gelegentlich sogar erst, als der Zug schon rollte.

Die Eisenbahnballade

1969 ... so lange her, dass es schon fast nicht mehr wahr ist. Ich war damals acht Jahre alt, das dritte Kind aus der zweiten Ehe meines Vaters bzw. das erste Kind aus der einzigen Ehe meiner Mutter. Zu unserer Familie gehörten noch meine Halbschwester und mein

Halbbruder, beide mehr als zehn und elf Jahre älter als ich. Sie waren bereits aus dem Haus. Bärbel hatte sich mit den Eltern überworfen, ich glaube, wegen eines Mannes. Und mein Bruder fuhr auf einem Handelsschiff irgendwo auf den Weltmeeren herum. Er fehlte mir so sehr … aber das ist eine gänzlich andere Geschichte.

1969 … das war an sich ein seltsames Jahr. Wir waren von Bilk auf die andere Rheinseite nach Heerdt gezogen, für mich damals eine Weltreise, zumal wir über kein Auto verfügten. Ich war mittlerweile vertraut mit dem neuen Ort, der neuen Umgebung, den neuen Mitschülern. Was ich nicht mitbekam, war: die finanzielle Situation meiner Familie war mit einem Wort gesagt katastrophal. Klar, ich kannte es insofern, als dass ich in den Ferien immer bei Verwandten war, wenn bei uns Schmalhans Küchenmeister war. In Cuxhaven bei Onkel und Tante, eine wunderbare Zeit – aber auch das ist eine andere Geschichte. Oder in Bamberg, bei den Eltern meines Vaters. Eine Zeit und ein Ort, an den ich mich nicht gerne erinnere. Und vielleicht am häufigsten in der damaligen DDR, bei meinen Großeltern und meinem Onkel, dem Bruder meiner Mutter, und dessen Familie.

1969 also … ich hatte dieses Jahr Ostern in Bamberg und die Sommerferien an der Küste verbracht. Die Weihnachtsferien standen kurz bevor und ich freute mich wie ein Schneekönig darauf – auch wenn mir mein Bruder unsagbar fehlte. Es muss die letzte

Schulwoche gewesen sein, als mich meine Eltern eines Abends auf die Seite nahmen. „Hör mal, du bist doch jetzt schon groß und vernünftig. Da können wir mit dir wie mit einem Erwachsenen reden." Im ersten Moment schwoll mir die Brust an, voller Stolz. Aber im nächsten Augenblick fiel ich wieder in mich zusammen, denn ich kannte diesen Gesprächsanfang von den Gesprächen meiner Eltern mit meinem Bruder – und dann war der auf einmal weg. „Also, Jörgi, du hast dieses Jahr Oma und Opa in Freyenstein noch gar nicht gesehen. Willst du sie denn nicht besuchen, zu Weihnachten?" Eine klasse Idee! Mein Opa war mir der liebste Verwandte, aus vielerlei Gründen – und manche in meiner Familie behaupten, ich sei seine Reinkarnation. Er war lieb, verständnisvoll, hatte ständig ein Lachen um die faltigen Gesichtszüge und war immer zu einem Spaß aufgelegt, gerne auch auf meine Kosten. Omi hingegen war religiös, sittenstreng, ernsthaft … aber von einer unterschwelligen Herzlichkeit, die man erst auf den zweiten Blick erkannte. Also war meine Antwort logischerweise: „Klar, wann fahren wir?" Meine Eltern drucksten herum und sahen sich betreten an. „Ja, weißt du, das ist die Sache … wir, also wir … wir kommen nicht direkt mit und …".

Weiter kamen sie nicht, denn ich schrie laut: „Dann fahre ich auch nicht", verschränkte trotzig die Arme vor der Brust und zog einen Flunsch. „Schau mal, Jörgi, dieses Jahr ist es wirklich sehr schwierig mit dem Geld. Und wir brauchen jeden Pfennig. Und vor

Weihnachten ist eine wichtige Zeit. Da können wir ganz viel Geld verdienen, mit Vermieten."

In meinem Kopf tobten die wildesten Fantasien herum: so ein Gespräch hatten meine Eltern mit meinem Bruder gehabt. Ergebnis: er war weg. Hänsel und Gretel aus dem Märchen. Ihre Eltern hatten auch kein Geld und führten die Kinder in den Wald, weg von zu Haus. Ergebnis: Hänsel wurde von der Hexe beinahe im Ofen gebraten. NICHT MIT MIR, meine Damen und Herren.

Mutter vermietete das elterliche Schlafzimmer an Messegäste und besserte so das Familieneinkommen auf. Vater hatte einen absolut miesen Job als Vertreter. Er fuhr bei Wind und Wetter mit der Vespa quer durch das Rheinland und das Ruhrgebiet und versuchte, Kalender und ähnlich unnützes Zeug bei Firmen zu verkaufen. Wie gesagt, jämmerliches Gehalt, kaum Umsatz, entwürdigend für einen stolzen Mann wie meinen Vater. Zumal er aus dem großen Krieg unzählige schwere Verletzungen und Amputationen mitgebracht hatte. Andere Familien schickten Care-Pakete an die armen Verwandten in die Ostzone – WIR hingegen bekamen von dort Pakete mit Lebensmitteln. Saure Äpfel, Mehl, Zucker, Konserven. Zu Weihnachten war für mich immer eine Besonderheit dabei: einer von den kleinen Engeln aus dem Erzgebirge, liebevoll bemalt, mit grünen Flügeln und elf weißen Punkten darauf. Ohne die war das Fest nicht komplett.

All das schoss mir durch den Kopf, während meine Eltern weiter auf mich einredeten und mich mal liebevoll, mal streng, darüber aufklärten, dass diese Sache beschlossen und nicht mehr zu ändern sei. Ein Versuch, mich zu trösten, war, dass die Familie Bawabi aus Jaffa in Israel mal wieder bei uns zu Gast sein würde. Diese netten Menschen kamen jedes Jahr zur Druck- und Papiermesse DRUPA nach Düsseldorf und hatten offenbar einen Narren an mir gefressen. Jedes Jahr zu Weihnachten gab es von dort ein Paket mit Orangen und einem köstlichen Orangensirup, so etwas wie Tritop, nur besser ... und der wurde übers Jahr fast bis zur Unkenntlichkeit mit Wasser gestreckt, damit er nur möglichst lang halten würde. Also, die Bawabis sollten am 18.12. bereits ankommen, dieses Mal mit ihren Kindern. Also wurde ab diesem Zeitpunkt nicht nur das Schlafzimmer der Eltern benötigt, sondern auch mein Zimmer, in dem die drei Kinder der Familie unterkommen sollten. Dies spülte scheinbar so viel Geld in unsere klamme Haushaltskasse, dass wir bis zum Jahres Ende und darüber hinaus zurechtkommen würden.

Die nächsten drei Tage waren vor allem von gedrückter Stimmung geprägt. Meine Eltern hatten es arrangieren können, dass ich drei Tage vor offiziellem Ferienbeginn abreisen konnte. Dafür musste meine Mutter vor dem Direktor der Schule die Karten auf den Tisch legen – welch eine Überwindung für meine Mama. Der Direx war jedoch ein sehr verständiger Mann und willigte ein ... und nach diesem Ereignis hatte ich ein Stein im Brett bei ihm und er half mir bevorzugt bei Mathe.

Am 18.12. also brachten meine Mutter und mein Vater mich zum Düsseldorfer Hauptbahnhof. Wir hatten noch am vergangenen Abend alles genau durchgesprochen und ich hatte einen großen Zettel in meiner Jacke, auf dem alles Wichtige stand. Nur für den Fall … denn ganz allein würde ich nicht sein. Auf dem zugigen Bahnsteig nahm mich eine Dame von der Bahnhofsmission in Empfang, die mich bis nach Helmstedt an die Zonengrenze begleiten würde. Ich erinnere mich nicht mehr an ihren Namen, aber sie sah in ihrem taubenblauen Mantel und dem weißen Häubchen ein wenig wie eine Nonne aus. Sie war sehr nett und passte die nächsten Stunden nicht nur auf mich, sondern noch auf drei andere Kinder auf, die wohl eine ähnliche Tour vor sich hatten. Ich kletterte auf die Sitzbank, zog das Fenster so gut es ging herunter und winkte mit tränenüberströmten Gesicht meinen Eltern zu. Der Blick meines Vaters war zu Eis erstarrt und er stand stocksteif da und winkte mechanisch, meine Mutter heulte noch mehr als ich und wedelte mit einem Taschentuch in der Luft herum, als das Pfeifen ertönte und der Zug sich in Bewegung setzte. Schnell verlor ich sie aus den Augen und ließ mich mutlos auf die Bank sinken. Den anderen Kindern erging es ebenso wie mir und die Tante von der Mission hatte redliche Mühe, sich der vier Häufchen Elend anzunehmen. So schimpfte sie gar nicht, obwohl wir mit Straßenschuhen auf die Bank geklettert waren, um uns zu verabschieden. Nein, sie verteidigte uns sogar gegen die anderen im Waggon befindlichen „Sittenwächter", die sich über die Jugend von heute aufregten.

Die Landschaft zog an uns vorbei. Städtenamen, die ich aus dem Heimatkundeunterricht kannte: Duisburg, Essen, Dortmund, Hamm, Bielefeld. Der Himmel war so grau wie unsere Stimmung. Nicht einmal der langsam in dicken Flocken fallende Schnee konnte mich trösten. Jeder versuchte sich so gut wie möglich abzulenken. Ich las in meinen mitgenommenen Büchern, darunter ein Micky-Maus-Taschenbuch, welches sich mein Vater wortwörtlich vom Mund hatte absparen müssen. Zwischendurch mümmelten wir an unseren Broten, die wir von zu Hause mitgebracht hatten. Wir sprachen nicht viel miteinander, jeder hing seinen eigenen Gedanken nach. Trost konnten wir einander eh nicht spenden.

Ich musste eingenickt sein, denn ich schreckte hoch, als mich die Missionstante sanft am Arm berührte. „Du musst wach werden, Jörg. Wir sind gleich in Helmstedt. Da ist die Grenze und da musst du umsteigen. Ich übergebe dich da einer anderen Dame, die wird dir weiterhelfen." Eine Viertelstunde später kam der Zug ruckelnd zum Stehen und wir Knirpse quälten uns mühsam mit unseren kleinen Rucksäcken und Köfferchen die viel zu hohen Stufen des Waggons herab. Die Missionstante lief nervös auf dem Bahnsteig herum, sprach diverse Personen an und landete zuletzt bei einem streng aussehenden, großen Kerl in Militäruniform. Mit diesem kam sie zu uns zurück und erklärte: „Dieser Herr von der NVA (was das hieß, wusste ich damals wirklich nicht) wird euch jetzt begleiten. Ich habe ihm schon eure Papiere gegeben und ihr bekommt sie von ihm wieder, bevor ihr in eure jeweiligen Züge steigt, die euch zu euren Verwandten bringen. Unbedingt darauf aufpassen, ihr dürft die Pässe in keinem Fall verlieren." Ich hatte das schon mit meinen Eltern abgesprochen. Um den Hals trug ich eine Kordel, an der eine kleine Tasche mit Klarsichtfenster befand. Darin sollte ich Fahrkarte, Pass und ein wenig Kleingeld aufbewahren. Die Missionstante verabschiedete sich von uns mit sorgenvollem Blick und winkte uns zum Abschied zu. In einem Raum des Bahnhofs angekommen, mussten wir unsere Taschen und Koffer öffnen und sie wurden durchsucht. Die Frau, die das tat, sah unglaublich streng aus. Manchmal erscheint mir dieses Gesicht heute noch, im Traum, meist in Kombination mit einer Hexe. In einem seltsamen Deutsch rief sie dann: „Nu, was ham wer denn da? Kapitalistische Hetzschriften. Die darfst du aber nicht in unser schönes friedliches Land bringen und damit unsere Kinder vergiften. Beschlagnahmt!" Entsetzt sah ich, wie sie das Micky-Maus-Buch in eine Kiste neben ihrem Schreibtisch fallen ließ. Dann wurde mein Pass und meine Fahrkarte in meinen Halsbeutel gesteckt und der Nächste war dran. Zu entsetzt, etwas zu erwidern, wurde ich weitergeschoben, auf den Flur, wo wir alle auf einer Bank Platz nehmen mussten.

Als ich einmal dringend zur Toilette musste, zeigte mir eine junge, wesentlich nettere Soldatin den Weg zum Klo. Auf dem Rückweg zum Flur mit der Bank kam ich an einer halb geöffneten Tür vorbei, aus der ein meckerndes Lachen erklang. Neugierig schielte ich um die Ecke hinein. Dort sah ich die alte Soldatin von der Taschenkontrolle, wie sie in meinem Micky-Maus-Buch blätterte. In diesem Augenblick fühlte ich nur eines: unbändigen Hass auf diese Frau, dieses Land. Ich wollte am liebsten wieder nach Hause, egal wie. Aber in diesem Augenblick erschien die junge Soldatin, die uns wieder zu den Bahnsteigen führte. Zwei Mädchen stiegen in einen Zug nach Berlin, ein Junge kam in den Zug nach Leipzig. Ich war der letzte, der in einen Zug mit einer Dampflok davor einsteigen musste. Ich fragte nach der Tante der Bahnhofsmission, die mich doch nach Auskunft der anderen ab hier geleiten sollte. „Nee, du, die ist krank geworden. Die kann dich nicht begleiten tun. Aber du bist ja schon groß und kannst sicher gut lesen. Du musst in Wittstock aussteigen. Also immer schön die Ortsschilder in den Bahnhöfen lesen. Aber ich sag noch dem Schaffner Bescheid.“ Damit wurde ich in ein Abteil gesetzt, in welchem schon eine alte Frau mit ihrem Hund saß.

Ich war völlig neben der Spur. War ich jetzt tatsächlich wie Hänsel und Gretel ausgesetzt? Oder würde ich auf ein Schiff gebracht, wie mein Bruder, und würde mein Zuhause nie wiedersehen? Zu verzweifelt zum Weinen, starrte ich vor mich hin. Da wurde die Abteiltür aufgestoßen. „Die Fahrkarten bitte." Ein Mann in blauer Bahnuniform stand vor mir, mit so einem Knipsgerät, mit dem man in die Fahrkarten zwickte. Das kannte ich von früheren Bahnfahrten. Ich kramte meine Karte aus dem Halsbeutel hervor. Er sah sich das Stück Pappe an, lächelte ein wenig und sagte: „Du bist also der junge Mann, der zu seinen Großeltern will. Ganz schön mutig, so eine lange Reise alleine." Dann wandte er sich an die alte Dame. „Volksgenossin, darf ich Sie bitten, ein wenig mit auf den Kleinen zu achten? Er muss in Wittstock aussteigen. Aber ich versuche selbst, dann rechtzeitig hier zu sein. Also, nur für den Fall der Fälle …" Die Frau nickte, kein Wort kam über ihre Lippen. So blieb es auch den Rest der Fahrt, lange drei Stunden. Zwei meiner Bücher hatten die Gepäckkontrolle überstanden, vermutlich, weil es Geschenke meines Onkels aus der DDR waren und somit unverfängliche Literatur.

Der Schneefall hatte aufgehört, aber die brandenburgische Landschaft war bereits mit einer dicken, weißen Decke überzogen. Das eintönige Ruckeln des Zuges, der seltsame Geruch der von der Dampflok verbrannten Braunkohle, all das betäubte mich irgendwie und ich schlief ein. Durch heftiges Ruckeln wurde ich aufgeschreckt und der Zug hielt an. Erschreckt sprang ich auf, ergriff meinen Rucksack und den kleinen Koffer und stürzte zur Waggontür. Nur nicht im Zug bleiben und meinen Opa verpassen! Kurz vor der Tür fing mich der Schaffner ab. „Keine Sorge, mein Junge, du hast nichts verpasst. Wittstock ist erst der nächste Bahnhof. Hast du Durst?" Ich nickte und der Mann nahm mich mit ins Dienstabteil. Dort bekam ich aus seiner Thermosflasche einen Becher mit heißem und stark gesüßten Schwarztee. Er war köstlich und wärmte mich von innen, denn die Züge waren nur mäßig beheizt und man konnte auf die Scheiben tatsächlich Eisblumen hauchen.

Es mochte eine Viertelstunde später gewesen sein, als mein Retter sich erhob und sagte: „So, gleich sind wir da. Hoffentlich ist jemand da, der dich abholt." Ja, DAS hoffte ich auch. Ängstlich schaute ich durch das Fenster der Waggontür, an der ich mit meinem Gepäck wartete. Als wir hielten, sprang der Schaffner raus, half mir mit Koffer und Rucksack und Koffer und hob mich dann herunter. Mit einem Fingertippen an den Schirm seiner Mütze verabschiedete er sich von mir. Als ich mich umwandte, erkannte ich das grinsende Gesicht meines Opas. August stand da, einen dicken schwarzen Kaban und eine Mütze mit Ohrschützern tragend, die unvermeidliche Zigarettenspitze im Mundwinkel, aus der die ebenso unvermeidliche, stinkende F6 qualmte. Ich rannte zu ihm, umarmte ihn wie wild und er hob mich lachend hoch. „So, mein Jörgi, dann wollen wir mal los zu Oma, bevor es ganz dunkel wird." Stimmt, es hatte längst begonnen zu dämmern. Die Straßenlaternen waren bereits angegangen und wir durchquerten das kleine eisige Bahnhofsgebäude. Opa hatte eine besondere Überraschung für mich. Wir würden nicht mit dem Bus oder einem Auto fahren. Opa hatte sich ein

Pferdefuhrwerk ausgeliehen und mich damit abgeholt. Vorne waren zwei monströs große, dunkle Pferde, denen ich mich nicht zu nähern wagte. Ihr Atem stieg wie Dampf aus ihren Nüstern und schnaubend schüttelten sie die zotteligen Mähnen. Opa August warf meinen Rucksack und Koffer auf die Pritsche und hob mich auf den Kutschbock. Dort nahm ich auf einer dicken Filzdecke Platz und mein Großvater setzte sich neben mich. Eine weitere Decke kam über unseren Schoß und dann ließ August die Peitsche hinter den Köpfen der Pferde knallen. Diese zogen sofort an und polternd rumpelte das Fuhrwerk über das Kopfsteinpflaster aus dem Ort hinaus. Waren dort die Wege noch von Laternen erhellt, war die Landstraße unbeleuchtet. Opa hatte je zwei Petroleumlampen hinten und vorne an unserem Gefährt befestigt, damit wir von den LKW, Autos und Bussen nicht übersehen wurden. Der weitere Verkehr wurde spärlicher und bald waren nur noch wir mit unseren Zugtieren auf der Allee, die nach Freyenstein führte. Die Straße war geräumt, aber links und rechts türmte sich der Schnee auf. Vom hohen Kutschbock aus konnte ich jedoch darüber hinwegsehen und erkannte im Zwielicht auf den weißen Flächen vereinzelte Gruppen von Rehen, die unter dem Schnee nach etwas Fressbarem suchten. Zum Glück war es windstill, denn es war auch so bitterkalt genug. Mein Opa hatte eine Wollmütze und Handschuhe für mich mitgebracht. Welch ein Glück, denn meine eigenen hatte ich in der Aufregung im Zug liegengelassen.

Es war stockdunkel, als wir vor dem Tor des Bauernhofes am Ortseingang von Freyenstein ankamen. Meine Großmutter hatte unsere polternde Ankunft wohl von Weitem gehört und stand bereits vor der Tür. Ich wurde geherzt, geküsst und in die warme Stube geführt. Das Fuhrwerk wurde in den Innenhof gebracht, der in alten Zeiten ein echter Bauernhof gewesen war, im Jahr 1969 diente er als Traktorenhof der LPG. Ich bekam eine warme Suppe und ein Schmalzbrot und musste Oma und Opa danach von meiner abenteuerlichen Reise berichten. Natürlich erzählte ich auch von den Umständen zu Hause und von meinem gestohlenen Comicbuch. Aber über der Geschichte waren mir vor Müdigkeit die Augen zugefallen und ich war auf der Couch eingeschlafen.

Am nächsten Morgen erwachte ich in dem riesigen Federbett zwischen meinem Großvater und meiner Großmutter. Die nächsten Tage bis zum Weihnachtsfest waren mit jeder Menge Arbeit angefüllt. Ich half meinem Großvater Briketts zu stapeln oder Holz für den Ofen zu sägen. Omi brauchte meine Hilfe in der Küche und legte damit wohl meine heutige Leidenschaft für das Kochen. Mein Onkel und meine Tante kamen am 23.12. mit einem Tannenbaum herein und ich schmückte ihn zusammen mit meinen Großeltern. Im Gegensatz zur Wohnung in Düsseldorf hatten sie noch echte Kerzen und dazu nur rote Kugeln und Strohsterne. Der Heilige Abend stand bevor. Die Speisen waren vorbereitet, genug Brennmaterial war bereitgelegt, die Tiere im Hof waren versorgt. Das Fest konnte kommen. Aber wirkliche Weihnachtsstimmung konnte nicht aufkommen, so sehr sich meine Großeltern auch bemühten. Omi sang mit mir und für mich, Opa las mir Märchen vor. Aber das Wichtigste fehlte: meine Eltern.

Ich war sehr geknickt, versuchte die Traurigkeit aber zu verstecken, denn ich spürte, wie viel Mühe sich all meine Verwandten mit mir gaben. Das schönste Weihnachtsgeschenk im Jahr 1969 war jedoch, dass meine Eltern am späten Nachmittag des 25.12. eintrafen. Sie hatten es gerade noch rechtzeitig geschafft und ich war überglücklich. Als wir nach dem Abendessen zusammen vor dem hell erleuchteten Baum saßen, drückten meine Eltern mich an sich und sagten: „Du wirst es noch nicht richtig verstehen, aber wir haben auch ein Weihnachtsgeschenk bekommen, ein unglaublich großes. Papi wird ab nächstes Jahr eine neue Arbeit haben, beim Versorgungsamt. Er wird dafür noch einmal auf die Schulbank müssen, so wie du. Es wird schwer, aber es wird besser werden. Glaub' uns." Und es wurde besser, sehr viel besser …

5

Interpret: Bläck Fööss

Erscheinungsjahr: 1985

Ja, natürlich bin ich gebürtiger Düsseldorfer und ich liebe meine Heimatstadt. Das macht mich aber nicht unkritisch … und erst recht nicht zum Dogmatiker, der für die Schwesterstadt auf der anderen Seite von Vater Rhein nur Hohn und Spott übrighat. Ich glaube wirklich, dass es mehr gibt, was uns verbindet, als das, was uns trennt. Und ganz sicher verbindet uns der unbändige Freiheitswillen und der Wunsch nach Selbstverwirklichung, wie er so passend von den Bläck Fööss in diesem Lied beschrieben wurde. Überhaupt eine Band, die mich insbesondere mit ihren politischen und historischen Liedern schwer beeindruckt hat. Eigentlich schade, dass wir in Düsseldorf keine Band haben, die eine ähnliche künstlerische Entwicklung genommen hat.

Schlacht bei Worringen

Habe ich Ihnen schon einmal von meinem Verwandten erzählt, von Udo Marenski? Nicht? Na, dann wird es höchste Zeit, denn ihm ist etwas Unglaubliches widerfahren. Mir jedenfalls sträuben sich die Nackenhaare, wenn ich nur an seinen Bericht denke.

Er saß abends bei mir, beide Hände um eine dampfende Kaffeetasse gelegt. Seine Hände zitterten leicht, als er das heiße Gebräu zum Mund führte und zunächst ein wenig pustete. Seine Haut war fahl weiß, seine Augen waren leicht hervorgetreten, der kahle Schädel schweißglänzend und das spitzbübische Lächeln, das so typisch für ihn war, fehlte in diesem Moment völlig. Sein Anruf hatte mich überrascht. Wir waren, so nennt man es glaube ich, Großcousins. Unsere Großväter waren Brüder gewesen, natürlich verfeindet, wie es sich bei guten ostpreußischen Großfamilien gehörte. Ich war mehr zufällig auf ihn gestoßen, als meine Frau mir einen Artikel in der Zeitung zeigte, in dem stand: Der Balkhauser Kotten hat wieder einen Schleifermeister. Ja, der Balkhauser Kotten ist eine restaurierte Wassermühle im Tal der Wupper, in dem heute noch ein Wasserrad eine Welle bewegt, deren Transmissionsriemen mehrere Schleifböcke antrieb. Als wir das erste Mal aufeinandertrafen, war es seltsam. Ein Gefühl der Vertrautheit, der Zusammengehörigkeit herrschte direkt zwischen uns. Uns verband die Leidenschaft für Messer, ein gewisser Glaube an die Mächte der Natur und die Gewissheit, dass es mehr zwischen Himmel und Erde gäbe, als uns Schulweisheit glauben machen will.

Udo hatte früher schon hier gearbeitet, aber sein unruhiges Blut hatte ihn in der ganzen Welt herumgetrieben, bis das Heimweh einsetzte. Hier, im

Bergischen Land, fand er die Dinge, die er für ein zufriedenes Leben brauchte: Natur, Ruhe, Platz für seine Pferde und Hunde und ein entlegenes Haus, in dem er nach eigener Façon selig werden konnte.

Udo konnte durchaus als Meister seines Fachs bezeichnet werden. Als selbständiger Handwerker musste er zwar auch Lohn- und Brotaufträge annehmen, wie das Akkordschleifen von Scheren und Messern für die Industrie, aber seine eigentliche Leidenschaft gehörte der Restaurierung alter oder gar historischer Waffen. Ich hatte ihn einmal bei solch einer Arbeit beobachten können und fühlte mich direkt an Dokumentationen über uralte japanische Schmiede- und Schleifermeister erinnert, die während ihrer Arbeit zu beten oder zu singen schienen, als wollten sie ihr Werkstück beschwören. Udo war dann in einer anderen Welt, nicht mehr unter uns Sterblichen. Und wenn er mir dann, mit schmerzendem Rücken und nach stundenlanger Arbeit bis tief in die Nacht, stolz das Ergebnis zeigte, war in seinen Augen ein Glühen, das einem lodernden Schmiedefeuer gleichkam.

Kehren wir aber zurück zu dem besagten Abend, als Udo vor mir saß und nicht recht mit der Sprache rauswollte. „Nun lass dir nicht jedes Wort aus der Nase ziehen. Ich sehe doch, dass irgendetwas mit dir nicht stimmt. Rück schon raus damit, ich habe Zeit. Nach solch einem starken Kaffee bekomme ich sowieso kein Auge zu." Udos Kopf ruckte hoch und er blickte mich an, als wüsste er nicht, wie er hergekommen sei oder wo er sich gar befand. Nur langsam stieg die Erkenntnis in ihm auf, dass er sich an einem sicheren Ort befand.

„Versprich mir, Jörg, dass du niemand davon erzählst. Nicht deiner Frau, auch nicht meiner Tochter Nina! Die halten mich sonst für verrückt und weisen mich ein. Aber dabei ist das alles doch wirklich passiert ... nur kann ich es nicht beweisen." Ich verdrehte genervt die Augen. „Komm zu Potte! Ich weiß überhaupt nicht, worum es geht. Erzähl mir deine Geschichte, am besten von Anfang an. Danach kann ich immer noch selber entscheiden, ob ich daran glaube oder nicht."

Udos Hand fuhr an seinen Hals, wo er an einem schwarzen Lederband ein silbernes nordisches Symbol trug, Thors Hammer. Noch so ein Punkt, in dem wir übereinstimmen: Ich trug an einem schwarzen Band ein silbernes Amulett, das Yggdrasil zeigte, die Weltesche, den Weltenbaum, der für die Verkörperung der Schöpfung stand. Für mich stand er für die Verbundenheit alles Überirdischen mit der Realität und den Abgründen, die jedem von uns innewohnen. Es sollte mich daran erinnern, dass ich Teil eines ewigen Kreislaufs von Werden und Vergehen bin. Immer, wenn Udo sehr nervös war, tastete er nach seinem Schmuckanhänger, seinem Schutzzeichen, als würde er dort Halt finden. Und mit zunächst stammelnden Worten begann seine Erzählung:

Ich hatte mehrere Wochen mit einem Großauftrag zu tun. Tausende von Scheren und Messern mussten geschliffen werden. Natürlich war ich froh gewesen über solch einen großen Auftrag. Er würde mir in den nächsten Monaten ein sicheres Auskommen bieten, ich konnte alte Schulden abtragen und etwas auf die hohe Kante legen. Aber du weißt ja, wie das ist, wenn man immer nur plockert und stupide Arbeiten machen muss. Der Geist erlahmt, man wird unzufrieden, man spürt, dass etwas nicht stimmt. Es musste also dringend eine Aufgabe her, die mich intellektuell und handwerklich forderte. Lange schon lag mir der Vorsitzende eines Vereins in den Ohren, für ihn und einige Freunde Waffen nach historischem Vorbild anzufertigen. Das, was diese Leute machten, bezeichnet man heute wohl als „Real Enactment", die möglichst authentische Nachstellung historischer Ereignisse. Diese Menschen waren absolute Fachleute auf diesem Gebiet, dass für sie nicht Broterwerb, sondern lediglich ein Hobby war. Diese Truppe also hatte sich die Schlacht von Azincourt ausgesucht, die während des Hundertjährigen Krieges zwischen Frankreich und England im Jahr 1415 stattgefunden hatte. Einige der Mitglieder waren Engländer, andere wiederum hatten sich französische Ritter zum Vorbild genommen. In ihren Reihen befanden sich Schneider, die exakte Kopien historischer Gewandung erstellt hatten, ein Schmied hatte mehrere Rüstungen nach historischen Stichen angefertigt. Es fehlte ihnen nur noch ein erfahrener Schleifer, der aus halbwegs passenden Repliken Waffen formte und schliff, die vom Original nur mittels der Radiokarbonmethode, der sogenannten C14-Methode, zu unterscheiden waren.

Diesen Vereinsvorsitzenden rief ich also an und vereinbarte mit ihm ein Treffen. Am nächsten Abend fand er sich in meiner Werkstatt ein. In seiner Begleitung befand sich eine ungefähr 30 Jahre alte Frau, die sich bewusst im Hintergrund hielt. Mit weitschweifigen Gesten und anhand von mitgebrachten Zeichnungen beschrieb der Mittelalterfanatiker, was er und seine Mitstreiter genau suchten. Aus einem langen, schmalen Metallkoffer entnahm er zwei Muster eines Rohlings, die er mir überreichte. Ganz im Duktus seiner Spielszenen sprach er mich an: „Nun, Meister Udo, was saget Ihr mir? Seid Ihr zu Willen, dies Werk zu vollbringen? Es soll euer Schaden nicht sein." Ich schaute ihn an, als würde ich ein wenig an seiner geistigen Gesundheit zweifeln. Da aber überreichte er mir einen Zettel mit einer Summe, die mir Schnappatmung verursachte. „Die Hälfte vorab, Ihr werdet sicher mannigfaltige Ausgaben haben. Der Rest, wenn die schimmernde Wehr uns zu unserer Zufriedenheit übereignet wird." Statt einer Antwort konnte ich nur nicken. Dann sah ich ihn an. „Sie sind sich schon darüber im Klaren, dass ich solch eine Arbeit nicht an einem Wochenende schaffen kann?" „Aber natürlich, Meister Udo, gut Ding will Weile haben. Aber wie wäre es, wenn wir die erste Waffe zu Martini haben könnten? Als ersten Beweis Eurer Kunstfertigkeit?" St.

Martin, das war im November. Also noch gute fünf Monate Zeit. Das konnte ich ohne Weiteres schaffen. „Schlagt ein, Meister Udo, das Wort und der Handschlag eines Ehrenmannes gilt noch etwas unter unseresgleichen." Ich schlug ein, glücklich über diesen Gunstbeweis des Schicksals. Jetzt aber wurde der Vereinsvorsitzende sehr sachlich und deutlich aktueller in seiner Art zu reden. „Es wird Ihrer Aufmerksamkeit nicht entgangen sein, dass ich in Begleitung zu Ihnen gekommen bin, Herr Marenski. Darf ich Ihnen Frau Elisabeth Eisenburg vorstellen? Sie ist mir seit Längerem bestens bekannt und hat darum gebeten, mich begleiten zu dürfen, als ich ihr von unserem Termin erzählte. Sie hat, so glaube ich, eine sehr wichtige Aufgabe für Sie."

Die junge Frau trat näher und ich konnte sie das erste Mal richtig betrachten. Sie war groß, beinahe athletisch gebaut, langes, schwarzes, lockiges Haar, einen Teint, der von längeren Aufenthalten unter südlicher Sonne zeugte, und eine Körperhaltung, für die mir nur ein einziges Adjektiv einfiel: aristokratisch. Sie reichte mir die Hand und neigte leicht den Kopf. Der Händedruck war angenehm kühl und fest, ohne dominant zu wirken. „Ich darf mich einstweilen schon verabschieden, meine Beste. Mich rufen familiäre Pflichten." Der Mittelalterfan war durch die Tür, bevor ich ihm noch Tschüss sagen konnte. „Können wir uns vielleicht setzen, Herr Marenski? Was ich Ihnen zu erzählen habe, wird etwas Zeit in Anspruch nehmen?" Ich bot ihr in Ermangelung etwas Besseren einen Schemel neben dem meinen vor dem Schleifbock an. Sie nahm darauf Platz, als wäre es für sie das Natürlichste von der Welt. „Im Besitz meiner Familie befinden sich historische Waffen, deren Ursprünge sich genau zurückverfolgen lassen. Es handelt sich dabei um ein einhändiges Schwert sowie einen längeren Dolch, den man wohl als Hirschfänger bezeichnet. Ich habe mal ein Foto von den beiden Teilen mitgebracht." Ich ergriff den Ausdruck und betrachtete die gestochen scharfen Aufnahmen. „Beklagenswert, der Zustand, nicht wahr? Meine Vorfahren haben es an der nötigen Sorgfalt mangeln lassen, diese Schätze angemessen zu hegen und zu pflegen. Glauben Sie, Sie können da noch etwas retten?"

Tatsächlich sah ich auf dem Foto ein Bild des Jammers. Die Griffe der beiden Waffen waren früher einmal mit Edelsteinen geschmückt gewesen. Im Heft des Hirschfängers fehlten Einlegearbeiten und die ehemals goldene Beschichtung war größtenteils abgeblättert. Das Schwert war in noch schlechterem Zustand. Der Knauf war zur Hälfte abgebrochen und irgendjemand hatte mit Gewalt versucht, ein Wappen unkenntlich zu machen. Beiden Waffen gleich war der hundsmiserable Zustand der Klingen. Sie waren schartig und stumpf, wie von langem und kriegerischem Gebrauch. Irgendein unfähiger Trottel hatte wohl versucht, die einzelne Hohlkehle in beiden Klingen heraus zu schleifen.

Ich wandte mich kopfschüttelnd an meine potenzielle Auftraggeberin. „Verzeihen Sie mir die offenen Worte,

Frau Eisenburg, aber welchem Dilettanten haben Sie diese Dinge anvertraut? Die Waffen sind völlig verhunzt. Selbst wenn sie für Sie und Ihre Familie einen ideellen Wert haben, würde sich eine Restaurierung nicht lohnen. Allein die Beschaffung passender Edelsteine und des Blattgoldes würde den aktuellen Wert der Stücke bei Weitem übersteigen. Ich verdiene wirklich gerne Geld, Frau Eisenburg, aber ich haue niemand übers Ohr. Ihnen eine Restaurierung anzubieten wäre einfach … unseriös." Die Dunkelhaarige hatte mir interessiert zugehört und schüttelte nun den Kopf. „Herr Marenski, damit wir uns nicht missverstehen: Geld spielt bei der Sache keine Rolle. Meine Familie ist vermögend und wir können uns eine gewisse Extravaganz leisten. Ich bin zu Ihnen gekommen, weil Sie mir von Fachleuten und Waffennarren als ein ausgewiesener Experte empfohlen wurden, der auch die hoffnungslosesten Fälle in Ordnung bringen kann. Bitte sagen Sie mir nicht, dass ich von all diesen Leuten getäuscht worden bin." Klasse, ich war mit Anlauf mitten in die Falle getappt. Sie packte mich bei meiner Berufsehre und meinem Ruf. Wie konnte ich jetzt nun noch nein sagen? Als letzter Ausweg fiel mir nur noch eines ein: „Ohne eine Vorlage, wie die Waffen im Original ausgesehen haben, kann ich keine Restaurierung vornehmen."

***

„Weißt du, Jörg, ich hoffte, ihr damit den Wind aus den Segeln genommen zu haben. Aber typischer Fall von ‚denkste‘. Hast du vielleicht ein Bier für mich?“ Udo riss mich mit seiner Bemerkung vollends aus der Atmosphäre, in die mich sein Bericht gezogen hatte. Hastig holte ich eine Flasche und ein Glas aus der Küche, damit er mit seinem Bericht fortfahren konnte.

***

Auch hier hatte mich die Frau direkt am Haken. „Im Besitz meiner Familie befindet sich ein Portrait meines Vorfahren, der diese Waffen hatte anfertigen lassen. Darauf sind Schwert und Messer genau zu erkennen. Der Maler hatte sich damals selbst übertroffen, denn ihm war es gelungen, auch die kleinsten Feinheiten an Heft und Griff deutlich wiederzugeben. Ich habe bereits Kontakt zu einigen namhaften Edelsteinhändlern in Antwerpen aufgenommen, die mir versichert haben, mich mit entsprechendem Ersatz für die verloren gegangenen Pretiosen ausstatten zu können. Blattgold ist sicher überhaupt kein Problem und Elfenbein … nun ja, seit dem Importverbot ist es sicherlich schwerer geworden, aber Sie verfügen als Restaurator doch sicher über entsprechende Kontakte oder gar Vorräte aus legalen Einfuhren oder Altbeständen.“ Da hatte sie mich. Natürlich hatte ich das eine oder andere Material in meinem Fundus, aus Haushalts- oder Betriebsauflösungen. Da fand sich immer wieder mal kostbares, altes Holz, das ich für Griffschalen von Messern verwenden, oder Elfenbeinschmuck, den ich für Intarsien umarbeiten konnte. „Aber ich sagte Ihnen ja, dass es nicht billig wird. Ich kann jetzt noch keine genaue Summe sagen, das muss ich erst kalkulieren, aber ..." Auch sie schob mir einen Zettel mit einer Zahl herüber. Auf diesem stand: 40.000 € zuzüglich Materialkosten und Spesen. Mir wurde richtig schwindelig, das kann man sich ja vorstellen.

Wir vereinbarten also einen Termin für die Übergabe der Originale. Ich unterschrieb einen von Frau Eisenburg mitgebrachten Vertrag, den ich mir nur flüchtig durchlas. Zu sehr hatte mich das angebotene Honorar beeindruckt. Vier Tage später erschien die Frau wieder in meiner Werkstatt und überreichte mir einen Koffer, dessen Inneres mit schwarzem Samt ausgeschlagen war und in dem die Waffen lagen. Eine viel zu pompöse Unterbringung für diese beiden Stücke, die aus meiner Sicht eher nur noch Schrottwert hatten. Frau Eisenburg ließ mich den Erhalt der Waffen quittieren und ich brachte die Stücke sofort in den Panzerschrank, den ich glücklicherweise in der von mir angemieteten Werkstatt vorgefunden hatte.

Es war Abend und aufgrund eines Unwetters recht früh dunkel, als ich die Klingen das erste Mal aus dem Safe holte und näher in Augenschein nehmen konnte. Ich legte zuerst das Schwert auf meinen Arbeitstisch und schaltete die starke LED-Lampe mit Lupe an, um mir den Schaden genauestens zu betrachten. Dazu zog ich meine Handschuhe aus und berührte die Waffen das erste Mal mit bloßen Händen. Es war wie ein Stromschlag, der durch mich fuhr. Das Schwert und der lange Dolch waren eiskalt, nahezu unwirklich eisig, als hätten sie in einem Froster gelegen. Dazu kam ein Summen in meinen Ohren, dass wie tausend Hornissen klang. Meine Hand schwebte zitternd über den Waffen, ich wollte sie berühren, wirklich, aber es hielt mich irgendetwas wie eine magnetische, entgegengesetzt gepolte Kraft zurück. Heute … ja, heute … heute denke ich, es war mein gesunder Menschenverstand, der mich warnen wollte, die größte Dummheit meines Lebens zu begehen. Aber schließlich siegten Neugier und beruflicher Ehrgeiz. Mit der anderen Hand presste ich meine rechte auf den Griff des Schwertes. In diesem Augenblick wurde es schlag artig still um mich. Kein Summen mehr, keine Eiseskälte, nur absolute Stille. Und dann eine plötzlich auflodernde Flamme in meiner Hand.

Ich weiß nicht, wie lange ich mit der Hand auf dem Schwertgriff so dagestanden habe, aber mir taten auf einmal meine Beine weh. Alles war verkrampft. Ich drehte meinen Kopf in alle Richtungen, versuchte die Nackenmuskulatur zu lockern, aber es half nichts. Langsam bekam ich Kopfschmerzen. Also löschte ich das Licht, nachdem ich die Kostbarkeiten im Panzerschrank verstaut hatte, und begab mich zu Bett. Die Nacht traue ich mich kaum zu beschreiben. Ich sah mich selbst, wie ich in irgendeinem Wald lag, am Fuße uralter Bäume, die mit ihren Wurzeln hinab in einen Hohlweg ragten. Ich war nicht allein, mit mir im Gebüsch versteckt waren noch andere Personen, wie ich einfach gekleidet, aber schwer mit Spießen, Äxten und Schwertern bewaffnet. Ich hörte Hufgetrappel aus der

Ferne und nach einigen Minuten kam eine kleine Reiterschar den Hohlweg hinauf. Sie waren offensichtlich gut gelaunt, denn sie sangen lauthals schmutzige Lieder.

Als sie unmittelbar unter mir entlang ritten, schrie ich auf und stürzte mich auf sie herab. Die Bande um mich herum war den Reitern an Zahl hoffnungslos überlegen und so war es nur eine Sache weniger Augenblicke, dass vier der acht Reiter blutüberströmt und reglos am Boden lagen. Dem stärksten Gegner trennte mein Burgvogt mit seiner Axt den Kopf vom Rumpf, sodass mein Gefährte über und über mit Blut benetzt war. Der Anführer unserer Feinde, ein hoch aufgeschossener Mann, sicherlich 1,80 Meter groß oder mehr, stand mit dem Rücken an den Fels gelehnt und teilte gemeinsam mit seinen Männern wackere Schläge gegen uns aus. Aber durch unsere schiere Übermacht, immerhin zählte mein Haufen 25 kampferfahrene Männer, lagen die besagten drei Waffenknechte alsbald am Boden.

***

Ich hatte dem Bericht weiter mit offenem Mund gelauscht und Udo und mir ein großes Glas Brandy eingeschüttet. Seltsam, mein entfernter Verwandter hatte seine Sprechweise sogar etwas der Diktion des Mittelalters angepasst. Was ging da bloß vor sich? Udo stürzte den Branntwein auf einmal herunter und fuhr in seinem Bericht fort.

∗∗∗

Er rief: „Friedrich, was ficht euch an? Welch Leid hab' ich euch angetan, dass ihr mir nach dem Leben trachtet? Gilt die Blutsverwandtschaft denn gar nichts mehr?" Der große Mann hatte mich direkt angesprochen. Obwohl es völliger Blödsinn war, erschien es mir absolut natürlich, dass mein Gegner mich Friedrich nannte. Ich gab ihm keine Antwort, sondern nickte meinen Vasallen zu. Diese drangen immer heftiger auf ihn ein, sodass er schwer getroffen auf dem von den Pferdehufen aufgewühlten, lehmigen Boden niedersank. Flehend streckte er mir die Hand entgegen, an der der beeindruckende Ring, das Zeichen seiner Bischofswürde, steckte. Ich wusste nicht warum, aber in mir erwuchs ein solcher Zorn, dass ich mit meinem Schwert in seine ungedeckte Schulter hieb. Jetzt gab es auch für meine Männer kein Halten mehr und mit ihren Waffen gaben sie dem Todgeweihten den Rest. Als einer meiner Männer seine Axt hob, um dem Gottesmann das Haupt abzuschlagen, ging ich dazwischen. „Gemach, mein Vogt, ich dulde es nicht, dass ihm die letzte Würde genommen wird. Immerhin ist er Kirchenfürst – und ein Hundsfott zugleich." Und dann geschah etwas, dass mich erzittern ließ und mir den Schrecken durch Mark und Bein jagte. Der Kadaver, der da vor uns lag, hob an, mit krächzender Stimme wie aus dem Grab zu reden. „Friedrich, mein Anverwandter, ich fluche dir und deinem Geschlecht, von jetzt an und bis ins tausendste Glied, soll deiner Familie kein Glück mehr beschieden sein. Das Gleiche gilt deinen Spießgesellen und deren Brut. Herrgott, erbarme dich meiner!" Dann sank der zerschmetterte Kopf zu Boden.

Über uns brach ein Gewittersturm los, Blitze zuckten, der Wind heulte wie zu Walpurgis, und meine Männer bekreuzigten sich. Und als mehrere Blitze kurz hintereinander den grauen Himmel erleuchteten, bildete sich schemenhaft an der Felswand, vor welcher der geistliche Fürst nun lag, das Kreuzzeichen. Wild schrien meine Männer durcheinander, dass uns der Leibhaftige auf den Fersen sei, und sie stoben davon, weg zu den im nahen Dickicht versteckten Pferden. Ich eilte ihnen nach, mit dem Ruf: „Auf nach Gevelsberg!"

***

„Tja, mein lieber Jörg und dann bin ich aufgewacht", konstatierte Udo mit rauer Stimme. Er trank einen weiteren Brandy, den ich ihm nachgeschenkt hatte. Ich zögerte mit einer Antwort. Zu verwirrend war das Ganze. Hatte Udo nunmehr vollends der Wahnsinn gepackt? Esoterik hin oder her, das war definitiv doch zu viel. Udo sah mich an, ließ die Schultern hängen und seufzte: „Ich sehe schon, du hältst mich auch für bekloppt. Hätte meine Tochter davon erfahren, hätte sie mich sofort zu einem Irrenarzt geschleppt. Aber ich bin nicht verrückt, das musst du mir glauben." „Was soll ich dir glauben? Dass du in einem früheren Leben irgendeinen Kardinal oder Bischof oder welchen Rang die alle bei den Katholen haben, abgemurkst hast? Ich kenne mich ganz gut mit Alpträumen aus, wie du weißt, aber …" Jetzt zögerte ich. Udo nutzte diese Pause und erwiderte: „Aber dieser Traum kam in den letzten drei Nächten immer wieder. Und deshalb habe ich auch diese Frau Eisenburg angerufen und sie um mehr Informationen zu den Waffen gebeten. Aber das hat sie rundweg abgelehnt. Ich traue mich kaum noch, diese Waffen anzufassen."

Mein vorangegangenes Zögern hatte dazu gedient, dass ich mein Notebook geholte hatte und während Udos Anmerkungen eine Internetsuche gestartet hatte. „Also, Udo, wie war das gleich? Friedrich, ein hoher Kirchenmann, Gevelsberg … das sind die ganz konkreten Fakten, an die du dich erinnerst. Dann lass uns doch mal schauen." Meine Suche gestaltete sich schwieriger als erwartet, aber mir war daran gelegen, meinen Verwandten wieder auf den Boden der Tatsachen zurück zu holen. Udo knackte derweil mit den Knöcheln und sah mir hoffnungsvoll zu, wie ich auf der Tastatur herumhackte, gelegentlich leise fluchte und mit mir selbst redete. Dann verstummte ich und las konzentriert ein Suchergebnis. Dann richtete ich erneute das Wort an den Handwerksmeister.

„So, du sagtest doch mal, dass dein Vater Ahnenforschung betrieben hatte und dabei eben auch herausgekommen ist, dass wir beide verwandt sind und dass unsere Sippschaft aus Ostpreußen stammt, nicht wahr?" Sein Nicken ließ mich fortfahren. „Tja, dann hast du auch nix mit diesem Schwert und dem Dolch zu tun. Vielleicht hast du irgendwann einmal diese Geschichte gehört oder gelesen. Denn das, was du da geträumt hast, hat sich tatsächlich zugetragen. Der Erzbischof von Köln, Engelbert, der Erste, ist im Jahr 1225 scheinbar von einem nahen Verwandten im Raum Gevelsberg ermordet worden. Dieser Verwandte hieß Friedrich und ist später gefangen genommen und auf grausamste Art und Weise hingerichtet worden. Engelbert wurde später heiliggesprochen. Auch wenn er ein Mann der Kirche gewesen war, schien er noch mehr ein weltlicher Fürst gewesen zu sein, der vorrangig auf seinen Vorteil und Machtgewinn bedacht gewesen war, möglicherweise der Grund für seine Ermordung. Viele Freunde scheint er zu Lebzeiten jedenfalls nicht gehabt zu haben, denn angeblich wollte man den Leichnam weder in Schwelm, dem eigentlichen Ziel der Reise, noch auf seinem Stammsitz, dem Schloss Burg, aufnehmen. So wurde er schließlich in Altenberg zur Bestattung vorbereitet. Das war eine ganz schön heftige, klerikale Metzgerei danach, denn sein Herz verblieb im Altenberger Dom, während sein Fleisch im Dom zu Köln beigesetzt worden ist. Die Knochen wurden für den späteren Prozess gebraucht. Du siehst, da ist niemals von einem Marenski oder ähnlich klingenden Namen die Rede gewesen."

Udo schien etwas erleichtert und sah mich dann mit schief gelegtem Kopf an. „Willst du die Dinger mal sehen?" Ich sah ihn entgeistert an. „Du hast die hierher mitgebracht? Bist du von allen guten Geistern verlassen?" Jetzt empörte sich Udo. „Wieso? Du hast doch gesagt, dass das nur Spinnerei von mir ist! Du glaubst doch nicht an solchen Humbug mit Geistern und Wiedergängern." Ich fühlte mich in die Ecke gedrängt, denn mir war in Wahrheit schon etwas mulmig geworden. „Ach, doch nicht deshalb. Dieses Schwert und der Dolch sind doch wahnsinnig wertvoll. Wenn die wegkommen, wirst du deines Lebens nicht mehr froh."

Wortlos erhob sich Udo, ging in die Diele und brachte eine längliche Tasche, ähnlich einem Behältnis für Angelruten, herein. Ich war verwundert, denn mir war bei seiner Ankunft nicht aufgefallen, dass er diese Tasche mitgebracht hatte. Vorsichtig zog der Schleifermeister weiße Baumwollhandschuhe über und zog das Schwert in der Scheide hervor. Den Dolch, ebenfalls in seiner Schutzhülle, legte er daneben auf den Esstisch. Ich zögerte, diese Dinge zu berühren, sah dann aber das grinsende Gesicht meines Großcousins. Daher wollte ich mir keine Blöße geben und wollte das Schwert am Griff herausziehen. Wirklich, ich wollte es … aber meine Hand schwebte noch darüber, als ich ein Brennen in den Fingerspitzen bemerkte, das immer heftiger wurde, je näher meine Hand der Waffe kam. Zufrieden hatte Udo die Szene beobachtet. „Jetzt merkst du es selber, nicht wahr? Mit den Dingern stimmt was nicht, die sind verflucht!" Udo ließ die Klingen wieder in der Tasche verschwinden und ich setzte mich wieder an den PC.

„Wie hieß die Frau noch mal, die dir den Auftrag gegeben hat? Eisenburg, nicht wahr?" Udo nickte und ich blätterte mich erneut durch die vorangegangenen Suchergebnisse. Als ich mit der Recherche fertig war, schluckte ich schwer. „Dieser Friedrich, der dieses Massaker damals veranstaltet hatte, der stammt aus dem Adelsgeschlecht derer von Isenberg. Klingt doch ziemlich ähnlich, oder? Was, wenn die Frau eine späte Nachfahrin dieses Mannes war? Das mit dem Fluch von Engelbert ... das scheint ... nun ja, wie soll ich sagen ... das ist alles etwas seltsam. Was ich im Netz finden kann, ist, dass die Angehörigen große Teile ihres Besitzes nach der Bluttat verloren hatten, wie damals üblich in der Rechtsprechung. Aber wirklich arm waren sie danach nicht. Nur richtig glücklich sind die auch nicht mehr geworden. Ein Nachkomme starb während des fünften Kreuzzuges unter Friedrich, dem Zweiten. Ein ganze spätere Seitenlinie wurde im 16. Jahrhundert durch die Pest in Köln ausgelöscht. Und so ging das wohl immer weiter: 1870/71 wurde ein Nachfahre standrechtlich erschossen, weil er im deutsch-französischen Krieg Fahnenflucht begangen hatte. Bei der Schlacht an der Somme starben zwei Söhne und eine Tochter aus der direkten Familienlinie und im zweiten Weltkrieg kam der Familienvater als Kommandant der SS Panzerbrigade um. So weit, so schlecht, aber das kann so in vielen anderen Stammbäumen ähnlich passiert sein. Aktuell hat die Familie, die sich seit dem 17. Jahrhundert in Eisenburg umbenannte, eher Unglück in finanztechnischer Hinsicht gehabt. Sie sind auch Opfer der Lehman-

Brothers-Pleite und des Auf und Ab am Neuen Markt geworden. Diese Elisabeth wird wohl eine der letzten Überlebenden dieser tragischen Familie sein."

Udo hat mir konzentriert zugehört. Er nickte und sagte: „Ich muss mir jetzt genau überlegen, was ich tue. Das Geld kann und darf ich mir eigentlich nicht entgehen lassen, aber irgendwie muss ich mit der Frau vorher noch einmal ins Gespräch kommen. So, mein Lieber, und jetzt wird es Zeit für mich. Es ist spät geworden und es ist noch eine lange Strecke mit dem Motorrad. Danke für deinen Rat und deine Gedanken. Ich halte dich auf dem Laufenden, was ich unternehmen werde." Udo schulterte die lange Tasche, griff nach seinem Motorradhelm und umarmte mich zum Abschied.

Ganz gegen meine übliche Gewohnheit, trat ich auf den Balkon, um seine Maschine noch einmal zu sehen. Als er den Motor anließ, bemerkte ich, dass auf der Straße drei Laternen auf einmal den Geist aufgaben. Die Nacht war also stockdunkel und wurde nur vom schwachen Schein der Motorradbeleuchtung erhellt. Als Udo sich in den Sattel schwang, glomm wenige Meter hinter ihm ein seltsames, hellgrünes Leuchten auf und formte sich langsam zu einem klaren Umriss. Mit schreckgeweiteten Augen besah ich die Szenerie, als Udo langsam anfuhr … denn hinter ihm ritt ein fluoreszierender Mann auf einem dunklen Pferd, in der Hand ein erhobenes Schwert, auf dem Haupt eine reich verzierte Mitra …

6

Interpret: Natasha Bedingfield

Erscheinungsjahr: 1985

Ich bin ein sehr reicher Mann, denn ich habe tatsächlich sogar zwei Soulmates, Seelenverwandte eben. Der eine ist mein Freund Peter, dem meine Frau und ich bei einem Tauchurlaub auf Malta begegnet sind. Im Gegensatz zu vielen Urlaubsbekanntschaften halten wir seit über 25 Jahren Kontakt, auch über Ländergrenzen hinweg. Der zweite Soulmate ist Norbert, den ich vor über 30 Jahren auch durch das Tauchen kennengelernt habe. Bei beiden Männern ist es so, dass man sich nicht zwei Mal in der Woche sehen muss, um sich eng verbunden zu fühlen. Und selbst wenn eine lange Zeit zwischen Treffen liegen kann, so ist es beim Wiedersehen so, als wäre der letzte Kontakt erst am Tag zuvor gewesen. Ich wünsche Ihnen, verehrte Leser und Leserinnen, dass Sie auch solch ein Glück wie ich haben …

Soulmates

Seymour Willis hatte sich bei seiner jungen Begleiterin untergehakt, als er sich die wenigen Stufen zum Veranstaltungsraum im BIS in Mönchengladbach hochquälte. Selbst diese wenigen Stufen bereiteten ihm große Schwierigkeiten und er musste nach der Hälfte pausieren. Michelle wartete geduldig und nach einer halben Minute war der Senior wieder bei Kräften für den Rest der Treppe. Dankbar nickte er der jungen Frau zu und sie gingen gemeinsam in den Vorraum, um sich vor Beginn der Veranstaltungen einen Kaffee zu holen. Michelle stellte sich an und kam nach wenigen Minuten an den Tisch zurück, an dem der alte Mann zwischenzeitlich Platz genommen hatte. Sie stellte vor ihm ein Glas mit einem Milchkaffee ab, in dem ein Strohhalm steckte. Dankbar nickte Seymour, führte unsicher die Lippen zum Halm und sog vorsichtig daran. Es gelang ihm, einen kleinen Schluck zu nehmen, ohne sich den Mund zu verbrennen. Michelle fragte: „Und, Mr. Willis? Schmeckt er?" Der Angesprochene nickte und gab einen Laut von sich, der wie „ung-ung" klang. Menschen am Nachbartisch sahen befremdet zu dem ungleichen Paar herüber. Michelle lächelte und streichelte die reglos auf dem Tisch liegende Hand des Alten. Seymour holte umständlich ein kleines elektronisches Gerät aus der Brusttasche seines Hemdes. Es war ein ziemlich alter PDA mit Stifteingabe, den er zur Kommunikation nutzte, wenn er mit Gesten nicht weiterkam. Er begann mühevoll mit der linken Hand auf der virtuellen Tastatur herum zu tippen. Als er fertig war, schob er den PDA zu Michelle. Diese las: „bin gespannt, was das heute hier gibt. 'nachtaktiv' … klingt seltsam."

Michelle grinste: „Lassen Sie sich überraschen, Mr. Willis. Das ist etwas ganz Außergewöhnliches.

Kunstpräsentationen, wie sie unterschiedlicher kaum sein können. Da ist eigentlich für jeden etwas dabei. Lassen Sie sich einfach überraschen … oder wie würden Sie sagen? Let the flow go!" Willis bemühte sich um ein schiefes Grinsen, was die Entstellung seines Gesichtes noch deutlicher machte. Die junge Frau half ihm auf und sie nahmen in der ersten Reihe vor der Bühne Platz. Sie waren eigentlich viel zu früh dran, aber sie wollten sicher gehen, dass sie einen guten Sitzplatz bekommen würden. So hing jeder der Beiden seinen Gedanken nach, als sie auf den Beginn des Spektakels warteten.

Seymour Willis war Soldat in der britischen Rheinarmee gewesen und hatte in der Kaserne Düsseldorf-Golzheim seinen Dienst geleistet und auch dort gewohnt. Ungefähr zeitgleich mit dem Abzug der Truppen und der Schließung der Kaserne war auch Willis' Dienstzeit beendet. Er hatte vor der Wahl gestanden, zurück nach Birmingham zu gehen, in das England, das durch den Brexit bald kein Teil mehr der europäischen Staatengemeinschaft sein würde. Doch wozu? Er hatte dort keine lebenden Verwandten mehr, er hatte sich immer in Deutschland wohl gefühlt und sich sogar durch den Dartsport einen kleinen Kreis deutscher Freunde erarbeitet. So war schnell klar gewesen, dass er seine Zelte dauerhaft in dem Land aufschlagen würde, das ihm mit den Jahrzehnten zur Heimat geworden war. Sein Dartclub hatte seinen Sitz in Mönchengladbach und seine Kameraden hatten ihm dort eine kleine Wohnung besorgt. So führte er ein

ruhiges und zurückgezogenes Leben als Pensionär …
bis zu dem Tag, als er durch den Schlaganfall zu dem
körperlichen Wrack wurde, als das er sich heute sah.
Das Haus, zu dem seine kleine Parterrewohnung
gehörte, hatte acht Mietparteien, vorwiegend jüngere
Leute, allein, als Paare oder auch eine WG. Eines der
WG-Mitglieder war Michelle gewesen, mit der er sich
angefreundet hatte und der er bei den Vorbereitungen
auf ihre jeweiligen Semesterprüfungen half. Die junge
Frau revanchierte sich für diese Freundlichkeit, indem
sie ihn gelegentlich aus seiner krankheitsbedingten
Isolation holte oder ihn bei täglichen Hausarbeiten
unterstützte. Aber der wahre Grund lag viel tiefer …

So kam es auch, dass sie ihn eine Woche zuvor mit
der Eröffnung konfrontierte: „Am Samstag findet eine
lange Kulturnacht statt, die „nachtaktiv". Ich nehme
Sie dahin mit. Sie kommen mal wieder raus und Ihr Hirn
bekommt neue Impulse." Da sprach aus ihr die
angehende Neurowissenschaftlerin. Seymour wollte
sich zunächst dagegen wehren, aber Michelle wusste
ihren „Patienten" zu nehmen und ließ nicht locker.

Der Abend begann mit einer Begrüßung durch die
Organisatorin des Kulturzentrums, Claudia Übach-
Pott. Diese scheute sich vor solchen Aufgaben immer
etwas und absolvierte diesen Part schnell, um den
Abend beginnen zu lassen. Den Anfang machte ein
Düsseldorfer Autor, der extra für diesen Abend einen
Kurzkrimi verfasst hatte. Dieser spielte in Irland und
hatte den Brexit und die Folgen zum Thema. Dabei

spielte auch die IRA eine Rolle, was den ehemaligen Soldaten sehr nachdenklich machte. Er erinnerte sich an seinen Cousin, der vor Jahrzehnten in Belfast bei einer Schießerei mit Angehörigen der IRA ums Leben gekommen war. Der erste Teil der Story hatte ihn merklich aufgewühlt, denn über die gelähmte rechte Gesichtshälfte rannen Tränen und aus seinem rechten Mundwinkel floss ein dünner Speichelfaden. Michelle bemerkte das und legte den Arm um den alten Herrn.

Der nächste Teil wurde von einer Gruppe junger Menschen gestaltet, die sich „Setsefix“ nannten und Musik im Hiphop- und Rap-Stil machten. Michelle flüsterte in Willis‘ Ohr: „DIE sind der eigentliche Grund, warum ich hierherkommen wollte. Ich kenne Videos von denen auf YouTube und die machen deutschen Hiphop mit richtig guten Texten.“ Willis grunzte verächtlich und tippte auf seinen PDA: „Hiphop ist doch keine Musik. Das ist Krach. Queen macht richtige Musik … und Meat Loaf. Aber die kennt ihr jungen Leute ja gar nicht mehr.“ Michelle schmunzelte und schüttelte den Kopf. „Quatsch, „Bohemian Rhapsody“ und „Bat out of Hell“ haben Sie mir doch direkt bei unserem ersten Treffen vorgespielt.“ Sie beobachteten, wie die Gruppe aus vier Männern und einer Frau mit dem Aufbau des Sets beschäftigt waren. Dann trat einer von ihnen nach vorne und stellte sich und seine Mitstreiter vor. „Hallo und guten Abend, wir sind das Musikprojekt Setsefix, auch kurz SX genannt. Wir machen deutschen Hiphop und Rap und legen dabei Wert auf selbst gemachte

Texte, von denen fast alle von mir stammen. Mein Name ist Janos Jungbluth und dies sind meine Freunde. Hier mein Mitbewohner und gesanglicher Gegenpart Julian Becker, die menschliche Beatbox und der Mann für die soundtechnische Base ist Sören Arntz, an den Gitarren seht ihr Dustin Piecuch, und die Backing Vocals macht unsere Blondine mit den blauen Haaren Charlotte Cammans. Wir werden drei Sets spielen. Das erste Set ist auch für uns eine Premiere, denn wir spielen alle Titel komplett live unplugged. Im zweiten Teil werde ich Texte meiner Lieder nur vorlesen und den einen oder anderen Kommentar zur Entstehungsgeschichte geben. Im dritten Teil dann werden wir so spielen, wie wir es am liebsten mögen, und damit die Luft im BIS explodieren lassen. Und wir gehen erst von der Bühne, wenn wir nassgeschwitzt und kraftlos sind.“

Nach diesem Intro begann die Band und eröffnete ein Feuerwerk der Worte und Klänge. Der Musikstil brachte es mit sich, dass keines der Lieder melodiös als Ballade einzuordnen gewesen wäre, aber die Texte hätten diese Bezeichnung sicher verdient. Michelle tanzte quasi im Stuhl mit, klatschte den Rhythmus mit den Händen mit und strahlte über das ganze Gesicht. Seymour Willis hingegen durchlebte eine seltsame Wandlung. Bislang war alles, was ihm unter dem Label Rap oder Hiphop untergekommen war, aggressiv oder primitiv vorgekommen. Als ehemaliger Gastmoderator beim Radiosender der britischen Soldaten, dem BFBS British Forces Broadcasting Services, hatte er mit den unterschiedlichsten Stilrichtungen zu tun gehabt. Aber als diese beiden Formen ihren Siegeszug begonnen hatten, war er ausgestiegen. DAS war nicht seine Welt, dieser ganze „Gangsta"-Rap oder diese East Coast – West Coast Scheiße, bei der sich Vertreter beider Bewegungen erbittert verhöhnten und bekämpften oder sogar tatsächlich umbrachten. Gut, es gab da ein paar ganz vielversprechende deutsche Ableger wie Die Fantastischen Vier oder Fettes Brot, aber insgesamt blieb ihm diese Welt fremd. Der Text eines Songs hatte für Willis einen zu hohen Stellenwert, als dass man, wie so oft, schludrig damit umgehen durfte.

Und jetzt ... jetzt saß er, verkrüppelt, nur ein Schatten seines ehemaligen, kraftstrotzenden Selbst, unfähig sich normal zu artikulieren, vor einer Truppe, die mit ihren Texten sein Innerstes berührten. Die ganze Präsentation strotzte nur so vor Kraft, wurde mit Inbrunst und Überzeugung gesungen bzw. gesprochen. Sie drückten in ihrer Jugend- oder Szenesprache Dinge aus, die ihm, dem alten Mann, dem Soldaten, dem mündigen Bürger, dem am System zweifelnden politischen Mitmenschen, aus tiefster Seele sprachen. Sie sangen von ihrer Wut über die Gleichgültigkeit ihrer Mitmenschen bei Problemen des Alltags wie auch bei den Schwierigkeiten, die unsere Welt aus dem Gleichgewicht brachten. Sie positionierten ihr musikalisches Werk klar gegenüber anderen sogenannten Künstlern, die nicht aus Überzeugung, sondern aus reinem Kommerzgedanken Musik produzierten.

Und je mehr Lieder Willis hörte, desto öfter fühlte er sich an sich selbst erinnert. Auch er hatte als junger Mensch einen heiligen Zorn verspürt, wenn er hilflos der Willkür von Lehrern ausgesetzt gewesen war. Auch er hatte gelitten, wenn er miterleben musste, wie sich seine Eltern gegenseitig gedemütigt und verletzt hatten, bevor es zur Scheidung kam. All diese Themen und noch viel mehr sprachen diese jungen Musiker an und der Alte lauschte ihnen intensiv und saugte jedes Wort wie Manna ein.

Nach einer virtuellen Performance einer dreiköpfigen Künstlergruppe nahmen sich Michelle und Seymour eine kurze Auszeit. Die Finger des Engländers flogen für seine Möglichkeiten geradezu über den PDA und teilte Michelle seine Eindrücke mit. Diese freute sich sehr über die unerwartete Begeisterung und führte aus, dass ihr persönlicher Favorit das Lied „Kinderhelden" sei. Dann kehrten sie in den Saal zurück und hörten den Rest des irischen Kurzkrimis, der nicht nur Michelle mit Tränen in den Augen und voller Entsetzen zurückließ.

Dann kehrte Janos auf die Bühne zurück und Seymour beugte sich gespannt vor, um ja kein Wort zu verpassen. Der auffällig tätowierte Sänger machte kurze Erläuterungen zur Entstehung der Texte, die er in der Folge vortrug. Eines der Stücke trug den Titel „Padawan" … ein Ausdruck, den er zum Glück für die meisten Zuhörer erklärte. Entlehnt aus Figuren der Star-Wars-Saga, stand dieser Begriff als Synonym für einen Menschen, der sich frei mit Streiter oder eher Ritter übersetzen ließ. So sah sich Janos als Padawan der Menschen, des Friedens oder der Liebe. Alles zeugte von einem Idealismus, den der alte Soldat selbst in seiner Jugend verspürt hatte. Dieser Idealismus hatte auch dazu geführt, dass Seymour Willis zum Militär ging. Er wollte Menschen beschützen. Dass dieser Idealismus später von der Politik missbraucht wurde, war eine schmerzliche Erfahrung des Alterns gewesen. Aber Seymour fühlte sich diesem jungen Musiker in diesem Moment so unglaublich nahe.

Dann folgte ein Text, der mit „Soulmates" betitelt war. Darin berichtete Janos von einem Freund, der wie ein Bruder mit ihm aufgewachsen war. In dem Lied bezeichnete er sich und diese Person als „Brüder, die zwei verschiedene Mütter hatten". Egal, weit dieser Mensch von ihm entfernt sei, er würde ihm seelisch immer nah und geistig verbunden bleiben. Und wenn dieser Bruder einmal Hilfe bräuchte, würde Janos es wissen und sich für ihn in jedem Sturm, in jede Flut, in jeden Kugelhagel stellen. Seymour begann zu zittern. Michelle merkte dies, sah zu ihm rüber und entdeckte entsetzt, dass das Gesicht des Alten schmerzverzerrt und tränennass war. Sie nahm Willis in die Arme, flüsterte: „Sollen wir rausgehen?" Doch Seymour schüttelte nur den Kopf und machte eine kurze Notiz auf seinem PDA: „Nein, ich MUSS das hören. Ich hatte auch so einen Soulmate."

Janos zitierte dann ein Lied, das sich mit seinem Hauptjob, der Arbeit als Pfleger in einer psychiatrischen Klinik, beschäftigte. Er erzählte die Leidensgeschichte eines psychisch kranken Mädchens, welches er in der Behandlung begleitet hatte und der die Schulmedizin doch nicht hatte helfen können. Als einziger Weg blieb ihr die Flucht aus diesem Leben durch Suizid. Er beschrieb einen jungen Mann, der an diesem Tod verzweifelte, da er sich dieser jungen Frau sehr nahe gefühlt hatte. Das Lied endete mit dem Freitod des Erzählers, damit er wieder mit dem geliebten Menschen vereint sein konnte. Der Applaus nach dem Vortrag kam zögerlich, war dafür aber umso vehementer. Alle Zuhörer waren zutiefst bewegt.

Als letztes Stück folgte ein Song, der sich über die immer stärker werdenden Populisten in Europa mokierte. Welchen Stellenwert das Leben eines Flüchtlings habe, der angesichts von Terror und Bedrohung von Leib und Leben aus seiner Heimat fliehen musste. Und wie wir fast alle stumm danebenstehen, wenn braunes Gedankengut wieder aufersteht und Menschen wegen Hautfarbe oder Herkunft oder politischer Ansicht niedergeknüppelt oder zusammengetreten wurden. DAS Stück gab dem Engländer den Rest. Mühsam stemmte er sich aus dem Stuhl hoch, Michelle stützte ihn und langsam verließen sie den Saal. Janos stockte und blickte ihnen verwirrt nach.

Es folgte noch eine virtuelle Performance, bevor „Setsefix" dann ihr letztes Set spielten. Sie legten sich mächtig ins Zeug, drehten ihre Bühnentechnik voll auf und verausgabten sich total. Die Lautstärke der Songs war ohrenbetäubend und auch noch hinter verschlossener Tür in dem Vorraum zu hören, in dem Michelle und Seymour schweigend an einem Tisch saßen. Beide tranken einen Kaffee, sie aus der Tasse, er wieder durch einen Strohhalm. Der Alte hatte sich mittlerweile wieder etwas beruhigt, aber jetzt war Michelle kreidebleich und ihre Augen waren vom Weinen rotgerändert.

Das Konzert der Band war beendet und die Musiker nahmen dankbar und erschöpft den Applaus der Gäste an. Nachdem sie sich mit einigen Fans unterhalten hatten, gingen auch sie in den Vorraum, um sich ein Bier für einen „After-Glow" zu gönnen. Da sahen sie das ungleiche Paar an einem Tisch sitzen. Janos erkannte sie und trat mit seinen Kumpels näher. „Hat Ihnen unsere Musik nicht gefallen?" Seymour drehte mühsam den Kopf und schüttelte ihn langsam. Die vier Musiker sahen in das durch den Schlaganfall verzerrte Gesicht, das jetzt auf sie hämisch grinsend wirkte. Bei den Musikern machte sich Unmut breit, was von Michelle bemerkt wurde. Sie rieb sich über die Augen, zog die Nase hoch und sprach: „Ich muss euch da mal was erklären, Jungs. Dies ist Seymour Willis. Er hatte einen Schlaganfall und ist seitdem halbseitig gelähmt und mehr oder weniger stumm. Ich begleite ihn ab und zu und eins weiß ich gewiss: er ist von eurer Mucke total begeistert." Die Gesichter der jungen Männer entspannten sich. Seymour zog wieder seinen PDA hervor und begann zu tippen. Dann reichte er das Gerät an Janos weiter. Dieser hielt es so, dass seine Freunde ebenfalls lesen konnten: „Ich konnte bis zu diesem Abend Hiphop und Rap nicht leiden. Das ist jetzt nicht mehr so. Ich bin zwar noch kein Fan, aber ich will lernen. Ihr habt meine Seele berührt und ich habe mich in so vielen Liedern wiedergefunden. Auch ich hatte einen Soulmate, meinen Halbbruder. Er war auch beim Militär und wir haben zusammen im Kossovo gekämpft. 2003 ist er im Irak-Krieg gefallen und es war, als hätte man meine Seele gespalten." Janos beugte sich herab und umarmte den wildfremden und scheinbar doch so seelenverwandten Alten. Die anderen klopften dem Engländer sanft auf die Schulter und bedankten sich ebenfalls.

Janos sah Michelle an und fragte: „Und warum seid ihr beide dann rausgegangen? Und warum hast du offenbar auch geweint?" Michelle druckste herum, wollte sich um eine Antwort drücken. Dann aber brach es hervor. „Euer Song … der über die Neonazis und dass wir uns gegen sie wehren müssen … der handelt eigentlich von Mr. Willis und mir." Die Band sah das Paar erstaunt an.

„Seymour Willis ist wegen mir in diesem Zustand. Es hat vor drei Jahren eine Demonstration von sogenannten nationalen Rechten gegeben und ich habe an einer Gegendemo teilgenommen. Die Sache lief aus dem Ruder. Auf einmal wurde aus Rempeleien eine üble Schlägerei. Ich versuchte zu fliehen, wurde aber von fünf der „Glatzen" verfolgt. Ich kam gerade noch in den Flur unseres Hauses, da waren sie schon bei mir. Ich schrie um Hilfe und Mr. Willis kam direkt raus. Ohne Zögern hat er mich verteidigt und sich mit den fünf Kerlen angelegt. Eine Zeit lang konnte er sie in Schach halten, aber dann hatte ihn einer mit einem Knüppel am Kopf erwischt. Als er am Boden lag, haben sie auf ihn eingetreten, immer gegen den Kopf. Ich habe geschrien und endlich hörte man Polizeisirenen. Da sind sie abgehauen. Sie haben Mr. Willis ins Koma getreten und während er im Krankenhaus lag, bekam er einen Schlaganfall, den man zu spät bemerkt hatte. Daher sind die Folgen jetzt auch so schlimm. Deshalb hat uns euer Lied so sehr berührt."

Während sie ihre gemeinsame Geschichte den Musikern erklärte, hatte Willis wieder begonnen, etwas in seinen PDA zu tippen. Als Michelle geendet hatte, reichte er ihn wieder an Janos. „Ich heiße Seymour Willis ... und das hat eine Bedeutung. Seymour ... das heißt: I see more ... ich sehe mehr. Ich sehe mehr in euren Liedern. Macht mehr davon, schreit es laut, dass es jeder hört und wach wird. Denn ICH bin Seymour ... Seymour Willis ... und ICH WILL ES!" Damit erhob er sich, humpelte langsam an seinem Stock Richtung Ausgang und winkte den jungen Leuten zum Abschied zu. Und für alle unerwartet stammelte er etwas, das klang wie ...

IIICH ... WILL ...ES

7

Interpret: Reinhard Mey

Erscheinungsjahr: 1978

Ich war von einer Autorenkollegin eingeladen worden, im Rahmen ihrer Geburtstagsfeier eine Geschichte zu lesen. Bei dieser Feier lernte ich eine außergewöhnliche, ältere Dame kennen, die mir sehr offen aus ihrem bewegten Leben erzählte. Da mich diese Unterhaltung sofort zu einer Erzählung inspirierte, bat ich um ein ausführliches Interview. Sie lesen also hier eins zu eins die Original-Lebensgeschichte einer Frau, die ein ereignisreiches, schweres und enthusiastisches Leben geführt hat … und auch am Rande ein Stück europäischer Geschichte mitgeschrieben hat. Allerdings wurde ich gebeten, nicht den wahren Namen zu verwenden.

Das Lied von Reinhard Mey kam mir sofort in den Sinn, als ich das Interview mit dieser Zeitzeugin führen durfte.

Beim Blättern in den Bildern meiner Kindheit

Es war ein schöner Abend, ein festlicher Abend. Meine Frau und ich waren von einer guten Freundin zu einer Geburtstagsfeier der besonderen Art eingeladen worden. Nicht nur wegen der Jahreszahl! 85 ist schon etwas echt Bedeutsames, wenn die Jubilarin noch so klar im Kopf ist und mitten im Leben steht, sondern auch wegen der Art der Feier. Eine Dichterin und ich waren gebeten worden, etwas von unseren Arbeiten den Gästen vorzutragen. Diese Aufgabe hatten wir nun wohl sehr zum Gefallen der Gastgeberin und ihrer Gratulanten erledigt. Daher konnte ich mich endlich meiner mir zugeteilten Tischdame zuwenden. Eine lebensbejahende, elegante Dame, die mir bereitwillig aus ihrem spannenden Leben erzählte. Und schon während des Gespräches stand für mich fest: das MUSS für spätere Generationen festgehalten werden:

***

Helene Linde ist Jahrgang 1935 und wurde in Belgien geboren, nahe der Grenze zu den Niederlanden. Sie lebte mit ihrer Familie auf einem einsam gelegenen Wirtschaftshof südlich von Heppeneert. Gemeinsam mit ihrem ein Jahr älteren Bruder durchstreifte sie die umliegenden Wälder, baute Sandburgen und kleine Kanäle an den Ufern der Maas und schaute neugierig zu, wenn fahrende Händler mit ihren Fuhrwerken vor dem Haus Station machten, um ihre Tiere zu tränken oder sich mit ein wenig Proviant zu versorgen.

Es war also eine wirklich idyllische Jugend, trotz des Säbelrasselns aus dem ebenfalls nicht weit entfernten Deutschland. Gewiss, sie sah ihren Vater gelegentlich mit den Gästen flüstern und diskutieren, aber das waren Themen, von denen ein Kind in ihrem Alter nichts verstand. Aber die Idylle fand ein jähes Ende! Bei der Geburt des dritten Kindes starben nicht nur das Kind, sondern ebenfalls die Mutter. Das emotionale Chaos der Kinder war nicht weniger schlimm als die fatale wirtschaftliche Situation. Wie sollte der Vater sich um seine unmündigen Kinder kümmern und gleichzeitig seiner Arbeit nachgehen, um die Familie am Leben zu erhalten? Es war eine andere Zeit, mit einem anderen, minimalistischen Sozialsystem, und vor allem lebte die Familie Linde auf einem entlegenen Gehöft. Internat, Kindergarten, Kita, Ganztagsbetreuung … diese Terminologie des neuen Jahrtausends spielte damals keine Rolle. Und nicht zu vergessen: der Krieg hatte begonnen! Nicht einmal ein Jahr nach dem Überfall auf Polen marschierte die deutsche Wehrmacht in den Niederlanden und in Belgien ein. Klar war, dass Joris Linde seine Kinder irgendwo unterbringen musste, wo er sie in Sicherheit und gut versorgt wusste. Bei dem Sohn war es leicht. Er kam in die kinderreiche Familie eines Cousins, der einen Bauernhof bei Genk betrieb. Die fast sechsjährige Helene wurde schweren Herzens zu entfernten Verwandten im niederländischen Venray gebracht.

Dieses ältere Ehepaar war selber kinderlos geblieben, hatte sich aber immer wieder im Familienkreis angeboten, wenn „Not am Mann" war. So war es eine Selbstverständlichkeit, dass die kleine Helene dort eine Bleibe fand. Merkwürdig war jedoch, dass die Pflegeeltern und der Vater übereinkamen, dass ein richtiger Abschied für das Kind zu schmerzhaft sei. Daher zeigte der Pflegevater, Piet Arnoldus, dem Familienzuwachs den Garten, in dem es Gänse, Hühner, mehrere Katzen und einen Cockerspaniel namens Fenno gab. Das Mädchen freundete sich mit seinen künftigen Spielgefährten auch gleich an und so verging der Nachmittag wie im Flug. Als Helene bemerkte, dass es langsam dunkel wurde, rannte sie ins Haus. Dort stellte sie unter Tränen fest, dass Joris Linde bereits vor Stunden abgereist war … ohne sich von ihr zu verabschieden. Das Einzige, was ihr von ihm blieb, war ein Foto, welches sie in ihrem kleinen Kinderkoffer versteckt hatte. Zusammen mit einem Bild ihrer Mutter und ihres Bruders steckte es hinter einer aufgetrennten Naht des Futters. Die Pflegemutter, Griet Arnoldus, umarmte ihre Pflegetochter, versuchte sie zu trösten, aber das war kaum möglich. Die ganze Nacht fand Helene kaum in den Schlaf und kam vor Heimweh und Sehnsucht fast um.

Am nächsten Morgen machten Griet und Piet, die sie ab sofort Mama und Papa nennen sollte, Helene mit den Regeln des Hauses und ihren Aufgaben darin bekannt. Danach fuhr Piet mit ihr zu den Nachbarn und stellte den angenommenen Sprössling vor. Hier fand das Mädchen direkt Anschluss an gleichaltrige Kinder, was ihr den Trennungsschmerz etwas erträglicher machte. Helene hatte ein freundliches Wesen und war sehr aufgeschlossen. Dies machte es ihr leicht, Freundschaften zu schließen und so wurde sie ein gerne gesehener Gast in den umliegenden Häusern. Ebenso war es in der Schule. Ihr machte es Spaß zu lernen und sie kam gut mit dem Stoff zurecht. Da sie aus dem flämischen Teil Belgiens stammte, trotzdem aber zweisprachig aufgewachsen war, kam sie nahezu problemlos mit der niederländischen Sprache zurecht. „Nahezu" deshalb, weil außerhalb der Schule ein Dialekt gesprochen wurde, der ihr so manche Schwierigkeit bereitete. Das bei Missverständnissen aufkommende Gelächter verletzte sie jedoch nicht. Sie lachte mit und fügte die neuerworbenen Ausdrücke schnell ihrem Sprachschatz bei.

Es war für sie wie ein Feiertag, wenn sie einmal ihren Bruder auf dem besagten Bauernhof besuchen durfte. Die sechs Jungs und das einzige Mädchen nahmen sie, genau wie ihren Bruder, sofort wie ihr eigen Fleisch und Blut an und von der ersten Stunde an war sie Teil der verschworenen Gemeinschaft. Umso schmerzlicher war es dann für sie, wenn es nach dem Wochenende daran ging, Abschied zu nehmen. Dieser war tränenreich, bei allen Beteiligten. Aber davon durfte sie sich, in Venray angekommen, nichts anmerken lassen. Mama Griet, so ließ die Pflegemutter sich jetzt nennen, war nach solchen Ausflügen immer sehr verdrießlich und ließ das Kind spüren, dass ihr der Kontakt zu anderen Familienmitgliedern nicht recht war. Piet hielt sich aus solchen Dingen meist heraus. Ihm genügte es, seine Arbeit für das limburgische Versicherungsamt zu verrichten und sich in der Gemeinde zu engagieren.

Um einer Fehlinterpretation vorzubeugen: die Pflegemutter behandelte Helene nicht lieblos. Nein, das Kind war ihr ein und alles. Mehr noch, sie war IHRE Tochter. Und dafür erwartete sie Dankbarkeit, Fröhlichkeit und Zuneigung. Zumeist konnte das Mädchen diese Erwartungen erfüllen, aber immer wieder einmal, wenn der böse Teufel Heimweh nach ihrem Herzen griff und man ihr das ansah, wurde sie von Mama Griet gescholten, dass sie undankbar sei und gar nicht zu schätzen wisse, was man für sie tue oder für sie aufgegeben habe. Das holländische Ehepaar hatte bislang lediglich die Kinder von Verwandten über das Wochenende oder in den Ferien beherbergt. Helene hingegen war Teil der Familie Arnoldus geworden.

Helene lernte schnell, sich einen Panzer, eine Maske anzulegen. Das Arnoldus-Gesicht, wie sie es insgeheim nannte. Dies musste sie auch tragen, wenn es zu den seltenen Besuchen des Vaters kam. Eine Heimkehr nach Hause, und sei es nur für ein Wochenende, wurde von Mama Griet strikt abgelehnt. Und bei diesen Besuchen waren sie nie allein. Stets achtete Mama Griet argwöhnisch darauf, worüber gesprochen wurde und was sie gemeinsam taten. Kam es einmal zu Themen, die ihr nicht passten, mischte sie sich ein und unterbrach die Diskussion. Wenn Joris dann wieder verschwunden war, musste Helene schwere Vorwürfe über sich ergehen lassen. So verschloss sie ihre Gefühle immer mehr und ihre Pflegeeltern bekamen nur noch das künstliche Arnoldus-Gesicht, nie aber die wahre Helene zu sehen. Erschwerend kam hinzu, dass die Post, die sie ihrem Vater und Bruder sandte, einer Zensur unterlag, was zu immer seltenerem Schriftwechsel führte. Die Besuche des Vaters fanden gezwungenermaßen nur drei Mal statt und das kam so:

Das eingangs erwähnte elterliche Gehöft bei Heppeneert lag einsam auf einer Anhöhe. Das regelmäßige Eintreffen fremder Fahrzeuge war von den deutschen Besatzern nicht unentdeckt geblieben. Man vermutete dort einen konspirativen Treff des niederländischen Widerstandes. Also schlich sich eines Nachts ein schwer bewaffnetes Kommando an das Anwesen heran und untersuchte es. Da sich in den Räumen des Hauses niemand fand, ging man zur Untersuchung des Stalles und des dazu gehörenden Vorratskellers über. In diesem Keller brannte Licht und durch die Ritzen des Verschlages konnte man die gedämpften Stimmen einer Menschengruppe hören. Für den Kommandanten des deutschen Trupps war die Lage klar und so befahl er seinen Leuten, das Feuer durch die Holzwände zu eröffnen. Dabei wurden mehrere Personen leicht verletzt. Helenes Vater hatte Glück im Unglück und wurde nicht getroffen. Zusammen mit seinen Freunden kam er in ein Internierungslager, wo sich schnell herausstellte, dass die Annahme der Deutschen zu Recht bestand: Joris Linde war Mitglied der flämischen Résistance. Da er nur als kleiner Mitläufer angesehen wurde, blieb es bei einer Haftstrafe, die allerdings bis Kriegsende andauerte. Weniger Glück hatte ein befreundetes Ehepaar. In ihrem Haus wurden Waffen und ein

Funkgerät entdeckt. Beide wurden standrechtlich erschossen.

So blieb Helene in den nächsten Jahren ohne Nachricht von ihrem Vater. Sie hatte zwar von den Vorkommnissen erfahren, von Mama Griet, aber diese Informationen waren mit Vorwürfen gegen Joris Linde vermischt und endeten in der Aussage: da siehst du mal, wie gut du es bei uns hast und nicht mehr bei diesem Mann leben musst. Wer weiß, was DIR bei der Aktion passiert wäre. Du musst uns wirklich dankbar sein.

Ja, sicher hatte Helene, oder Leni, wie sie oft gerufen wurde, ein Gefühl der Dankbarkeit in sich. Ihre Pflegeeltern ließen es wirtschaftlich an nichts fehlen. Sie bekam ordentliche Kleidung, zu den üblichen Anlässen schöne Geschenke, sie erhielt ein angemessenes Taschengeld. Leni erwiderte diese Großzügigkeit mit Fleiß zu Hause und in der Schule, wo sie zu den Klassenbesten gehörte. Gut, es gab Fächer, die ihr leichtfielen, vor allem die Sprachen. Als sie aber eines Tages mit einer „9“ in Deutsch auf dem Zeugnis nach Hause kam (der zweithöchsten Note im Notensystem der Niederlande), war das auch wieder nicht recht. Für die Sprache der Besatzer, der Moffen, eine „1“, ein dickes Ungenügend, zu bekommen, wäre toleriert worden. Helene zog sich wieder einmal zurück, hinter den Schuppen, in dem die Hühner untergebracht waren. Dort saß sie im Gras, den Rücken an die von der Sonne gewärmte Bretterwand gelehnt, den Kopf von Fenno auf ihrem Schoß, der sie aus seinen melancholischen Augen scheinbar mitfühlend anblickte, und sah die Fotos ihrer leiblichen Familie an. Und ihr wurde wohl nun zum tausendsten Mal bewusst, dass sie zu funktionieren hatte, dass sie immer die in sie gesetzten Erwartungen zu erfüllen hatte.

Piet Arnoldus war in der katholischen Kirchengemeinde von Venray sehr aktiv und brachte seine berufliche Kompetenz zum Wohl der Gemeindemitglieder ein. Dazu gehörte ebenfalls die Beratung und Unterstützung des im Ort befindlichen Klosters. Die dort ansässigen Nonnen betrieben ein Lyzeum, eine Art Gymnasium für Mädchen. Als für Leni der Schulwechsel anstand, war es für Griet und Piet völlig klar, dass für ihr Kind nur die beste Schule in Frage kam. Und das war unzweifelhaft das Lyzeum der Trappistinnen. Diese Einrichtung hatte tatsächlich einen ausgezeichneten Ruf und im angeschlossenen Internat waren die Töchter namhafter niederländischer und belgischer Unternehmer und Politiker untergebracht. Auch hier schloss Helene schnell Freundschaften, zumal sie sich mit ihrem Können nicht produzierte, sondern bereitwillig den Schwächeren beim Lernen und Üben behilflich war. Diese revanchierten sich, indem die Freundin zu Geburtstagen und anderen Feierlichkeiten eingeladen wurde. So erhielt das Pflegekind einer gutbürgerlichen Beamtenfamilie Einblick und Zutritt in die erste Gesellschaft des Oranje-Staates.

Mittlerweile hatte der Krieg, den man mittlerweile allgemein als den 2. Weltkrieg bezeichnete, endlich ein Ende gefunden. Das brachte es mit sich, dass alles, was auch nur im Entferntesten an die verhassten Deutschen erinnerte, entfernt, vernichtet oder mit eisigem Schweigen belegt wurde. So war es Helene verboten, ihre hervorragenden Deutschkenntnisse anzuwenden. Ihr leiblicher Vater kam endlich aus der Gefangenschaft frei. Es hatte länger als erwartet gedauert, da die englischen Befreier zunächst einmal herausbekommen wollten, ob es sich bei den Insassen des Gefängnisses um normale Verbrecher oder um Widerständler handelte. Dies zog sich länger hin als erwartet, sodass Lenis Vater erst ein halbes Jahr nach der Befreiung selbst freigelassen wurde. Er kehrte auf das zwar nicht zerstörte, aber sehr heruntergekommene Gehöft zurück und machte sich sofort an den Wiederaufbau. In ihm war neue Tatkraft erwacht, das erfuhr Leni aus einem seiner seltenen Briefe. Leider stand in ihnen außerdem, dass er eine Frau kennengelernt hatte, eine junge Lehrerin. Anfänglich hatte sich Helene noch Hoffnungen gemacht, dass sie bald wieder heimkehren dürfte. Doch ziemlich bald stellte sich heraus, dass die neue Frau keineswegs gewillt war, für sie fremde Kinder großzuziehen. Im Gegenteil, sie wurde unmittelbar nach der Hochzeit – zu der weder Helene noch ihr Bruder erscheinen durften – schwanger. Joris Linde machte in der ganzen Angelegenheit eine mehr als unglückliche Figur, aber so jung Helene war, so verstand sie doch, dass die Haftzeit mehr als nur den Körper des Vaters geschädigt hatte.

Das letzte bisschen Kraft und Willen hatte er in den Wiederaufbau des Heims gesteckt. Für eine Auseinandersetzung mit seiner neuen Frau fehlte ihm einfach die Kraft. Glücklich wurde er in dieser Ehe jedoch nicht. Tragischerweise starben auch seine zweite Frau und das Neugeborene durch Komplikationen bei der Entbindung. Joris Linde war ein gebrochener Mann.

Helene wuchs zu einer attraktiven und eloquenten jungen Frau heran. Und so kam es wie es kommen musste. Bei einem Sommerball fiel sie den männlichen Verwandten ihrer Klassenkameradinnen auf und ihre Tanzkarte war den ganzen Abend über gut gefüllt. Aber als das Interesse von ein paar Herren weiter ging und sich eine engere Freundschaft anbahnte, sahen sich die Upper-Class-Familien doch genötigt, den familiären Hintergrund dieses Mädchens zu überprüfen. Hier zeigte sich, dass die als so tolerant geltenden Niederlande sehr wohl über ein strenges Klassensystem verfügten. So wurden die Einladungen spärlicher und die Familien ihrer Verehrer beendeten den gesellschaftlichen Umgang mit dem „angenommenen Beamtenkind". Klar, das tat weh! Aber Helene hatte wie erwähnt gelernt, sich einen Schutzpanzer aufzubauen. Wenn es ihr schlecht ging, zog sie sich zurück, nahm die Bilder ihrer Lieben und fand ihren Trost darin.

Zum endgültigen Bruch zwischen den Eltern Arnoldus und Joris Linde kam es im Rahmen von Helenes Abiturfeier. Helenes Vater hatte drei Jahre zuvor zum dritten Mal geheiratet, eine Kriegswitwe, die in dieser Ehe ganz klar die Hosen an hatte. Nicht, dass sie jemals die tatsächliche Absicht gehabt hätte, aber bereits beim ersten Zusammentreffen beider Familien machte sie klar, dass sie das Kind, oder eher, die junge Frau, wieder mitnehmen würden, wenn Mama Griet nicht ihre fortwährenden Sticheleien und Vorwürfe gegenüber Joris unterließe. DAS war die einzige Schwachstelle, die Frau Arnoldus hatte. Nach diesem Ereignis bedrängte sie ihren Mann, seine Kontakte und seinen Einfluss zu nutzen, um eine, sicherlich nicht ganz legale, Adoption Helenes durchzusetzen. Als dies nach fast zwei Jahren endlich gelungen war, ohne das Wissen des Mädchens, wurden Joris Linde und seine Frau schriftlich darüber informiert, dass ihre Anwesenheit auf der Abiturfeier nicht erwünscht sei. Leni wurde lediglich gesagt, dass ihr Vater nicht kommen würde und es habe auch keinen Zweck, nachzufragen. So hielt sie mit Tränen in den Augen als Jahrgangsbeste die Abschlussrede, wobei ihr zumindest ihr Bruder aus der hintersten Reihe zuwinkte und die Daumen hob.

Helene hatte ein Hobby für sich entdeckt, die Fotografie. So wuchs langsam, aber stetig, die Zahl der Bilder, die sie bei den seltenen Gelegenheiten von ihrem Vater und Bruder gemacht hatte. Trotz seiner Schwäche, seinem Unvermögen, sich durchzusetzen, liebte Helene Joris Linde heiß und innig. Das aus den Bildern entstandene Fotoalbum hütete sie mit Argusaugen und Mama Griet durfte in keinem Fall von seiner Existenz erfahren. Diese Bilder ihrer Kindheit und Jugend waren der kostbarste Besitz, den sie neben ihrer Kleidung und wenigen Habseligkeiten mitnahm, als sie nach Brüssel ging, um dort eine Ausbildung als Fremdsprachensekretärin anzufangen. Helene sprach mittlerweile fließend Niederländisch, Französisch, Deutsch, Englisch, Spanisch und Italienisch. Die Lehre, die sie aus dem Krieg, den Animositäten der Niederländer, den Schimpfworten und Hasstiraden gezogen hatte, war: so etwas kann nur verhindert werden, wenn wir näher aufeinander zugehen. Der Schlüssel zum Frieden lag für sie in Freundschaft, Verstehen, Vertrauen und Offenheit. Kein Wunder also, dass sie eine der ersten und zugleich glühendsten Verehrerinnen des europäischen Gedankens wurde. Sie besuchte in ihrer Freizeit Symposien, Vorträge und Seminare, welche die Gründungsidee einer europäischen Union zum Inhalt hatten.

Bei einer dieser Gelegenheiten lernte sie einen jungen deutschen Juristen kennen. Roland Winter war mindestens genau so enthusiastisch wie die junge Belgierin. Manchen Abend ereiferten sie sich mit Gesinnungsgenossen in Diskussionen über das Wie, Wo und Warum der Schaffung einer Staatengemeinschaft und lernten sich dabei immer besser kennen. Aus den Treffen im Kollektiv wurden immer öfter ein Beisammensein der beiden. Langsam wuchs aus gemeinsamen Interessen Liebe und Helene war schneller als Roland klar, dass sie füreinander wie geschaffen waren. Roland wurde bald Mitglied des deutschen Gremiums, das die Römischen Verträge, die

Grundlage der Europäischen Wirtschaftsgemeinschaft EWG, vorbereitete. Helene stand ihm dabei zur Seite und war seine beste Ratgeberin. Klar, dass die beiden heiraten wollten. Jetzt stand aber noch ein Canossa-Gang bevor. Der politische Standpunkt ihrer Adoptiveltern war klar und so stand zu erwarten, dass sie einen Deutschen als Schwiegersohn nicht akzeptieren würden. So fuhr das junge Paar mit sehr gemischten Gefühlen nach Venray zum Antrittsbesuch. Papa Piet und Mama Griet gaben sich freundlich unterkühlt und Helene versuchte, die Stimmung etwas zu lockern. Sie hatte Roland vor diesem Tag lange unterwiesen, aber ihr brach der Schweiß aus, als es zu der magischen Frage kam. Roland hatte jedoch mit seiner freundlichen und ruhig-sachlichen Art das Eis ein wenig brechen können. So gaben die Eltern Arnoldus schlussendlich ihre Zustimmung ... mit einer Einschränkung: Lenis leiblicher Vater dürfte weder eingeladen werden noch von der Hochzeit erfahren, ansonsten würde die gesamte restliche Familie und die Bekannten der Veranstaltung fernbleiben. Wieder einmal setzte Helene das Arnoldus-Gesicht auf und stimmte schweren Herzens zu. Roland hatte ihr die Entscheidung darüber überlassen und würde jeden Weg, den SIE einschlagen würde, mit ihr gehen.

Die kirchliche Trauung in der Sint-Petrus' Bandenkerk war festlich und wunderschön. Als die Brautleute Arm in Arm das Gotteshaus verließen, entdeckte Helene eine bekannte Gestalt, versteckt hinter einer Säule am Weihwasserbecken: Joris Linde.

Sie war sich nicht sicher, aber sie meinte das Glitzern des Kerzenlichtes auf seinen tränennassen Wangen erkennen zu können. Aus diesem Ereignis entwickelte sich ein regelmäßiger Briefverkehr zwischen Helene und ihrem Vater. Obwohl das Paar nun in Düsseldorf wohnte und somit außerhalb der unmittelbaren Reichweite der Familie Arnoldus waren, wagte die junge Frau es immer noch nicht, Joris Linde zu sich einzuladen. Mama Griet hatte die unangenehme Angewohnheit, gelegentlich unangemeldet auf der Matte zu stehen – natürlich nur, um ihre Hilfe anzubieten und nach dem Rechten zu sehen. Es mochte ein Jahr nach der Eheschließung gewesen sein, Helene erwartete mittlerweile ihr erstes Kind, fand so ein Besuch statt. Und bei dem üblichen Rundgang durch die Wohnung der Tochter, verbunden mit Staubkontrolle und dem scharfen Blick auf die Bügelwäsche, fiel Griet Arnoldus ein Briefumschlag auf. Neugierig nahm sie ihn an sich und entdeckte den Absender. Er stammte von Joris Linde. Als Helene wieder die Küche betrat, hielt Griet ihr wortlos den Umschlag vor das Gesicht, schleuderte ihn zu Boden und verließ die Wohnung. Roland hatte die größte Mühe, seine Frau seelisch wiederaufzurichten. „Schau, mein Engel, du brauchst jetzt alle Kraft für unser Kind. Dieser Konflikt war doch irgendwann unausweichlich. Und glaub mir, ich werde dir immer zur Seite stehen."

Helene nahm die unheilvolle Geschichte ihrer Familie als böses Omen, als der Termin der Entbindung näher rückte. Aber entgegen allen Befürchtungen ging es problemlos und schnell. Nun war es Zeit, nach einer neuen Wohnung zu suchen. Roland verdiente nicht schlecht, da er mittlerweile in der Staatskanzlei einen hohen Posten bekleidete. Sie bezogen ein schönes, großes Haus in Neuss Grimlinghausen, unmittelbar am Rhein gelegen. Das Haus bot genügend Platz, um auch einer größeren Familie Raum zu bieten. Außerdem konnte das Ehepaar Winter einen lang gehegten Traum verwirklichen, der ihrer ureigensten Überzeugung entsprang: sie boten unzähligen Austauschschülern und -studenten, ausländischen Wissenschaftlern und Politikern Unterkunft, Unterstützung und Rat an. Bereits kurz nach der Geburt des ersten Kindes gaben sich die internationalen Gäste nahezu die Klinke in die Hand. Bei den abendlichen Runden war Helene aber nicht nur Gastgeberin und schmückendes Beiwerk. Sie machte ihren Standpunkt zum jeweiligen Diskussionsthema stets unmissverständlich deutlich und ihr Rat und ihre Ansichten waren gefragt und sehr willkommen. Mehr als einmal war SIE für den Inhalt einer Rede eines Politikers vor den europäischen Gremien mit verantwortlich. So ganz „nebenbei" brachte sie noch zwei weitere Kinder zur Welt.

Im zweiten Jahr nach der Entbindung des ersten Kindes machten Helene und Roland einen Schlichtungsversuch. Sie waren sich darüber im Klaren, dass eine vorherige Ankündigung bei dem Ehepaar Arnoldus kontraproduktiv sein würde. Daher fuhren sie unangemeldet nach Venray. An dem Haus hatte sich so gut wie nichts verändert, wenn auch das

Umfeld deutlich urbaner geworden war. Sie bemerkten Bewegungen und Geräusche hinter der Tür, als sie auf die Klingel gedrückt hatten. Dann erschien nur einen kurzen Augenblick am Fenster neben der Eingangstür das Gesicht von Mama Griet. Helene hielt ihr Baby wie eine Art Willkommensgruß nach vorne und winkte der Großmutter mit dem kleinen Ärmchen des Kindes zu. Griet jedoch zog die Vorhänge zu und die Tür blieb trotz nochmaligem Klingeln verschlossen. Roland umarmte seine Frau und führte sie zurück zum Auto. Doch Helenes Tränen waren versiegt. Irgendwie hatte sie seit der Geburt ihres Sohnes das Arnoldus-Gesicht verloren … und sie legte auch keinen Wert mehr darauf, es wiederzufinden. Aufatmend fuhr die kleine Familie heim und am gleichen Abend schauten sie gemeinsam das mittlerweile recht dick gewordene Fotoalbum an, das Helenes Leben widerspiegelte.

***

Es war mittlerweile spät geworden. Helene Winter, geborene Linde, erhob sich und wollte sich bei der Gastgeberin bedanken und sich verabschieden. Sie sei schließlich eine reifere Dame und brauche ihren Schlaf. Ich bat sie noch um eine Minute. „Wie, liebe Frau Winter, nehmen Sie eigentlich die heutige Situation in Europa wahr? Schmerzt es Sie, zu sehen, wie ihr Traum und das Lebenswerk ihres Mannes von einer europäischen Union, immer mehr zusammenbricht? Ich meine, Brexit, Flüchtlinge, usw." Sie ergriff meine Hand, drückte sie fest und blickte mir klar in die

Augen: „Es zerreißt mir das Herz, wenn ich sehe, dass der Gemeinschaftsgedanke an neuem Nationalismus, Egoismus, Faschismus und wer weiß noch was für einem 'Ismus' langsam entschwindet. Damit sind die Weichen für neues Unheil gestellt. Und wissen Sie, junger Mann", damit lächelte sie mich damals 57jährigen verschmitzt an, „das ist IHRE Aufgabe und die der noch jüngeren, dafür zu kämpfen, mit Wort und Tat." Ich sah ihr noch nach, selbst als sie bereits im Aufzug verschwunden war. Sie glaubte offensichtlich daran, dass wir noch eine Chance haben … zumindest die Jüngeren!

8

Interpret: Reinhard Mey

Erscheinungsjahr: 1996

Das Jahr 2010 war für meine Frau und mich ein Zeitraum, der unser gesamtes bisheriges Leben auf den Kopf stellte und uns vor zeitweilig unlösbar scheinende Probleme stellte. Obwohl ich mich zeitweilig als „Einzelkämpfer" sehe, machte ich in dieser schweren Zeit die wohltuende Erfahrung, dass es Situationen im Leben eines Menschen geben kann, in denen man nicht allein sein möchte. Man braucht dann einen Halt ... und den fand ich in meiner Frau und einigen Menschen, die mich förderten und forderten. Es war ein kostbares Geschenk, aus all dem erfahrenen Leid diese Quintessenz ziehen zu können ... denn gute Freunde wissen auch, wann man den geliebten Menschen gehen lassen muss, wie es in dem titelgebenden Lied von Reinhard Mey beschrieben ist.

Ich lass dich nicht allein

Ich sitze entspannt auf dem Beifahrersitz des Wohnmobils. Endlich wird ein Traum wahr. Die erste Tour mit der eigenen Ferienwohnung auf Rädern in Richtung der zweiten Heimat, der Insel Fehmarn. Der Verkehr auf der B 207 ist mäßig und wir kommen gut voran. Klar, wie immer war es um Hamburg und bei Lübeck eine Katastrophe. Aber das war schon immer so und ist längst Gewohnheit geworden. Anders wäre verwirrend.

Petra hat sich mittlerweile an die Abmessungen und die Eigenheiten eines sechs Meter langen Transporters gewöhnt und händelt das Ding, als hätte sie seit Jahren nichts anderes getan. Trotzdem kommen immer wieder die Fragen: welche Spur jetzt – die erste Ausfahrt nach der Brücke – zuerst einkaufen oder doch lieber das unvermeidliche erste Krabbenbrötchen und Matjes in der Aalkate? Keine Sorge, mein Schatz, ich bringe dich überall ans Ziel, ich weise dir den Weg von Luv nach Lee. Da erblicken wir ihn das erste Mal, das untrügliche Zeichen, dass sich unsere Fahrt dem Sehnsuchtsziel annähert: der „Kleiderbügel", die Fehmarnsund-Brücke. Nach Pits Dafürhalten die schönste Brücke der Welt. Und wer bin ich schon, dass ich ihr da widerspreche?

Während wir uns dem Wahrzeichen nähern lasse ich den Gedanken freien Lauf und schicke sie auf die Reise in die Vergangenheit. Zurück in das Schicksalsjahr 2010, das so vieles … nein, ALLES in unserem Leben verändert hat. Ich am Ende eines langen Weges, der mich zu 238 kg und der Erkenntnis gebracht hat, dass das Leben SO nicht weitergehen konnte. Die dreijährige Suche nach einer Behandlungsmethode, die mir noch eine Perspektive zu den drei Jahren Restlebenszeit bot, die mir die Ärzte prognostiziert hatten. Gewiss, es gibt die Ringeltauben, die Ausnahmen von der Regel, die es durch Ernährungsumstellung und eiserne Disziplin geschafft haben, ihr Gewicht ohne OP nachhaltig zu reduzieren. Aber diese Menschen, die ihren Weg in sozialen Netzwerken breitgetreten haben, haben IHREN Weg gewählt. Es ist nicht der meinige! Ich besitze weder die Willensstärke noch das Durchhaltevermögen. Ich befinde mich in einem Teufelskreis aus Schmerzen, Frustration, Ersatzbefriedigung und Grenzen der Beweglichkeit. Mir kann nur ein radikaler Schlag helfen … so einer, wie ich es 1977 gemacht habe. Damals hatte ich beschlossen, mein Leben von Grund auf zu ändern. Weg von dem netten, angepassten, duckmäuserischen Moppel hin zu etwas gänzlich Anderem. WAS das sein sollte, war mir nicht klar gewesen, nur … es sollte anders sein. Durch Erscheinungsbild und ganz sicher auch Verhalten war ich ein Außenseiter in der Schule gewesen, verspottet, Ziel mancher Attacke von Klassenkameraden und auch Lehrern. Freunde … wirkliche Freunde hatte ich damals nicht, das ist mir heute bewusst.

Als die Realschule zu Ende war, manifestierte ich am letzten Schultag meine Wesensänderung durch das symbolische Verbrennen meiner Schulbücher in einem Papierkorb vor dem Schulgelände. Und sollte mir mein Vorhaben nicht gelingen, so würde ich meinem Leben ein Ende setzen. SO würde es nicht weitergehen, das hätte ich kein weiteres Jahr ausgehalten.

Die Konsequenz dieser Entscheidung zeigte sich bereits am nächsten Tag. Der ach so behütete, brave Junge suchte sich einen Ferienjob. Nicht irgendwas Leichtes, nein. Es musste war Hartes ein, um mir selbst zu beweisen, dass ich mehr draufhatte. Es gab nur Scheitern oder Siegen, kein Mittelmaß mehr, kein Grau, nur noch Schwarz oder Weiß.

Ich fand einen Job als Packer auf dem Großmarkt. Während meine damaligen Klassenkameraden, die besonders langen und sehr sonnigen Sommerferien im Freibad oder in fernen Ländern genossen, schleppte ich mich mit tiefgefrorenen, halben Hirschen, Wildschweinen und 200er Kartons mit Eiern ab. Das hieß auch um drei Uhr morgens aufstehen und ab vier Uhr arbeiten. Wenn ich mittags nach Hause kam, schmiss ich mich meist direkt ins Bett und versuchte so, den veränderten Tagesrhythmus zu überstehen. Es war eine gut bezahlte Arbeit und ich konnte mir meine erste eigene Stereoanlage leisten. Aber mir wurde auch schmerzlich bewusst, dass ich nach wie vor allein war. Die Liebe einer Mutter kann eben doch nicht alles ersetzen, was einem Jungen von 16 Jahren fehlt.

Im Spätsommer begann ich wieder mit der Schule, dem Wirtschaftsabitur, damals Höhere Handelsschule genannt. Am ersten Tag wurden die Neulinge auf die Klassen eingeteilt. Dabei fiel mir ein dunkelhaariges Mädchen auf, dessen Lächeln mich kalt erwischte.

Klar, dieses Lächeln galt nicht mir, sondern ihrer Freundin, mit der zusammen sie versuchte, in eine bestimmte Klasse zu kommen, deren Anforderungen in Französisch nicht so hoch waren. Eine strategisch kluger Versuch, denn das niedrigere Anspruchsniveau versprach bessere Noten in den Zeugnissen, mit denen wir uns in einem Jahr um einen Ausbildungsplatz bewerben müssten. Ich hatte die gleichen Überlegungen angestellt und war schneller gewesen. Und hatte damit einen dieser begehrten Plätze ergattert, was die Losnummer in meiner Hand damals bestätigte. Doch die Plätze in dieser Klasse waren rar gesät und so bleiben die verzweifelten Bemühungen der Brünetten und ihrer Freundin ohne Erfolg. Ich konnte mich an dem Mädchen nicht satt sehen, als ich neben mir ein verzweifeltes Aufstöhnen hörte. Ein Blick zeigte mir eine Jungen, der entsetzt auf sein Los starrte und vor sich hinmurmelte: „Französisch fortgeschritten… die haben doch nicht alle Latten am Zaun … ich und fortgeschritten … ich hab doch gerade mal 'ne vier geschafft." Ich sah, dass das Los in seinen Händen die Farbe für die Fortgeschrittenen-Klasse hatte. Meines strahlte mich hoffnungsvoll grün an. Seines verhöhnte den Jungen in strotzendem Rot. Meine Entscheidung schien nur wenige Sekunden des Überlegens zu brauchen. Ich stieß den Verzweifelten mit dem Ellenbogen an und reichte ihm wortlos mein Los. Er schien zuerst nicht zu verstehen, aber ich griff einfach nach seinem und dann verstand er endlich. Nur selten danach habe ich ein glücklicheres Gesicht bei einem Menschen sehen dürfen. So war ich tatsächlich in der Klasse meiner Traumfrau gelandet.

Diese Tat wäre für den Jörg undenkbar gewesen, der ich wenige Monate zuvor noch gewesen war, Aber zu mehr fehlte mir der Mut. Sie anzusprechen oder gar einzuladen … welch ein kühner Gedanke! So musste erst der schulische Alltag die üblichen Allianzen bilden, zu der auch eine Clique von drei Jungen und zwei Mädchen gehörte: Udo, Uwe, Martina, Petra und eben ich. Meine Selbstbestätigung holte ich mir auf andere Art und Weise. Ich wurde Klassen- und Schulsprecher. Wo sich die Gelegenheit zum Konflikt, zur Auseinandersetzung mit den Obrigkeiten bot … ich nahm ihn an. Der Direktor, in meiner Erinnerung ein durchaus vernünftiger und sympathischer Mann, hat sicher manchen Disput mit mir verflucht. Diese Erlebnisse führten eines Tages zu dem legendären Ausspruch „Was wollen Sie denn jetzt schon wieder, Herr Marenski?", den ich danach als eine Art Ehrenzeichen trug.

Meine abgrundtief schlechten Leistungen in Buchführung brachten dann endlich auch den Durchbruch bei der von mir verehrten Brünetten: Petra. Meine Kenntnisse in diesem Fach waren unterirdisch und hätte es die Note „7" gegeben … ICH hätte sie als erster Deutscher bekommen. Petra hingegen war verdammt gut darin und wohnte noch am nächsten zu mir. Auf Betreiben der Fachlehrerin erklärte sie sich bereit, mir Nachhilfe zu geben. Statt jedoch ihren Buchungssätzen zu lauschen, sah ich sie nur wie ein Mondkalb an, starrte auf ihre Lippen und stellte mir vor, wie es wäre, ihr über das lange, lockige Haar zu streicheln. Nicht, dass ich mich das getraut hätte, aber die traute Zweisamkeit war doch immerhin auch schon etwas. Als ich sie abends zur Straßenbahn brachte und unter Aufbringung allen Mutes ihr einen Kuss auf die Wange drückte, fühlte ich mich tatsächlich wie der König der Welt. Als Paar galten wir dann endgültig ab dem Rosenmontag 1978, den wir mehr oder weniger permanent Hand in Hand verbracht hatten.

Ich kehre zurück in die Gegenwart und sehe unter mir die Schaumkronen, die die Wellen im Fehmarnsund krönen. Erste gelbe Tupfen in der sattgrünen Landschaft lassen den Beginn der Rapsblüte erahnen. Ein Farbenspiel, wie es nur die Natur hervorbringen kann, streichelt das Auge: pastellweiße Wolken gleiten gemächlich wie Pottwale über den azurblauen Himmel, der leichte Wind bewegt die Wipfel der sattgrünen Bäume und die scharf konturierten Dreiecke der Segelboote vervollständigen ein Bild, das ich mit Idylle gleichsetze. Hier werde ich an Herz und Seele gesund …

Wir besuchen zunächst liebe Freunde in Petersdorf, Barbara und Peter (wo sollten sie bei diesem Namen auch anders wohnen?). Bei ihnen anzukommen, hat etwas mit Heimat zu tun. Da ist so viel Herzlichkeit, Wärme und Vertrauen. Man beginnt mit Belanglosem, aber nach kürzester Zeit teilt man Sorgen und Nöte, Freuden und Glücksmomente. Sie sind älter als wir, aber da ist keine seniorenhafte Distanz ... eher der wohlmeinende Rat, aus der Erfahrung geboren. Wir dürfen an familiären Dramen teilhaben, sie teilen unsere Begeisterung für unsere Neuerwerbung.

Am nächsten Tag erwachen wir voller Hoffnung ... auf einen Platz direkt am Meer. Beileibe keine Selbstverständlichkeit, denn solche Stellen sind rar und heißbegehrt. Fortuna ist heute keine launische Diva. Sie wirft uns ihren huldvollen Blick zu und schenkt das Füllhorn an guten Gaben voll aus. Wir stehen mit unserem Wohnmobil keine 15 Meter vom Saum der Ostsee entfernt. Feinster Sand wechselt sich mit einem groben Kiesstreifen ab, der zum Suchen nach „Hühnergöttern" oder besonders geformten Steinen auffordert. Das Meer ist ruhig, seine noch kühlen Wellen umspielen unsere Füße. Sie laden uns ein, näher zu kommen ... aber bei 15 Grad Wassertemperatur verzichten wir noch gerne. Die Sonne meint es ebenfalls gut mit uns und ein lauer, angenehmer Wind trägt diese unnachahmliche Mischung aus Salz, Tang und Sonnenmilch tief in unsere Nasen und Erinnerungen. Ich weiß genau, dass unsere Erinnerungen stark von solchen olfaktorischen Sinneseindrücken beeinflusst werden.

Ich sitze entspannt am Strand. Er ist leer und an mein Ohr dringt nur das Rauschen der Wellen. So bleibe ich mit meinen Gedanken an dem Duft hängen und mache mich auf eine weitere gedankliche Zeitreise ...

Gerüche sind wirklich sehr prägend. Warum löst der Duft von frischem, warmem Butterkuchen Erinnerungen z. B. an die Großmutter aus? Vielleicht, weil genau sie es war, die uns damals in der unbeschwerten, sorgenfreien Kindheit aus unserem Spiel reißen konnte, wenn sie uns in die Küche rief? Warum haben wir ein Gefühl von Heimat, wenn wir auf einmal eine gute Hühnersuppe riechen? Weil es dieser Duft war, der die Mutter begleitete, wenn sie mit einer Schale heißer Suppe an das Bett ihres fieberkranken Kindes trat? Ich glaube daran ... und ebenso glaube ich, dass auch schlimme Erinnerungen über die Nase direkt ins Hirn dringen können. Nein, ich GLAUBE es nicht ... ich WEISS es!

2010 fand die Operation statt, die mein bisheriges Leben über den Haufen warf. Fachleute nennen sie eine bariartrische OP, ich nenne sie Magenbypass. Ich hatte mir diverse Filme angesehen, haben unzählige Beiträge in Foren gelesen und habe ein Jahr lang in einer Selbsthilfegruppe Positives und Negatives gehört. Aber die gewählte Klinik stellt sich als kompetent und seriös dar. Petra hatte ihre Zweifel gehabt, aber ich hatte diese Entscheidung alleine treffen müssen. Ich sah keinen anderen Ausweg mehr und außerdem hatten wir beide so viele Menschen kennengelernt, bei denen die Chirurgie erfolgreich gewesen war. Dass ausgerechnet ich einer der Fälle werden würde, bei denen alles ... buchstäblich ALLES, schief gehen würde, wer hätte damit wirklich gerechnet?

Was folgten, waren eine misslungene OP, drei Not-Operationen, die Flatline im EKG und Reanimation, ein fast einmonatiges künstliches Koma, das Unvermögen, mich aus diesem Koma zurückzuholen, ein misslungener Luftröhrenschnitt, 28 weitere Behandlungen unter Narkose und eine letzte lebensrettende OP mit einer Chance von 60:40 ... gegen mich. Das waren die Fakten, die durch eigenes Erleben und die hart erkämpfte Einsicht in die Patientendokumentation von den Menschen in meinem Umfeld wahrgenommen wurden. Was aber niemand sehen konnte und was ich bis heute niemandem wirklich begreiflich machen kann, ist, was damals IN mir passiert war. Denn ich habe in den schwach sedierten Phasen des Komas viel zu viel von dem mitbekommen, was um mich herum geschah. Was mein von den Drogen umnebelter Verstand allerdings daraus machte, hatte nicht mit der Realität zu tun. So stürzte ich von einem verängstigenden Albtraum in den nächsten und besonders schlimm war, dass sie sich immer wiederholten, wie eine Endlosschleife. Entweder war ich Täter oder Opfer, denn es waren nur Erlebnisse von zutiefst verstörender Grausamkeit und Brutalität. Hinzu kam, dass mir jegliches Zeitgefühl fehlte. So hatte ich das Empfinden, dass diese Träume mindestens seit einem Jahr andauerten. In einer schwach sedierten Phase konnte ich es wohl nicht mehr ertragen, das weiß ich wievielte Mal in einem alten Fischerboot zu ertrinken. Zwischen den Zeilen erfuhr ich viel später, dass ich wohl einen Gegenstand ertastet und versucht haben musste, mir damit die Pulsadern aufzuschneiden. Deshalb wurde ich in der Folge komplett fixiert.

Als ich dann durch den Luftröhrenschnitt in MacGyver-Manier doch schlussendlich zu Bewusstsein kam, hatte ich nur wenige positive Fixpunkte aus diesem Martyrium behalten: bestimmte Lieder von Reinhard Mey und Achim Reichel, Szenen aus einem Kinderbuch, beides von meiner Frau Petra benutzt, um mir die Rückkehr in die Realität zu ermöglichen … ja, und das letzte Ertrinken in dem alten Fischerboot. Denn wieder sah ich durch das durch die verrutschte Ladung teilweise verdeckte Bullauge das Blaulicht der Rettungsfahrzeuge, hörte Stimmen, die riefen: da ist keiner mehr drin, die Flut kommt, bringen wir uns in Sicherheit. Ich lag gefühlt zum 1.000 Male eingeklemmt unter der Ladung des Bootes, spürte wieder, wie das Salzwasser langsam an meinem Kinn hochkletterte und wie sich der widerliche Geruch des Kalfaterns, der Teerfarbe, in meine Nase drängte … und dann hörte ich erstmals Petras Stimme: ich lass dich nicht allein, wir schaffen das, ich hol dich raus. Der Bann schien gebrochen, die Kette des unendlich wiederholten Albtraums war gesprengt! Ein erster Schritt, aber noch lange keine Erlösung.

Das Dumme an diesen Koma-Albträumen ist, dass sie nicht, wie die normalen Träume dieser Art, mit der Zeit verblassen und ihren Schrecken verlieren. Sie sind eine Videothek des Grauens und ich kann auch heute noch, viele Jahre danach, sie absolut identisch vor meinem geistigen Auge „streamen". So weit, so schlecht … denn ich kann sie nicht steuern. So gibt es zumindest zwei Situationen, die mich augenblicklich in den Albtraum zurückschießen: Sonnenuntergänge mit einer kontrastreichen roten und dunkelblauen Färbung sowie der Duft von Teerfarbe, der dem Räuchern sehr nahekommt. Führt mein Weg an einer Räucherei vorbei oder fahre ich über eine Straße, an der frischer Asphalt aufgebracht wird, beginne ich zu zittern, verliere die Kontrolle und nässe mich gelegentlich ein. Für alle Comic-Fans: Sonnenuntergänge und Teerfarbe sind MEIN Kryptonit!

Ich höre das Lachen von Kindern auf dem Platz und kehre aus meiner gedanklichen Zeitreise zurück. Das Meer ist noch immer friedlich, die Sonne scheint noch immer warm auf mich herab, meine Frau und Retterin Petra sitzt immer noch neben mir und ich frage mich, mit welchem Recht es mir so gut geht. Habe ich all das, was mir passiert ist, vielleicht sogar verdient? Für Taten, die ich, bewusst oder unbewusst, begangen habe und deren schlimme Folgen hatten, von denen ich nichts weiß? Gibt es eine höhere Gerechtigkeit, die ihre Hand da im Spiel hat? Oder waren diese Monate der Angst, Verzweiflung, Schmerzen nur ein Justizirrtum, der jetzt durch ein Übermaß an Glück ausgeglichen wird? Gewiss, ich spüre immer noch die Folgen der damaligen Ereignisse: mein Bein wird gelähmt bleiben, meine Nervenverletzung wird mich bis zu meinem Tod begleiten, es wird nie mehr einen Tag ohne Schmerzen geben, ich werde bis zu meinem Lebensende Morphine oder Opiate nehmen müssen, um die unkontrollierbaren Schmerzen zumindest ein wenig in Schach halten zu können.

Aber ebenso gewiss bin ich, dass ich nicht allein bin. Es gibt ein paar Menschen, denen ich etwas bedeute, die Anteil an meinem Leben nehmen, sich mit mir freuen und leiden, und für dich ich Freund und Helfer sein darf. Es sind nicht viel, aber das ist auch nicht nötig. Ich nenne sie Herzensbrüder und Herzensschwestern und sie sind meine Wahlfamilie, für die ich durchs Feuer gehe und bereit bin alles zu geben. Und darüber hinaus weiß ich, dass Petra mich nicht allein lassen wird. Ich werde den weiteren Weg nicht allein gehen müssen und das macht mich unendlich dankbar. Ich werde meinen Teil dazu tun, dass sie nie mehr solche Ängste wie damals erleben muss und ich werde sie schützen.

Ich blicke zur Seite, sehe ihr Profil, sie wendet sich zu mir, lächelt, wirft mir eine Kusshand zu. Ich bin ein glücklicher Mensch.

Aber etwas stimmt nicht! Was ist das? Ich kann nicht definieren, was es ist, aber etwas Fremdartiges kommt näher. Ich reibe meine Augen. Ich fahre mit den

Händen durch Haare und Gesicht. Ich … ich rieche etwas … ein Hauch von Salz und etwas Beißendem … vertraut, aber nicht mehr beängstigend … und ich versuche …

***

„Doktor Feldmann, kommen Sie schnell. Der Patient kollabiert." Die Stimme der jungen, noch unerfahrenen Krankenschwester überschlägt sich fast. Der herbeigerufene Arzt eilt im Laufschritt herbei. „BVM, Defi 200 Joule, schnell … alle zurücktreten … SCHOCK!" Der Patient wölbt sich kurz krampfartig mit dem Brustkorb nach oben, sackt aber sofort wieder in sich zusammen. Das EKG zeigt nach wie vor die Nulllinie und der nervige Piepston hört nicht auf. „360 Joule … geladen … alle zurücktreten … SCHOCK!" Wieder nichts.

Es folgen noch zehn weitere Versuche, bis das Team die Aussichtslosigkeit ihres Tuns erkennt und aufgibt. „Ex um … 3.26 Uhr … tragen Sie das bitte in die Akte ein, Julia." Die Schwester nickt. Im Hinausgehen hält der Arzt inne, denn eine Frage der jungen Frau hält ihn zurück. „Haben Sie das gesehen, Herr Doktor? Er lächelt und sieht total friedlich aus." Feldmann nimmt sich die Zeit für einen längeren Blick auf den Toten.

„Ja, es scheint so. Hoffentlich haben wir es auch so gut, wenn wir eines Tages dran sind."

9

Interpret: Mike & the Mechanics feat. Paul Carrack

Erscheinungsjahr: 1988

In diesem Lied von Michael Rutherford wird die These aufgestellt, dass jede Generation die vorangegangene für etwas verurteilt. Das stimmt ganz sicher in meinem Fall. Manche Urteile werden gefällt in Unkenntnis der Rahmenumstände, in denen der Betreffende damals lebte … und oft genug werden sie aus einer sicheren Komfortzone gefällt. Aber nicht selten sind diese Vorwürfe gerechtfertigt, sei es wie aktuell die Statements einer Greta Thunberg, oder auch meine über meinen Vater vor vielen Jahren. Tatsache bleibt, dass, egal, wie sehr man sich auch bemüht, zu viele Fragen unbeantwortet bleiben und man Gefahr läuft, die gleichen Fehler erneut zu begehen.

The living years

Es begann bereits Mitte der 70er Jahre des vergangenen Jahrhunderts, dass mein Vater, mein Bruder und ich gemeinsam auf Reisen gingen. Ich steckte heftig in der Pubertät, war meinen Eltern sicherlich das eine oder andere Mal wie ein Furunkel am Arsch, aber mein Bruder, mehr identitätsstiftend für mich als es ihm damals bewusst war, wollte wohl dem Dauerzwist entgegensteuern. So schlug er vor, als einziger Besitzer eines PKW, dass wir zu dritt für eine Woche zum Angeln fahren sollten. Als Ziel hatten Vater und Rainer die Holsteinische Schweiz auserkoren, vermutlich, weil sie so viel davon gehört hatten. So verstauten wir die Ausrüstung und Kleidung in einem altersschwachen, silbernen Passat und machten uns, auch einer alten Familientradition gemäß, morgens um vier Uhr auf den Weg. Es war immer so eine ganz besondere Stimmung, in den Sonnenaufgang hineinzufahren.

Gewiss, ich hatte bereits von Kindesbeinen an geangelt, zumeist an der Küste in Cuxhaven oder an der Mecklenburgischen Seenplatte, wo ich wechselweise auch großgezogen wurde. Aber in der damaligen DDR sah man das mit den Bescheinigungen für Kinder noch nicht so eng und an der Küste brauchte man keinen „Bundesfischereischein". Jetzt stand ich vor dem Dilemma, mir etwas einfallen lassen zu müssen. Uns zu Hilfe kam ein Fachgeschäft in Plön, Samen Braune, wo wir uns mit Ködern und Informationen eindeckten. Zunächst bekamen wir einen Geheimtipp für einen idyllischen See, und als ich meine Situation schilderte, grinste der Ladenbesitzer nur und sagte: „Dann geh doch einfach hier auf's Amt und lass dir eine Ausnahmegenehmigung für eine Woche ausstellen. Die kostet nur ein paar Mark." Gesagt, getan: ausgestattet mit der Legende, ich hätte meinen Fischereischein zu Hause vergessen, sprach ich vor und war nach 15 Minuten stolzer Besitzer dieser schleswig-holsteinischen Sonderregelung. Und ab ging es zur Unterkunftssuche.

Wir wurden zügig fündig und inspizierten das empfohlene Gewässer, den Schluensee. Ich will mich jetzt gar nicht über so viele einzelne Dinge ausbreiten, aber es waren wunderbare Tage. Wir führten Gespräche miteinander, wie sie zu Hause, in Düsseldorf, niemals zustande gekommen wären. Gewiss, mein Bruder und ich waren zwar nicht oft einer Meinung, aber es bestand eine stillschweigende Übereinkunft, immer die Gelegenheit beim Schopfe zu ergreifen, wenn es darum ging, unseren Vater auf die Schippe zu nehmen. Und er lieferte uns ja auch genug Steilvorlagen: sei es mit bestimmten, stets wieder-kehrenden Aussagen, die wir persiflierten, oder auch mit seinen Eigenarten. Ein Beispiel? Unsere Fangerfolge waren …. nun, sagen wir es einmal so: sie waren eher suboptimal. So konnten wir uns nicht immer von Fisch ernähren, sondern mussten auch gelegentlich essen gehen. Vater trank selten und nur wenig Alkohol, aber wenn, dann MUSSTE es „trrrrrockener Landwein" sein – ja, mit einem genauso langgezogenen, rollenden R, wie man es von den Kommentatoren alter Wochenschauberichte kannte.

Ja, und wie in dem Lied von Reinhard Mey, habe ich Vater extra für das Angeln eine Schirmmütze geschenkt, und wie die Mütze, die Reinhard von Max bekommen hatte, machte auch die meinige meinem

Vater ein Arschgesicht. Eine Art Käppi mit feinen weißen und hellblauen Streifen! Von der ganzen Machart her hätte sie besser zu einer Babyausstattung für Säuglinge gepasst. Aber weiß der Teufel, warum: mein Vater trug sie, wie ein Ehrenzeichen oder einen Glücksbringer. Und das über viele Jahre hinweg, denn der ersten Tour folgten noch viele weitere.

Es lief beileibe nicht immer harmonisch ab. Es gab auch heftige Diskussionen: über Politik, über gesellschaftliche Ansichten, über historische Fakten und noch vieles mehr. Aber immer wieder schafften wir es, uns zusammenzuraufen und vor allem: wir demontierten uns nie, wir ließen dem anderen immer seine Würde. Es ging nie unter die Gürtellinie. Und damit wuchs Vertrauen! So glaubte ich zumindest.

Manche Momente waren tragikomisch. Wir saßen normalerweise auf einer Steganlage und angelten vom Ufer aus. Boote standen zwar zur Verfügung, aber meistens waren wir einfach zu faul zum Rudern. Immer wieder machte sich einer von uns auf den Weg, um das eine oder andere aus dem Auto zu holen. Bei einem solcher Wege rief mir mein Vater zu, ich möge ihm doch noch eine Jacke mitbringen. Noch auf dem Steg gehend wandte ich mich beim Laufen um und fragte: „Welche denn? Du hast mehrere im …“ Damit endete mein Satz! Merke: Gehe niemals rückwärts auf einem Steg, der durchs Wasser führt. Ich verfehlte den vielleicht einen Meter breiten Steg um wenige Zentimeter, aber die reichten, um mich der Länge nach ins Wasser fallen zu lassen. Das hätte wirklich ins Auge gehen können, da an dieser Stelle das Wasser keinen halben Meter tief war und gelegentlich Baumstümpfe aus dem Schilfgürtel ragten. Klar, ich war die absolute Lachnummer und ich kann mich nicht erinnern, meinen Vater und Bruder jemals zuvor und danach so lange und laut lachen gehört zu haben. Eigentlich sauer konnte ich mich, angesteckt durch ihr albernes Gegacker, selber kaum zurückhalten und lachte nach wenigen Augenblicken von Herzen mit. Wäsche zum Wechseln hatte ich nicht dabei, die war natürlich in der Ferienwohnung. Aber es war auch nicht so schlimm, denn es war ein wirklich heißer Sommer. Bis jetzt ist die Geschichte ja eher platt und banal. Das änderte sich aber eine halbe Stunde später.

Jetzt war es an meinem Vater, zum Wagen zu gehen und sich Zigaretten zu holen. Ich schwöre heute drei heilige Eide, dass es von mir keine Absicht war, aber jetzt bat ich meinen Vater, mir ein Getränk aus dem Auto mitzubringen. Es kam, wie es kommen musste … Sie werden es erraten, liebe Leser … ja, auch mein Vater ging rückwärts, fragte nach, welches Getränk es sein sollte, und … landete ebenfalls im See, fast an der gleichen Stelle. Meinem Bruder und mir fuhr der Schreck in die Glieder, denn Vater war nicht mehr der Jüngste und zudem auch nicht mehr ganz gesund, aber darauf gehe ich noch später ein. Ein Schutzengelkollektiv musste an diesem Tag über uns gewacht haben, denn auch Vater blieb unverletzt. Nur seine patriarchische Würde hatte einen weiteren Knacks bekommen.

Ich wuchs damit auf, dass mein Erzeuger anders war als andere Väter. Ihm fehlte ein Auge, ihm fehlten Finger an der rechten Hand, sein Körper war übersät mit Narben und in ihm steckten noch diverse verkapselte Granatsplitter. Nicht sichtbar waren die psychischen Probleme. Vater war bei einem Übungssprung in der Ausbildung verunglückt. Sein Schirm hatte sich nur teilweise geöffnet und er war über einem Sumpfgebiet abgestürzt. Die Folge waren schwere Schädelverletzungen, eine Hirnquetschung und Knochenbrüche. Das hatte zur Folge, dass er aus meiner heutigen Sicht bisweilen mit leichten epileptischen Anfällen zu kämpfen hatte. Das waren also die Dinge, die ich kannte … aus eigenem Miterleben. Aber diese Infos waren lückenhaft, nur Fragmente eines Lebens.

Diese Angeltouren wurden zur Tradition, wobei es gelegentlich nicht zu dritt klappte und Vater nur mit einem seiner Söhne nach Plön fuhr. Ich muss um die 25 Jahre alt gewesen sein, da waren Vater und ich allein am Schluensee. Die Fische wollten nicht beißen und so nutzten wir die Zeit zu Gesprächen … Gespräche, wie sie in den ganzen Jahren zuvor nie zustande gekommen waren.

Mein Vater Heinz war Jahrgang 1922, also bei Kriegsbeginn gerade mal 17 Jahre alt. Was wusste ich eigentlich von ihm aus dieser Zeit? So gut wie nichts und deshalb erschien es mir irgendwie der richtige Zeitpunkt zu sein, ihm einige der unbeantworteten Fragen zu stellen. Ich wusste, dass er von Anfang an bei der Hitlerjugend sehr aktiv gewesen war, ganz sicher nicht aus politischer Überzeugung, sondern wegen der Kameradschaft, des Corpsgeistes. Geboren in Ostpreußen, hatte er vermutlich bereits in seinem genetischen Code so etwas wie die Sehnsucht nach einer identitätsstiftenden Gemeinschaft angelegt. Heinz stammte aus einem national-konservativen Haushalt. Sein Vater, ein überaus korrekter, unnachgiebiger Mensch, hatte seine drei Kinder streng erzogen. Aber irgendwie steckte unter der ur-preußischen Schale auch der Drang nach Abenteuer. Beim Großvater war es die Fliegerei im Ersten Weltkrieg. Und was war es bei meinem Vater?

Nach einem wiederholt fangfreien Tag am See sah ich, wie mein Vater auf unser Auto zukam, im Rücken den dunkelroten Sonnenuntergang. Allein an diesem Schattenriss, seiner Körperhaltung, seinem Gangbild, hätte ich ihn unter Hunderten erkannt. „Wollen wir los, Junge?" Ich schüttelte den Kopf. „Nein, Heinzek (ja, wir sprachen unseren Vater durchaus liebevoll mit der Koseform seines Vornamens an), lass uns noch bleiben. Es ist irgendwie eine besondere Stimmung. Lass uns noch was ans Wasser gehen und quatschen." Wir hockten nebeneinander, ich mit einer Flasche Bier, Heinz mit dem obligatorischen Kaffeepott in der Hand. „Sag mal, wie kam das eigentlich damals ... das mit dir ... im Krieg?"

Schweigen ... das gewohnte Schweigen. Es mochte der richtige Zeitpunkt gekommen sein oder es war auch nur die Laune eines Augenblicks, aber Vater begann zu erzählen.

„Ich habe von Anfang an bei den Pimpfen, der Jugendorganisation, und danach bei der HJ mitgemacht. Ich fand das gut, die Zeltlager, die strikte Ordnung, der Zusammenhalt, den Sport ... ja, und dass man mir Verantwortung übertrug. Schnell war ich Rottenführer und brachte es schnell zum Oberscharführer. Ich war ja immer schon groß und kräftig, daher hielt mich auch jeder für älter. Als der Krieg ausbrach, stand für mich sofort fest, dass ich mich freiwillig melden würde. Ich wollte meinem Vater imponieren, daher meldete ich mich zu den Fliegern. Die lehnten mich ab, wegen meiner Statur. Ich würde angeblich nicht in die Cockpits passen. Aber eben dieses Manko prädestinierte mich für die Fallschirmjäger. Das machte mich natürlich stolz, zu so einer Elitetruppe zu kommen. Falls du mal was über die „Yorkschen Jäger" liest - bei denen war ich. Und dann kamen die Einsätze."

Ich hatte sowohl in der Schule als auch später in der Literatur immer wieder etwas von den „Grünen Teufeln" gehört bzw. gelesen. Daher konnte ich konkrete Fragen stellen. „Warst du auch in Kreta dabei?" Kreta war das Vietnam der Fallschirmjäger ... und wie so oft, wenn das Ergebnis hinter den Erwartungen zurücksteht, kommt es zu Übergriffen.

Briten und Neuseeländer hatten sich auf der Insel festgesetzt und konnten aus damaliger, militärischer Sicht nur durch Luftangriffe und die Fallschirmjäger bekämpft werden. Doch bei der Aktion ging so ziemlich alles schief, sodass von 10.000 abgesprungenen Soldaten am Abend keine 6.000 noch kampffähig waren. Die militärische Führung traf eine Fehlentscheidung nach der anderen. So wurden zivile Geiseln von deutschen Landsern erschossen, nachdem sich die Bevölkerung gegen die Invasion zur Wehr setzte.

„Nein, mein Junge, das ist mir erspart geblieben. Aber ich war in Eben-Emael dabei. Und bei der Befreiung von Mussolini und der Schlacht um Monte Cassino war ich dabei. In den Pontinischen Sümpfen bei Anzio habe ich mir sogar die Malaria eingefangen." So, DAS also hatte er auch noch aus dem Krieg mitgebracht. „Warst du eigentlich Parteimitglied?" Die Antwort kam zögerlich, das hätte mir damals schon auffallen müssen. „Nein, natürlich nicht, Da hätte ich auch Ärger mit meinem Vater bekommen." Ich schwieg einen Augenblick. „Und wie bist du an die vielen Verletzungen gekommen?" Jetzt war es an ihm zu zögern. Ich hatte nicht wirklich eine Antwort erwartet. Aber ich sollte sie bekommen.

„Die Splitter im Körper, die stammen von vielen einzelnen Einsätzen. Da war ich immer mit einem blauen Auge davongekommen. Aber die anderen, die schlimmen Sachen, die sind erst gegen Ende des

Kriegs passiert. Die Fallschirmjäger wurden zum Schluss verheizt. Die halbe Hand habe ich in Russland verloren, ich wurde gefangengenommen und die Amputation der Trümmerstücke hat ein Sanitäter mehr schlecht als recht gemacht. Zum Glück konnte ich kurz danach fliehen." Ich wartete auf weitere Erklärungen, aber die blieben aus. „Und dein Auge?"

Auf die Antwort musste ich zwei Tage warten. Vater hatte Jahrzehnte geschwiegen, wie so viele andere auch aus seiner Generation. Sei es, um das Geschehene zu vergessen, oder aber, um sich mit den eigenen Taten nicht auseinandersetzen zu müssen. Ich ließ ihm Zeit, hoffte auf eine Antwort. Die Gelegenheit ergab sich, als es an mir war, ihm einen verborgenen Teil meiner Seele zu offenbaren. Plön liegt nicht weit von der Ostseeküste entfernt und die Insel Fehmarn war auch schon zu dieser Zeit für meine heutige Frau und mich ein Sehnsuchtsziel. So lud ich meinen Vater zu einem Ausflug dorthin ein.

Es war wieder Abend. Wir saßen, völlig alleine, auf einer Bank an einem Strand im Süden namens Gold. Nur wenige markante Wolken zeichneten sich im Rotgold der untergehenden Sonne über dem spiegelglatten Fehmarnsund ab. In der Ferne sahen wir das Licht des Flügger Leuchtturms regelmäßig aufblitzen. Der Ort und die Situation waren von einem so unglaublichen Frieden bestimmt, dass wir beide diese besondere Stimmung sofort spürten. „Weißt du, Heinzek, wenn einmal der Tag kommt, an dem klar ist, dass ich mein Leben nicht mehr selbstbestimmt führen kann oder dass ich unheilbar krank bin, dann wird man mich am nächsten Tag hier auf dieser Bank finden." Heinz war entsetzt über diese Aussage seines damals 25jährigen Sohnes, aber dieses Thema hatte mich schon lange beschäftigt. Manchmal zeichnet sich eine Freundschaft auch dadurch aus, dass man miteinander schweigen kann … ohne dies extra anzukündigen.

Auf der Fahrt zurück nach Plön begann Vater von sich aus. „Ende April '45 war Berlin eingeschlossen. Ich selbst war mehrfach verletzt worden und weitere zweimal in russische Gefangenschaft geraten, aus der ich fliehen konnte. Beim letzten Kampf hatte ein Granatsplitter mein Gesicht getroffen und mein rechtes Auge hing heraus, nur noch von Nerven und Fleischfetzen gehalten. Ich lag bewusstlos in den Trümmern und die Russen haben mich mitgenommen. Ein Zahnarzt, der ein paar Brocken deutsch konnte, hat dann das Auge entfernt. Danach kam ich in den Keller einer Ruine, wo ich mit anderen Soldaten gefangen gehalten wurde. Noch in der gleichen Nacht gelang mir die Flucht und ich konnte mich hinter die deutschen Linien durchschlagen. In einem provisorischen Lazarett versorgte man mich mit Verbandsmaterial und ein paar Schmerztabletten und ich konnte wenigstens ein paar Stunden auf einem Feldbett schlafen. Man soll es nicht glauben, aber trotz Bombenhagel, Stalinorgeln und Geschützdonner kann man schlafen, wenn man nur erschöpft genug ist. Ich wurde wach, als ein Offizier energische Befehle brüllte und nach wehrfähigen Männern suchte. Er befand, dass ich trotz meiner Verletzungen sehr wohl noch in der Lage sei, meine Pflicht zu tun, und teilte mir fünf Hitlerjungen zu, im Alter von 13 bis 16 Jahren. Wir erhielten ein paar Karabiner, Panzerfäuste, eine Maschinenpistole und einige Handgranaten. Damit sollten wir die vorrückenden russischen Truppen aufhalten."

Vater unterbrach und schluckte schwer. Ich hatte mittlerweile angehalten und starrte ihn sprachlos von der Seite an. Mein Wagen stand unmittelbar am Strand hinter Heiligenhafen und wir blickten aufs Meer. Irgendeine höhere Macht schien unseren Abend zu inszenieren, denn das Rotgold war einer tiefen Schwärze gewichen. Starker Wind war aufgekommen und peitschte dicke Regenwolken über das Land. Als wäre es eine Untermalung der Geschichte meines Vaters, hörten wir den Donner und sahen die Blitze über den weißen Schaumkronen. Dann fuhr mein Vater fort.

„Wir eilten mit unserer Ausrüstung zum bereits schwer umkämpften Alexanderplatz. Dort igelten wir uns so gut es ging ein und machten uns bereit. Immer wieder sahen wir zwischen den Trümmern die Helme russischer Soldaten auftauchen. Es war ein Häuserkampf, Tür um Tür, Fenster um Fenster. Die Jungen verhielten sich unterschiedlich. Der Älteste hockte da, den Karabiner über den Knien liegend, die Hose vom Einpissen nass und das Gesicht eine Maske aus Schmutz und den Spuren von Tränen. Der Jüngste hingegen hatte das Gewehr angelegt und versuchte mehr schlecht als recht auf unsere Gegner zu schießen. Doch damit wurden die Russen erst auf uns aufmerksam. Immer näher kamen die Einschläge von Mörsergranaten, sodass ich befahl, die Stellung aufzugeben.

Als wir uns zurückziehen wollten, traf eine Granate mitten in unsere Stellung. Danach waren zwei der Jungen tot. Mit den restlichen drei rannten wir weiter und suchten Schutz in einer Ruine. Dabei wurde der älteste Hitlerjunge tödlich getroffen. Was dann geschah, bekomme ich nicht mehr so ganz auf die Reihe. Weißt du, es herrschte das völlige Chaos, totale Auflösung. Die Stellungen waren nicht mehr zu erkennen. Ich wusste nicht, ob vor mir Deutsche oder Russen lagen. Und dann waren die beiden letzten Überlebenden außer mir verschwunden. Ich floh und irgendwie gelang es mir, zu einem Gebäude in der Nähe des Monbijou-Parks zu gelangen. Dort sollte ein Klassenkamerad aus meiner Schulzeit einen Unterschlupf gefunden haben.

Das Haus war kaum beschädigt, aber ich traf meinen Freund nicht an. Meine Verletzung im Gesicht blutete wieder stark und ich hatte unvorstellbare Schmerzen. Ein Anwohner des Hauses führte mich sichtlich verängstigt in den Kohlenkeller, wo ich mich versteckte. Zwei Tage später fanden mich dort die Russen … der Bewohner hatte mich für ein paar

Zigaretten verraten. Ich war der letzte Verteidiger des Alexanderplatzes."

Den Rest der Fahrt verbrachten wir schweigend. Jeder hing seinen Gedanken nach: mein Vater durchlebte wohl erneut das Erlittene, ich versuchte mir ein Bild von dem Mann zu machen, der in dem klaren Wissen, dass alles verloren war, noch drei Kinder in den Tod geschickt hatte. Auch der nächste Morgen begann schweigsam und ich vermutete, dass mein Vater bereits seine Offenheit mir gegenüber bereute.

„Heinzek", begann ich, als wir unsere Ruten am Schluensee ausgeworfen hatten, „ich habe nicht das Recht, über das, was du getan oder unterlassen hast, zu richten. Klar, ich habe meine Meinung dazu, aber ich bin kein Kind dieser Zeit. Ich weiß zum Glück nicht, wie Menschen in solchen Ausnahmesituationen handeln. Dass du unmittelbar mit dem Tod der drei Hitlerjungen zu tun hattest, ist eine Angelegenheit, die du nur mit dir selbst und deinem Gewissen ausmachen kannst. Aber bitte", ich sah ihn sehr ernst dabei an, „bitte, sag mir, ob du an Kriegsverbrechen beteiligt gewesen bist. Ich weiß, dass auch die Fallschirmjäger an Geiselerschießungen und dem Mord an Zivilisten, Frauen und Kindern beteiligt waren. Sag DU MIR, ob du daran einen Anteil hattest. Wenn du eines Tages nicht mehr da bist und jemand über dich herzieht, will ich guten Gewissens sagen können, dass mein Vater mich nicht belogen hat und er mir die Dinge anders geschildert hat." Mein Vater blickte auf den See hinaus, als hoffte er, dort einen Rat oder gar die Antwort zu finden. „Nein, mein Junge, solche Dinge habe ich nie getan." „Und warst du Parteimitglied oder warst du bei den Reichsparteitagen dabei?" „Nein, ich war nie ein Nazi und ich war auch nie in Nürnberg." „Du hast mir gesagt, dass du in Kampfhandlungen natürlich geschossen hast. Aber hast du auch direkt, Auge in Auge, einen Menschen getötet?"

Jetzt dauerte die Pause noch länger. „Ja, ein Mal. Als wir vor Anzio in Stellung lagen und die Landung der Amerikaner verhindern wollten. Ich war mit drei anderen Jägern nachts auf Spähtrupp. Wir hatten uns die Gesichter geschwärzt und waren nur mit unseren Kappmessern und scharf geschliffenen Klappspaten bewaffnet. Wir sollten aufklären, ob sich feindliche Truppen in unsere Richtung bewegten. Wir waren schon fast auf dem Rückweg in unsere Stellung, da stießen wir auf einen ebenfalls getarnten Kommandotrupp der Amis. Wir kämpften schweigend miteinander und … meine Kameraden und ich haben alle, wenn auch verletzt, überlebt. Und ich habe einem Soldaten mit dem Spaten den Kopf abgeschlagen." Nein, ich war nicht entsetzt. Es war Krieg und wo Soldaten aufeinandertreffen, fließt Blut. Mir schoss das Tucholsky-Zitat durch den Kopf und ich wandelte es ab: Soldaten sind keine Mörder, sondern in jedem Falle potentielle Tote. Die restlichen Tage der Fahrt waren von weniger schweren Themen und dafür größeren Angelerfolgen geprägt.

***

Infolge eines Behandlungsfehlers lag ich im Februar 2010 nach einer Operation im Koma. Auch als ich mit sehr viel Glück und der großen Unterstützung meiner Frau wieder erwachte, war ich noch lange nicht bei Sinnen. Über Monate war ich wegen der Folgen der Fehlbehandlung stark sediert und litt unter Wahnvorstellungen. Um mich zu schützen, verschwieg mir meine Frau, dass mein Vater Ende Februar verstorben war.

Mein Bruder hatte dankenswerterweise zusammen mit seiner Frau den gesamten Nachlass geregelt. Als feststand, dass ich überleben würde - erst elf Monate nach der ersten Operation -, erfuhr ich einige Dinge, die mein Bild von Heinzek ins Wanken brachten. In einem der letzten Gespräche, die mein Bruder mit unserem Vater geführt hatte, hatte dieser voller Begeisterung davon berichtet, dass er bereits in seiner Funktion als Oberscharführer der HJ zu einem Reichsparteitag nach Nürnberg eingeladen worden war. In seinen Dokumenten fand sich ein Parteibuch aus dem Jahr 1939 mit dem Bild unseres Vaters.

Das Bild, das ich von meinem Vater hatte, brach völlig in sich zusammen. Und erst jetzt hinterfrage ich einige Dinge, die mir eigentlich schon damals am Schluensee hätten einfallen müssen.

Ich war vielleicht acht oder neun Jahre alt, da legte mir mein Vater Postkarten vor. Die waren an arme, alte Männer gerichtet, die unschuldig im Gefängnis saßen. Vater hatte sich mit einer Petition für deren Freilassung eingesetzt. Ich sollte nun einen kindlichen Gruß aus der Freiheit senden, quasi als ein Symbol der Normalität. Natürlich hinterfragte ich das in diesem Alter nicht. Aber solche Postkarten wurden immer wieder aus Urlauben, aus der Kur oder von Städtereisen verschickt. Als ich in die Pubertät kam, erwachte, sicher auch durch den Einfluss meines zehn Jahre älteren Bruders, so eine Art politisches Bewusstsein. Daher fragte ich das nächste Mal, als mir eine solche Karte vorlegte, wer denn diese Leute genau seien. Wer verbarg sich hinter den Namen Walter Reder und Herbert Kappler? Ohne ein Wort der Erklärung steckte mein Vater die Postkarte damals weg und ich wurde nie mehr zu Grußbotschaften aufgefordert. Erst sehr viel später recherchierte ich, dass Reder und Kappler Kriegsverbrecher, Folterer und Massenmörder der schlimmsten Art gewesen waren.

Als ich 1979 meine Ausbildung begonnen hatte, bat mein Vater mich, ihn nach Bamberg zu begleiten. Dort lebten seine Eltern und seine Schwester mit ihrer Familie. Vater war nach dem Krieg in Bamberg untergekommen und hatte dort endlich nach der Kriegsgefangenschaft Fuß fassen können. Aber der Besuch galt nicht allein der Familie. Es war auch ein Treffen alter Männer anberaumt, der Fallschirmjägerkameradschaft Bamberg. Dort fanden ehemalige Angehörige dieser Elitetruppe eine soziale Heimat und gegenseitige Unterstützung, um nicht völlig den Boden unter den Füßen zu verlieren, wirtschaftlich und emotional. Soweit, so gut … Interessengemeinschaften sind völlig normal und alltäglich und ganz sicher nicht von vornherein verwerflich. Aber was an diesem Abend und am nächsten Morgen stattfand, verwirrte und entsetzte mich … und führte zu einer Distanz zu meinem Vater, die erst Jahre später wieder abgebaut werden konnte. Alte Männer erzählten sich von ihren Kriegserlebnissen, schwadronierten über ihre Erfolge, redeten Misserfolge klein, hausierten mit Lösungen, wie alles hätte anders kommen können. Es wurden ehemalige Kommandeure stehend und mit Applaus begrüßt … Männer, die nachweislich und als Zeichen ihrer völligen Inkompetenz ihre Untergebenen verheizt hatten. Und um Mitternacht wurde das Lied der Fallschirmjäger angestimmt, „Rot scheint die Sonne". Und in den Augen nicht weniger blitzte eine Träne auf – hoffentlich nur im Andenken an einen Kameraden, ein armes Schwein, das weniger Glück hatte als die hier Anwesenden. Am nächsten Morgen fand eine Kranzniederlegung auf einem Friedhof statt. Ziel des Gedenkmarsches der „alten Recken mit ihren roten Baretten" war ein Grab oder ein Gedenkstein, der wohl an „gefallene" Fallschirmjäger erinnerte. Es wurden pathetische Reden gehalten, manch einer schnäuzte sich und beim späteren Abschied versicherte man sich unverbrüchlicher Treue. Wir reisten am Nachmittag ab und bereits als der Zug aus dem Bahnhof heraus rollte, teilte ich meinem Vater mit, dass dies das erste und zugleich letzte Mal gewesen sei, dass ich ihn auf eine solche Veranstaltung begleitet hätte.

Heute stehe ich vor einem Zerrbild meines Vaters. Wie Reinhard in seinem Lied „Flaschenpost" beschreibt, waren wir manchmal wie Stefan und Harry, wie Lari und Fari und manchmal wie Vater und Sohn … und heute meine ich, vor einem völlig Fremden zu stehen. Er fehlt mir an manchem Tag. Und was hab ich gesagt, was hab ich getan … dass Heinz mir nicht einmal in diesen besonderen Momenten seine Sicht der Dinge zugestand. Manchmal, wenn ich in den Spiegel sehe – manchmal, wenn ich nachdenklich bin – dann sagt mir meine Frau: JETZT guckst du wie Heinz. Und sie hat Recht: ich bin der Sohn meines Vaters … eines Vaters, von dem ich kaum etwas zu wissen scheine. So schicke ich diese Geschichte als eine Art Flaschenpost in die Vergangenheit.

1 0

Interpret: Reinhard Mey

Erscheinungsjahr: 2002

Der Titel lässt die Härte und Brisanz des Themas, welches in diesem Song verarbeitet wird, nicht erahnen. Es geht um das schützenswerteste Gut, das Menschen haben können: Kinder! Gewiss, sie können einem manchmal den Nerv rauben, aber es ist unser aller Aufgabe, auf sie acht zu geben und sie vor Unheil zu bewahren. Dieser Kurzkrimi beruht auf einem wahren Ereignis, das sich in unserem weiteren Freundeskreis zugetragen hat. Und Sie dürfen mir glauben, dass die realen Geschehnisse noch weitaus schlimmer waren, als ich sie im Text dargestellt habe. Ich halte es da ganz mit dem Maler Max Liebermann, der einmal gesagt haben soll: ich kann gar nicht so viel fressen, wie ich kotzen möchte.

Der kleine Wiesel

Ungläubig starrte sie auf den Umschlag in ihren Händen. In der gewohnt krakeligen Handschrift ihres Mannes stand dort: Mein Vermächtnis. Sie hätte nie gedacht, dass er ein Testament hinterlegt hatte. Es verschwinden lassen ging jetzt nicht mehr. Sie hatte im

Beisein des Notars den Koffer geöffnet und dieser hatte den gesamten Inhalt ebenfalls gesehen: seine Lieblingsuhr, eine nummerierte Sonderversion einer Hublot Tourbillon Cathedral, Sammlerwert ungefähr eine halbe Million. Eine signierte Erstausgabe von „Alice im Wunderland" von Lewis Carroll, dessen Schätzpreis bei 40.000 € lag. Eingeschlagen in mehrere Lagen weißer Seide, fand sich ein etwa Din A4 großes Original von Gustav Klimt, ein Jugendstil-Motiv. Der Wert des Bildes war nicht abschätzbar. Und … ja, eben dieser Umschlag.

Penibel hatte Notar Presskamp handschriftlich eine Liste der Gegenstände erstellt und ließ sie sich von seiner Klientin schriftlich bestätigen. Sie wollte den Umschlag nicht im Beisein des Juristen öffnen. Sie wusste ja nicht, was er zum Inhalt haben würde. So hatte sie sich bedankt, war mit dem Aufzug in die Tiefgarage gefahren und hatte sich in ihrem Alfa Romeo Spider Cabrio erst einmal eine Zigarette angezündet. Naja, angezündet war leicht gesagt. Sie hatte so gezittert, dass sie den Zigarettenanzünder mit beiden Händen hatte halten müssen. Gierig sog sie den stechend scharfen Rauch tief in ihre Lungen. Nur langsam beruhigte sich ihre Atmung und ihr Puls. Als sie sich endlich bereit fühlte, startete sie den Wagen und jagte mit einem Kavalierstart die Schräge hoch. Sie ignorierte die wüsten Beschimpfungen des Radfahrers, den sie beinahe auf der Motorhaube gehabt hätte. Jegliches Tempolimit missachtend, erreichte sie ihr Haus in Neuss Uedesheim. An der

Macherscheider Straße hatte ihr Mann vor beinahe 30 Jahren ein Grundstück erworben und dort einen modernen Bungalow errichten lassen, der einen unverbaubaren Blick auf das gegenüber liegende Naturschutzgebiet Himmelgeister Rheinbogen bot. Sie ließ die schwere Eingangstür ins Schloss fallen, ihr Mantel und die Handtasche sanken achtlos zu Boden. Schnellen Schrittes eilte sie in das hell eingerichtete Wohnzimmer. Sie hatte die Einrichtung und Gestaltung des gesamten Hauses in ihre Hände genommen, da ihr verstorbener Mann aus ihrer Sicht überhaupt keinen Geschmack gehabt hatte. Gar keinen? Nein, so konnte das nicht stehenbleiben. Den schönen Dingen des Lebens gegenüber war er aufgeschlossen gewesen: Reisen, Kunst, gutes Essen. Nur eben das Gestalterische, das Kreative, das aus einem schnöden Haus ein Repräsentationsobjekt machen würde – DAS ging ihm völlig ab. Sie hingegen hatte ein angeborenes Gefühl für Stil. Das Glanzstück der Villa war sicherlich das beinahe 75 Quadratmeter große Wohnzimmer, welches mit Gegenständen aus dem Œuvre des dänischen Designers Arne Jacobsen ausgestattet war. Es überwogen Chrom, Glas und weiße Schleiflackmöbel.

Ihre Bemühungen, aus dem Haus ein Objekt zu machen, das Gäste beeindruckte, wenn nicht gar einschüchterte, war von ihrem Mann nie ausreichend gewürdigt worden. Im Gegenteil! Als er von einer längeren Auslandsreise zurückkam und sie ihm stolz das fertig gestaltete Haus präsentierte, war sein schlichter Kommentar: „Das ganze Ding ist so kühl, dass man Fleisch aufhängen könnte und es würde nach drei Tagen Gefrierbrand bekommen." Er hatte immer einen rustikalen, archaischen Stil bevorzugt: viel Massivholz, etwas derber, Leder, rostiger Stahl. Sie hatte ihm vorgeworfen: „Du und deine kleinbürgerlichen Vorstellungen. Wenn wir Gäste haben, wo willst du sie bewirten? Auf einem Bärenfell, mit Met-Hörnern?" „Warum nicht? Wäre mal was anderes als dieser übliche Schicki-Micki-Kram", war seine Antwort gewesen.

Nein, sie hassten einander nicht. Sie hatten sich einfach entfremdet. Zwischen ihnen bestand eine stillschweigende Übereinkunft: mach es nicht öffentlich, blamiere mich nicht, dann hast du alle Freiheiten. Das hatte sehr früh begonnen, bereits zehn Jahre nach ihrer Hochzeit. Sein Chemielabor war immer erfolgreicher geworden und er hatte immer ausgedehntere Dienstreisen machen müssen. Sie hatte von Anfang an klargemacht, dass sie kein Interesse daran hatte, ihn zu begleiten und dann doch nur allein in teuren Hotelzimmern zu sitzen. So hatte sie ihre eigene Welt organisiert und sich selbst als Bildhauerin verwirklicht. Damit hatte sie es zu einer gewissen lokalen Prominenz gebracht. Ob das an ihrem Talent lag oder nur an den Erfolgen ihres Mannes, war ihr nie klargeworden.

Egil Gunnarsson, ihr Mann, hatte EGuChem, sein Labor, aus dem Nichts aufgebaut. Sie hatte ihn während des Studiums in Düsseldorf kennen und lieben gelernt. Er hatte ihr mit seinem Selbstbewusstsein und seinem ungeheuren Ehrgeiz imponiert. Sie hatte immer einen erfolgreichen Mann gewollt. Nicht so einen Versager, wie ihn ihre Mutter geheiratet hatte. Nicht nur, dass er nie genug Geld mit nach Hause gebracht hatte – selbst das Wenige musste er noch versaufen. Es hatte immer an allen Ecken und Kanten gefehlt. Selbst der kleinste Luxus, ein Kinobesuch oder mal ein paar neue Schuhe, waren nicht drin. Die Kleidung stammte aus dem Sozialkaufhaus, das Essen war oftmals weit über das Verfallsdatum. Ihre Mutter hatte sich still mit ihrem Schicksal abgefunden.

Sie aber, gewachsen an der wirtschaftlichen Not, erstarkt an den Widerständen des Lebens, hatte schon als Teen entschieden, dass ihr so ein Leben nicht reichen würde. Mit eiserner Disziplin machte sie ein sehr gutes Abitur und schloss ein BWL-Studium mit Auszeichnung ab. Auf einer Party seiner Fachschaft hatten sie sich kennengelernt. Sie hatte sich kühl gezeigt, die Unnahbare gegeben und er war sofort darauf angesprungen. Nicht, dass er ein solcher Eroberer war, er war einfach auf ihre „Schneewittchen-Erscheinung", wie er es nannte abgefahren. Pechschwarze, lange, glatte Haare, eine alabaster-helle Haut und blutrot geschminkte Lippen. Sie war sich ihrer Wirkung bewusst und hatte sie schon mehrfach zu anderen Zwecken ausgenutzt. Nein, nicht für Gefälligkeits-Noten oder Ähnliches. Aber ihre schicke, kleine Zweiraumwohnung in Düsseldorf Kalkum hätte sie nie bekommen, wenn sie nicht mit dem Besitzer ausgegangen wäre. Mehr als ein flüchtig auf die Wange gehauchter Kuss war es nie gewesen, aber er hätte für sie noch weit mehr getan, wenn sie ihm Hoffnungen gemacht hätte. Aber an diesem Abend war da dieser nordisch aussehende Chemiker mit diesem Spitzbuben-Lachen, und auch um sie war es geschehen.

Der Beginn der Beziehung war stürmisch gewesen, leidenschaftlich ... und von der frühen Erkenntnis geprägt, dass sie einander perfekt ergänzten. Nach zwei Jahren „wilder Ehe" waren sie aufs Standesamt gegangen und aus Elisabeth Terboren wurde Liz Gunnarson. Der Kosename wurde zu ihrem Markenzeichen, all ihre Skulpturen waren mit „LIZ" signiert.

Diese Rückblenden endeten, als sie von einem lauten Signalhorn eines vorbeifahrenden Ausflugschiffes der Weißen Flotte aufgeschreckt wurde. Das riesige Panoramafenster vibrierte unter dem dröhnenden Ton. Liz hatte den Brief vor Schreck fallen gelassen, hob ihn jetzt auf und goss sich in einen Kristallschwenker einen großen Cognac ein. Gierig leerte sie das Glas, ohne es abzusetzen. Sofort goss sie sich ein zweites ein. Dann nahm sie in dem Sessel Platz, von dem aus sie über die Terrasse hinweg auf den träge dahinziehenden Fluss blicken konnte.

Erneut schenkte sie dem Umschlag ihre ganze Aufmerksamkeit.

Mit einem Seufzer stellte sie den Cognac ab und ritzte den Umschlag mit ihren perfekt manikürten Fingernägeln auf. Diesem entnahm sie eine größere Anzahl Blätter, die sorgsam in der Mitte gefaltet waren. Der Text war nicht handgeschrieben, sondern mit Egils altmodischer Schreibmaschine, die er aus purer Sentimentalität nie hatte wegschmeißen können, ein Geschenk seines Großvaters. Dann begann sie zu lesen:

***

Meine liebe Liz,

wenn du diese Zeilen liest, lebe ich nicht mehr. Herr Presskamp hat von mir die ausdrückliche Anweisung bekommen, dir den Koffer erst nach meiner Beisetzung auszuhändigen. Keine Sorge, dieses Schriftstück ist kein Testament, das wäre ja auch ungültig, so, mit der Maschine geschrieben. Es ist, wie bereits auf dem Umschlag steht, mein Vermächtnis.

Da dies nun für mich die letzte Möglichkeit ist, dir etwas mitzuteilen, erlaube ich mir, weiter auszuholen.

Wir waren schon ein schönes Paar, wir beide, damals auf dem Campus. Manch einer hat dich oder mich um den jeweils anderen beneidet. Aber du musst mir bitte glauben: ich war damals unsterblich in dich verliebt, in mein Schneewittchen. Und ich glaube, du warst es auch in mich … zumindest am Anfang. Aus heutiger, abgeklärter Sicht kommt mir manches geradezu lächerlich vor, aber wenn die Hormone verrücktspielen, dann gibt es eben kein Halten mehr.

Weißt du noch? Wir hatten keine 100 Mark mehr auf unseren Konten. Und ich bin mit dir ganz großspurig nach Schloss Hugenpoet gefahren und habe dich zu einem feudalen Essen eingeladen. Ich konnte froh sein, dass die Bank damals nicht meine Kreditkarte gesperrt hatte. Oder der Tag, als du die Absage von Siemens bekommen hattest. Du warst so niedergeschlagen gewesen und ich wusste nicht mehr ein noch aus, wie ich dich hätte aufheitern können. Ich habe dir einen heißen Pfefferminztee gemacht, in dem ich einige Baldriantabletten aufgelöst hatte. Du warst damals ein echtes Leichtgewicht und so konnte ich dich in unseren gammeligen Golf verfrachten und als du morgens die Augen geöffnet hast, standen wir am Champ de Mars und du konntest den Eiffelturm im Sonnenaufgang erglühen sehen. Wie haben deine Augen gestrahlt und wie verliebt hast du mich angesehen. Es war einfach unvergleichlich.

Ja, wir hatten wirklich gute Zeiten. Wann hat es angefangen? Zu welchem Zeitpunkt fuhren unsere Züge nicht mehr parallel nebeneinander? Wann kam die Weiche, die uns trennte? Ich kann es heute nicht mehr sagen. Gewiss, der berufliche Erfolg hat einen großen Anteil an unserer Entfremdung. Aber erinnere dich: wir waren BEIDE gierig nach Erfolg. Du als Consultant, ich als Gründer eines forensischen Labors. Da wäre doch nie Platz für Kinder gewesen. Aus heutiger Sicht kann ich nur sagen, es war ein Fehler. Vielleicht wäre manches anders gekommen. Wir wären gelassener, zufriedener … ja, vielleicht sogar glücklicher geworden. Sei's drum, letztlich sind wir jetzt in einem Alter, in dem man eher an Enkelkinder als an eigene denkt.

Ich glaube, es hat damit angefangen, als du die bildenden Künste für dich entdeckt hattest. Klar, als selbstständige Beraterin konntest du auch wunderbar zu Hause arbeiten. Und du hast so auch selbst den Umfang deiner Tätigkeit bestimmt. Dann gingen wir zu dieser Vernissage in Köln, wo du Henning kennengelernt hast. Ich hatte gleich bemerkt, dass es zwischen euch beiden eine ganz besondere Verbindung gab. Ihr hattet den gleichen Geschmack, die gleichen Ansichten über die aktuelle Kunstszene und irgendwie auch den gleichen Humor. Ja, ich gebe es zu, ich habe sofort diesen Stich der Eifersucht verspürt. Vermutlich bin ich deshalb den ganzen Abend so unleidlich und gegenüber Henning so unhöflich gewesen. Sei's drum, ich habe meine Zeit gebraucht zu erkennen, dass euch eine Art Seelenverwandtschaft verbindet, keine erotische Anziehungskraft. Dass sich allerdings deine ganze Lebenseinstellung verändern würde, hatte ich mir zu diesem Zeitpunkt nicht vorstellen können.

Du erlebtest Erfüllung in diesem Lern- und Schaffensprozess und ich freute mich mit dir. Nach den Jahren als Beraterin warst du irgendwie eingeschleift, in festen Bahnen, geradezu stoisch. Und als du deine ersten Werke ausstellen konntest, habe ich wieder so viel von der Frau in dir entdeckt, in die ich mich damals so verliebt hatte. Nur leider konnte ich diese Begeisterung nicht teilen. Mir war und ist das Ganze fremd geblieben. Die Interpretation deines Schaffens, die Aussage hinter einer Skulptur, die für mich einfach nur einen durchlöcherten Stein darstellte. Zugegeben, ich verstehe nichts davon, aber es erscheint mir ebenso unangebracht, stundenlang über so ein Objekt zu schwadronieren. Du fühltest dich aber durch den Zuspruch bestätigt und deshalb war es eben einfach gut.

Ich hingegen ging immer mehr in der Arbeit auf. Nach ersten kleineren Aufträgen folgte der dramatische Fall des entführten Sohns von Gernot Schuster, des Vorstandsvorsitzenden des VW-Konzerns. Damals hatte ich mich in monatelanger Tüftelei auf die Sichtbarmachung und zweifelsfreie Identifikation von Fußabdrücken spezialisiert. Ich hatte gerade erste Laborerfolge mit der neuen Mixtur gemacht und eine kleine Veröffentlichung in einem Fachblatt erreicht. Irgendein heller Kopf beim LKA in Hannover musste die gelesen haben, denn sie traten an mich heran, um bei der Aufklärung behilflich zu sein. Der Junge war zwei Monate nach der Entführung tot in einem Waldstück entdeckt worden, du erinnerst dich vielleicht. Ja, und die Verletzungen ließen den Schluss zu, dass man das

Kind mit Fußtritten malträtiert hatte. Ich konnte auf der Hautoberfläche noch zwei deutliche Spuren sichtbar machen und diese vergleichen. Und da kam mir der Zufall zur Hilfe: denn nach dem Ausschussverfahren hatte ich zum Vergleich alle Abdruckproben der im Haus der Familie arbeitenden Personen herangezogen. Aber das weißt du sicher noch alles, es war mein großer Durchbruch. Es konnte den verzweifelten Eltern zwar nicht das Kind wiedergeben, aber der Täter, der Bodyguard des Vaters, konnte zur Verantwortung gezogen werden.

Danach war nichts mehr wie vorher. Ich reiste um den halben Erdball, von Vortrag zu Vortrag. Dann immer wieder Seminare, Workshops und weitere Entwicklungsarbeit. Aber davon hast du am Anfang ja kaum was mitbekommen, da du so in deiner Bildhauerei versunken warst. Ich war viel zu angespannt, viel zu sehr in die Arbeit vertieft, als dass ich es bemerkt hätte, wenn mir eine Frau im Rahmen dieser Reisen irgendwelche Avancen gemacht hätte. Ja, ich gebe zu, ich sonnte mich in meinem Ruhm.

Aber bei all der Euphorie bemerkte ich nicht, dass mir etwas Wesentliches fehlte: menschliche Wärme, Nähe, Zuneigung. Denn sei mal ehrlich, eine herzliche Umarmung, ein Kuss so ganz nebenbei oder Ähnliches ... das hatte es bei uns seit Jahren nicht mehr gegeben. Oh nein, ich mache DIR keinen Vorwurf daraus. Ich trage mindestens ebenso viel Schuld an der Misere, in der wir steckten. Aber ich will versuchen dir damit klar zu machen, warum geschehen konnte, was dann geschehen ist.

Vor zwei Monaten, du erinnerst dich sicher, die Party bei Löwensteins in Koblenz. Der Abend, der so wunderbar begonnen hatte und dann so schrecklich enden musste. Auf einmal war die Kleine weg. Alle halfen suchen, auch du und ich, und rundherum in der weitläufigen Parkanlage hörte man ständig Stimmen, die „Vera" riefen. Heute noch höre ich die Stimmen und sie sind wie ein Mantra für mich. Das Entsetzen in den Gesichtern der Eltern, die aufkommende Panik, dann das Eintreffen der Polizei. Die systematische Suche, bis man sie unter einem Reisighaufen entdeckte. Und dann die schreckliche Gewissheit, dass das Mädchen tot war.

Dieser wundervolle, warme Sommerabend … der Alkohol hat sicher auch seinen Anteil daran gehabt … aber ich habe mich einfach so gut mit der Kleinen verstanden. Ich hatte mit der Zeit sogar völlig vergessen, dass ich ein behindertes Kind vor mir hatte. Sie sah aber auch fast völlig gesund aus, sprach deutlich und wirkte so gar nicht wie andere Kinder mit Morbus Down. Und sie war so freundlich, so zutraulich, so … mein Gott, wie sage ich das jetzt? … unschuldig zärtlich, dass ich einfach die Kontrolle verloren habe. Dann wollte sie schreien und ich habe ihr den Mund zugehalten. Es war keine Absicht, ich wollte doch nur, dass sie nicht schreit. Auf einmal sackte sie in sich zusammen, wie eine Marionette, deren Fäden durchtrennt wurden. Ich versuchte noch, sie wiederzubeleben, aber mir gelang es einfach nicht. Wir haben ja erst später erfahren, dass sie infolge einer Herzerkrankung auch unter einem Lungenödem litt. Das hat das Ganze vermutlich beschleunigt.

Ich habe versucht, meine Tat zu verdrängen. Aber das geht nicht. Man kann die Tat nicht ungeschehen machen und man kann ein Hirn nicht dauerhaft komplett rebooten. Ich ziehe daher für mich die einzig mögliche Konsequenz.

Du, Liz, sollst entscheiden, was von diesem Brief an die Öffentlichkeit dringen soll. Meine Anteile an der Firma sollen veräußert werden und der Erlös soll dem „Weißen Ring" zugutekommen.

Verzeih mir ,denn ich selbst kann mir nicht verzeihen.

***

Liz war speiübel, als ihr die Blätter aus der Hand zu Boden glitten. Dann war es also gar kein Segelunfall gewesen! Egil hatte zwar gesagt, dass er eine kleine Auszeit brauchen würde, als er zum Liegeplatz seines Bootes in Warnemünde gefahren war. Er war ein erfahrener Segler gewesen, aber der Orkan an dem besagten Wochenende wurde von Fachleuten als Jahrhundertsturm bezeichnet. Als Egils Leiche zwei Wochen danach bei Rügen angespült worden war, ging man nach der Obduktion von einem Unfall aus.

Liz wusste es jetzt besser, aber was sollte sie tun?

11

Interpret: Reinhard Mey

Erscheinungsjahr: 1990

Durch die Instrumentierung dieses Liedes mit der Tin Whistle assoziiert man den Inhalt unmittelbar mit Irland. Da ich selbst in jungen Jahren die Insel als Rucksacktourist per Interrail und dem Daumen im Wind bereist habe, fand ich auch im Text viele Passagen, die mich an den einen oder anderen Ort auf der grünen Insel erinnert haben. Durch eigene Erlebnisse vor Ort, dem direkten Kontakt mit der Gewalt, die damals in Nordirland omnipräsent gewesen war, wurde diese Novelle geprägt. Sie entstand unmittelbar nach dem Brexit Referendum und ich fürchte, dass meine Einschätzung von damals leider traurige Realität zu werden droht. Aber am wichtigsten erscheint mir der letzte Satz des Liedtextes, den ich auch gerne am Ende von Lesungen zitiere: Und Glück, wenn jemand nach all deinen Wegen, ein Licht für dich ins dunkle Fenster stellt. Heut' Nacht kann ich mein Bündel niederlegen, in meinem Dorf am Ende der Welt.

Mein kleines Dorf am Ende der Welt

Kiran O'Reilly rieb sich über die müden Augen. Er hatte sich zwar an die maximalen Lenkzeiten in den jeweiligen Ländern gehalten, durch die er in den letzten Tagen gefahren war, aber die Reise war anstrengend gewesen. Es hatte schon in Lissabon so angefangen: die Ladepapiere waren natürlich noch nicht fertig, Senhor Santos hatte sich rauf und runter entschuldigt. Nur genutzt hatte das nichts. Kiran war erst drei Stunden später als geplant auf die Straße gekommen. Und dann das unendliche Baustellenchaos in Frankreich! Als Krönung hatten ein paar Jugendliche bei Bordeaux versucht, seinen Laster aufzubrechen. Schwachköpfe, was wollten die Idioten denn mit Maschinenbauteilen anfangen, die fast eine Tonne wogen? Nichtsdestotrotz hatte er sie unter Einsatz seines Schlagstockes vertreiben müssen. Zum Glück war der Vorfall von ein paar Kollegen bemerkt worden, die ihm sofort zur Hilfe geeilt waren. Die herbeigerufene Ambulanz und die Flics hatten ihn natürlich noch mehr aufgehalten.

So hatte Kiran nicht nur die geplante Fähre in Caen verpasst, sondern auch noch die von Pembroke nach Rosslare Harbour. Sein Disponent hatte am Telefon rumgetobt, aber was hätte Kiran denn machen sollen? Die Lenkzeiten waren vorgeschrieben und auch die verdammten „Franzacken" waren mittlerweile ebenso streng wie die deutschen Kontrolleure, was die Lenkzeiten anging.

Es war jetzt kurz nach 18 Uhr und Rosslare Harbour war bereits gut zu erkennen. Wer wohl dieses Mal in der Abfertigung sitzen würde? Marleen mit ihren strahlend blauen Augen und dem unvergleichlichen Lächeln? Bei seinem Glück würde es sicher Rupert, Rupert Farlane sein … von Kiran nur „das Arschloch in Uniform" genannt. Der LKW-Fahrer seufzte schwer und ging zurück in die Selbstbedienungs-Kantine, um seine Kaffeekanne für die Weiterfahrt zu füllen. Nicht, dass er besonders gut schmeckte – er hielt ihn einfach wach, so hoffte der Ire.

Kiran stand in einer Warteschlange vor der Kasse und ließ die Gedanken schweifen. Wie lange machte er diesen Job jetzt schon? Seit seinem 18. Lebensjahr, zuerst als Beifahrer, dann auch als Fahrer. Er hatte die Speditionen schon oft gewechselt, aber bei der kleinen Firma von Martha Collins war er nun schon seit annähernd fünf Jahren. Die Bezahlung war fair, die Chefin ein Schatz und sogar Walter, der Disponent, war ein prima Kerl – wenn er nicht gerade wie heute Zahnschmerzen hatte.

Kiran fuhr sich durchs Haar, das ihm bis auf die Schultern reichte, und blickte in einen der vielen Spiegel, mit denen das Restaurant ausgestattet war. Gut, er sah total übermüdet aus, aber für seine 35 Jahre hatte er sich ganz gut gehalten. Seine Figur war stämmig, nicht dick, 1,80 Meter groß, volles, halblanges, rotes Haar, einen momentan ungepflegten 3-Tage-Bart und … ja, das stete Grinsen, das ehrlich und offen war. Das hatte schon seine Mutter so an ihm geliebt. Er sei ein so liebes Kind gewesen, ein richtiger Sonnenschein. Und in der Schule hatte er den schlimmsten Unsinn machen können, sein Lachen hatte ihm oft aus der Patsche geholfen. Warum, hatte seine Mutter bis zuletzt gefragt, hast du dann noch immer keine Freundin oder Frau? Ja, warum eigentlich? Ganz einfach, weil Kiran ein hoffnungsloser Romantiker war. Er glaubte an die wahre, die einzig wahre Liebe. So, wie ihn seine Mutter erzogen hatte: mit altmodischem Respekt vor Frauen, anständigem Benehmen und der nötigen Distanz vor schnellen Affären. Das hatte nicht dazu geführt, dass Kiran wie ein Mönch gelebt hatte – SO katholisch war er nicht. Aber seine intimeren Erfahrungen mit dem schönen Geschlecht waren rar gesät.

Seine kleine Wohnung in einem schmucklosen Neubau auf der Quay Street in Sligo hatte er zuletzt vor zwei Monaten gesehen. Seine liebenswürdige, ältere Nachbarin, Mrs. Miniver, hatte sicher auf alles Acht gegeben und sich auch um seine Post gekümmert. Diese fast 80jährige Frau war bislang das einzige weibliche Wesen, das sein Apartment betreten hatte.

Das laute Brüllen des Schiffshorns ließ ihn zusammenzucken und er eilte zu seinem Laster auf dem zweiten Unterdeck. Eine kurze Kontrolle, ob es zu Beschädigungen gekommen war und ob seine Ladung noch gut gesichert war, und dann schwang er sich in die Fahrerkabine. Die Entladung der voll besetzten Fähre verlief unglaublich schnell und so reihte sich Kiran nach wenigen Minuten in die Schlange vor der Zollabfertigung ein.

Ja, in solchen Momenten machte sich der erst kürzlich vollends vollzogene Brexit bemerkbar. Als Kiran von Frankreich auf die britische Insel übergesetzt hatte, musste er die umfangreichen Zollformalitäten über sich ergehen lassen. Das Gleiche würde ihm nun hier, in der Republik Irland, wieder bevorstehen … und noch ein weiteres Mal, wenn er die Republik verließ und mit dem Grenzübertritt nach Nordirland wieder großbritannischen Boden betrat. Es war einfach zum Kotzen! Hatten sich diese Idioten, die für den Brexit gestimmt hatten, über solche Dinge des Alltags jemals Gedanken gemacht? Und diese fragwürdige Polit-Clique mit Theresa May hatte erst recht nichts Vernünftiges zustande bekommen. Am schlimmsten fand Kiran diese billige Trump-Kopie, Brexit-Boris Johnson, der sich noch über die Unternehmen lustig gemacht hatte, deren Umsätze seit der Stunde X um mehr als die Hälfte eingebrochen waren. Die Arbeitslosenquote war so hoch wie in besten Thatcher-Zeiten. Die Arbeitsschutzgesetze waren aufgeweicht worden, die Macht der Gewerkschaften beschnitten, die Boni der Banker und der Konzerne stiegen in schwindelerregende Höhen. Und von dem folgenden Aufschwung und der sinkenden Inflationsrate kam beim kleinen Mann von der Straße so gut wie nichts an.

Immer, wenn ihm diese Gedanken durch den Kopf gingen, erfasste Kiran ein heiliger Zorn. Heute stimmte er daraufhin ein altes Kampflied irischen Ursprungs an, „Make way for the Molly Maguires". Es handelte von einer irisch stämmigen Bergarbeiterbewegung in den USA, die für gewaltsamen Widerstand gegen die Repressalien der Obrigkeit standen. Kiran hatte eine warme, volltönende Stimme, die nun auch durch das herabgelassene Fenster des LKWs drang. Noch immer singend, fuhr er an der Zollstation vor. Richtig, wie erwartet stand Rupert Farlane vor der Tür des Gebäudes. Er wippte auf den Zehen stehend vor und zurück und seine Visage verzog sich zu einem hämischen Grinsen, als er O'Reilly erkannte. „Kiran, Dia dhuit (dier witt), lange nicht gesehen. Na, dann zieh mal rüber auf die Wartespur. Ich möchte mir deine Ladung etwas genauer ansehen." Kiran sah ihn wütend an, folgte aber der Anweisung. „Pog mo thon", zischte er durch die zusammengepressten Lippen, die gälische Entsprechung des Götz-Zitates. Er nahm die Ladepapiere und seine Unterlagen vom Beifahrersitz und sprang aus dem Führerhaus. Farlane wartete bereits mit drei Kollegen. Dieser begann mit der gründlichen Sichtung der Papiere, während seine Gehilfen die Zollplomben aufbrachen und in den Laderaum stiegen. Plötzlich begann es zu regnen und wer außerhalb der überdachten Zollstation stand, beeilte sich, um ins Trockene zu kommen.

Mit stoischer Gelassenheit lehnte Kiran an seinem Truck, während die Untersuchungen quälend langsam voranschritten. Ca. 20 Meter hinter der Station, an der Hauptstraße nach Rosslare, sah er eine kleine, schmale Gestalt im heftigen Regen stehen, die in seine Richtung blickte. Die Person hielt einen Daumen hoch zur Fahrbahn hin, aber kein Fahrzeug erbarmte sich ihrer. „Arme Sau", dachte O'Reilly bei sich. Aber er hatte selbst genug Probleme. Die Kontrolle endete nach über einer Stunde mit der Feststellung, dass er sich dringend um neue Reifen für seine Hinterachse kümmern sollte und außerdem mit einem Bußgeld über 200 € wegen seiner angeblich mangelhaft gesicherten

Ladung. Darum sollte sich Walter kümmern, wenn er den Laster wieder auf dem Hof der Spedition in Sligo abstellen würde.

Kiran wünschte den Zöllnern stumm die Pest an den Hals. Warum eigentlich hatte Rupert ihn so besonders auf dem Kieker? Sie waren beide gebürtig aus Cork, also Republik-Iren, beide waren katholisch, beide Fans der Rugby-Mannschaft Dolphin RFC aus Cork. Also deutlich mehr, was sie verband, als dass sie etwas entzweite: der Job. Nun ja, dieses Rätsel würde sich wohl nie lösen lassen. Zügig fuhr Kiran auf den Kreisverkehr zur N25 zu, als er stutzte. Der pitschnasse Mensch, den er vor einer Stunde schon bemerkt hatte, stand immer noch da. Nie, das hatte er seiner Mutter UND seiner Chefin geschworen, NIE würde er Anhalter mitnehmen. Aber bei diesem Sauwetter ließ man doch keinen Hund vor die Tür, geschweige denn einen Menschen. Instinktiv setzte Kiran den Blinker, ignorierte das zornige Hupen der Fahrzeuge hinter ihm und fuhr links an den Fahrbahnrand. Er beugte sich zur Beifahrertür, stieß sie auf und brüllte: „Na los, komm rein, bevor du noch weggeschwemmt wirst."

Die kleine Gestalt rannte patschend über den Asphalt, warf mit Schwung eine Tasche ins Innere und kletterte mühsam in das ungewohnte Gefährt hinein. Kiran hatte bereits wieder Gas gegeben und fädelte sich in den Verkehr ein. Konzentriert glitt sein Blick von der Fahrbahn in den Seitenspiegel, als er blind in einem Fach in der Türverkleidung herumtastete. Dann zog er ein Handtuch hervor, reichte es, ohne den Blick von der Fahrbahn zu nehmen, nach links und murmelte: „Hier, damit Sie sich wenigstens ein bisschen abtrocknen können." Sein Passagier ergriff das buntkarierte Stück Stoff und zog die tief über das Gesicht ragende Kapuze des durchweichten Anoraks vom Kopf. Jetzt riskierte Kiran einen Blick nach links … und sein Mund blieb offenstehen. Erst durch das Hupen des entgegenkommenden Verkehrs löste sich seine Anspannung und hektisch drehte er am Lenkrad, um auf seine Spur zurückzukehren.

Sein Fahrgast war eine junge Frau, die, bis auf die völlig durchnässte Kleidung, aus einem Werbeprospekt für Irland entsprungen sein konnte: langes, lockiges, hellrotes Haar, milchig-weiße Haut mit gesunder Wangenröte, Augen so grün wie das Gras von Connemara, eine Stupsnase und Wangen, die mit unzähligen Sommersprossen gesprenkelt waren. Ihr Lächeln war offen und ehrlich, als sie ihrem Retter die Hand hinstreckte und sich vorstellte. „Ich bin Tara, Tara Byrne. Danke, dass du angehalten hast. Ich stehe hier seit fast vier Stunden und nicht einer hat angehalten … doch, einer hat. Aber als ich gerade einsteigen wollte, sah ich, dass sein gesamtes Fahrerhaus mit einer Sammlung von nackten Playboy-Häschen geschmückt war. Da habe ich lieber verzichtet." Jetzt schüttelte sie den Kopf und trotz der vorangegangenen Rubbelei mit dem Handtuch sprühte ein feiner Wassernebel durch die Kabine. „Oh, sorry", entschuldigte sie sich mit einem Kichern. „Danke, ich hatte heute noch nicht geduscht", versuchte Kiran zu spötteln. Dann reichte er die rechte Hand herüber. „Kiran, aus Sligo, Ire, Katholik, Sänger, LKW-Fahrer, 35 Jahre, ledig." Tara ergriff die dargebotene Hand und erwiderte den sanften Händedruck. „Tara, aber das sagte ich ja schon. Tänzerin, Barmädchen, Geigerin, Trommlerin, Katholikin, 28 Jahre, und …". Sie verstummte und von Kiran unbemerkt, verschwand das Lächeln aus ihrem Gesicht.

„Greif mal hinter dich in meine Koje. Keine Angst, da findest du keinen Playboy. Ich habe da eine Kanne Kaffee, die ich auf der Fähre geholt habe. Kann mir vorstellen, dass dir jetzt etwas Warmes guttun würde." Die Frau nahm das Angebot an und nach wenigen Augenblicken erfüllte der Duft heißen Kaffees das Fahrerhaus. Sie stellte den Becher in eine dafür vorgesehene Aussparung im Armaturenbrett und begann, in ihrer großen Tasche zu kramen. Nach einigen Augenblicken zog sie einen silbernen Gegenstand hervor, einen Flachmann. Sie öffnete ihn und goss etwas von dem Inhalt hinein. Genießerisch sog sie den Duft ein und nahm einen tiefen Schluck. Wohlig stöhnte sie auf. „Sláinte! Es geht nichts über einen Schuss Glendalough, wenn du auf Mark und Bein durchgefroren bist. Willst du auch einen?" Sie bot ihm die Edelstahltasse an. Kiran lehnte ab. „Nicht, wenn ich fahre. Aber gerne später. In einer Stunde muss ich eh eine Pause einlegen. Wohin willst du eigentlich?" Tara zögerte etwas. „Ach, eigentlich nur nach Norden. Ich lasse mich etwas treiben. Weißt du, ich habe den Sommer über auf Ibiza und Mallorca gejobbt, und jetzt habe ich es vor Heimweh nicht mehr ausgehalten." „Soll ich dich an einer Raststätte rauslassen oder an einem B&B?" Tara erwiderte: „Wie lange musst du denn Pause machen?" „Eigentlich nur zwei Stunden, aber ich habe die letzte Nacht kaum geschlafen. Ich muss einfach ein paar Stunden nachholen und so lange willst du sicher nicht warten." Die Rothaarige überlegte einen Augenblick. „Wenn es dir recht ist, würde ich gerne bei dir bleiben. Irgendwie habe ich das Gefühl, ich kann dir trauen." Kiran grinste. „Mo mhaise (meine Schönheit), ich werde so sittsam sein wie Saint Patrick." Damit fuhr er auf einen hell beleuchteten Parkplatz bei Drinagh ein, der zu einem Gartencenter gehörte. „Hier darf ich schon mal eine Nacht stehen, der Manager ist ein Schulfreund von früher." Mit dieser kurzen Erklärung krabbelte er in die Koje hinter den Sitzen und zog den Vorhang zu.

Tara hatte sich noch mehr Kaffee eingegossen, dieses Mal ohne „Wirkbeschleuniger", und kaute lustlos auf den faden Sandwiches herum, die Kiran ihr angeboten hatte. Wesentlich interessanter war die Zeitung, die der Trucker von der Fähre mitgebracht hatte. Je länger sie den Artikel las, desto nervöser tippten ihre Finger auf dem Oberschenkel herum. Mehrfach fluchte sie leise. Mit der Zeit überkam sie doch die Müdigkeit und sie dämmerte weg.

Sie wurde geweckt durch den Klang einer sanften Stimme. Schmeichelnd drangen die Worte in ihr Ohr, lösten eine Erinnerung aus. So schmerzhaft war diese, dass ihr ungewollt die Tränen aus den Augenwinkeln liefen. Schniefend zog sie die Nase hoch, als sie die

Augen öffnete. Kiran hatte die Vorhänge der Koje zurückgezogen und dabei erblickt, dass ihr Zeigefinger noch auf der Seite mit dem Artikel ruhte, der sie so bewegt hatte. Leise hatte er begonnen, ein altes Lied zu singen, das vom Widerstand der Iren gegen die englische Besatzung erzählte, „The foggy dew".

Tara blickte ihn durch tränenblinde Augen an. „Warum … warum singst du gerade DAS Lied?" Er wies ebenfalls auf den Artikel. „2005 hatte die IRA das Ende des bewaffneten Widerstands angekündigt. Und jetzt, kaum dass sich Großbritannien von Europa gelöst hat, flammt die alte Gewalt wieder auf." Der Artikel berichtete von einem Anschlag auf eine Polizeiwache in Armagh, zu dem sich die RIRA, die Revival Irish Republican Army, bekannt hat. „Ich liebe mein Land und ich würde vieles tun, um es wieder vereint zu sehen, aber verdammt nochmal, geht die Scheiße mit Mord und Angst und Verzweiflung wieder los?" Damit schwang er sich aus der Koje und rutschte in den Fahrersitz. Tara rieb sich die Augen mit den Handrücken trocken und antwortete: „Ich … ich bin dir dankbar, dass du mich mitgenommen hast. Aber ich glaube, ich steige jetzt besser aus." Kiran sah sie verblüfft an. „Warum denn? Wegen des Lieds? Ich kann noch andere." Damit intonierte er *Mo Ghille Mear,* ein sanftes Liebeslied, welches wieder seine wunderbare Stimme zur vollen Wirkung brachte. Wie in einem Bann schaute sie ihn an, ihre Lippen bewegten sich zunächst tonlos, aber nach wenigen Sekunden sang sie mit immer kräftigerer Stimme mit. Als sie das Lied beendeten, herrschte eine betroffene Stille. Beide verstanden genug von Musik, um festzustellen, dass ihrer beider Stimmen auf eine geradezu unheimliche Art und Weise harmonierten.

Kiran räusperte sich. „Ich organisiere uns mal was zum Frühstücken. Die haben da ein kleines Bistro, das früher öffnet." Damit machte er einige akrobatische Verrenkungen, um seine Jacke im Inneren anzuziehen. Der Regen hatte noch an Intensität zugenommen. Als er zurückkehrte, stieß sie von innen die Tür auf. „Ich hatte befürchtet, dass du nicht mehr hier sein würdest … und ich das alles selber essen müsste." Verlegen grinste er und reichte ein Styroporpaket, das Rühreier, Würstchen und gebratenen Speck enthielt. Erst beim Essen merkte Tara, wie ausgehungert sie war, und schaufelte sich das Essen mit großen Bissen in den Mund. Kiran betrachtete sie fasziniert und reichte ihr mitleidig die Hälfte seines Frühstücks hinüber. Sie nickte dankbar und auch dieser Bonus war nach wenigen Sekunden in ihrem Mund verschwinden. Sie spülte mit einem großen Schluck Kaffee nach und ihrem Mund entwischte ein leiser Rülpser. Sie schmunzelte entschuldigend und Kiran fragte: „So, willst du mich immer noch verlassen, mo mhaise?"

„Wie könnte ich einen Mann verlassen, der mich mit so einem Lied geweckt hat?", erwiderte sie neckisch. Noch kurz zur Toilette und die Zähne putzen, dann ging die Reise weiter. Die N11/M11 führte kurvig nach Norden zur Grenze nach Nordirland und war an diesem Tag unglaublich stark befahren. Für die Route, die zum Autobahnring um Dublin führte, brauchten sie statt der üblichen anderthalb Stunden fast drei. Kiran telefonierte mit Walter, seinem Disponenten, und dieser rief nach kurzer Zeit zurück. „Ich habe Glück. Die Firma, bei der ich die Maschinenteile abliefern soll, macht heute einen Betriebsausflug, der Besitzer hat silberne Hochzeit. Aber das würden wir eh nicht schaffen. Schade, ich hätte dich gerne mitgenommen und mit dir dort getanzt und gesungen. Ich kenne den Chef auch ziemlich gut." Tara neckte ihn: „Silberhochzeit? Soso, dann ist der aber kein Schulkamerad von dir?" „Sehe ich wirklich so alt aus?" Kiran strich sich mit eitler Geste durch das Haar und brach in schallendes Gelächter aus, in das Tara unmittelbar einfiel. Sie konnte sich gar nicht mehr einkriegen und hielt sich den Bauch. Komisch, als hätte sie seit Ewigkeiten nicht mehr lachen können, dachte sich der gutgelaunte Ire. Bei Lissenhall machten sie Halt an einem kleinen Imbiss, wo er seine Passagierin zu den nach seinem Bekunden „besten Fish and Chips der Welt" einlud. Bei einem starken Espresso zum Apfelkuchen überwand Kiran seine Hemmungen. „Darf ich fragen, was dich an dem Zeitungsartikel und an dem Lied so bewegt hat?" Ihr sattes, zufriedenes Lächeln gefror augenblicklich. Sie starrte auf den Kuchen, rührte gedankenverloren in der kleinen Tasse und hob dann stöhnend den Kopf. „Ich bin dir wohl etwas schuldig. Das Lied war eines der Lieblingslieder meines Vaters. Er war einer der letzten Toten im Jahr 2005, die dem IRA-Terror zum Opfer gefallen waren." Kiran gab sich mit dieser Erklärung zufrieden und drang nicht weiter in sie, obwohl er das

Gefühl hatte, dass sie nicht die ganze Geschichte erzählt hatte.

Sie brachen wieder auf und näherten sich auf der A1 der Grenze. Kurz vorher verließ Kiran die Autobahn, da er in Killeen eine Werkstatt aufsuchen wollte. Irgendeine Hydraulikleitung machte seit Frankreich Probleme und er kannte den Werkstattinhaber. Doch zunächst mussten sie den eilends vor Monaten errichteten Grenzübergang bei Ravensdale hinter sich bringen. Diesen Kontrollposten hatte der Trucker seit dem endgültigen Brexit noch nicht genutzt und war dementsprechend angespannt und vorsichtig. Er hielt sich peinlich genau an die Geschwindigkeitsbegrenzungen und sah schon von Weitem die weißen Gebäude und zwei hohe Wachtürme. Was bislang lediglich ein Entwässerungsgraben und gelb blühende Ginsterhecken gewesen waren, war jetzt durch Stacheldrahtverhaue und Stahlpfosten gekennzeichnet: die Grenze! Ob wir jemals schaffen werden, was die Deutschen nach 40 Jahren vollbracht haben, schoss es ihm durch den Kopf.

Zur Absicherung des Übergangs waren frühzeitig dreieckige Betonquader auf der Fahrbahn fixiert, die irgendwie an Panzersperren aus den Weltkriegen erinnerten. Kiran fuhr vorsichtig im Slalom, bis er kurz vor einem Schlagbaum von drei schwerbewaffneten Soldaten in Tarnkleidung gestoppt wurde. Einer trat neben den Laster, während die anderen Männer ihn mit angelegten Waffen sicherten. „Dia dhuit", grüßte ihn der Uniformierte, wobei er sich mit diesem gälischen Gruß als Ire zu erkennen gab, „fahren Sie bitte rechts in die Haltebucht und steigen Sie aus. Sie alle bitte, und bringen Sie ihre Papiere mit." Kiran folgte der Anweisung und gemeinsam kletterten sie aus dem hohen Fahrerhaus. Tara war erkennbar nervös, schlimmer, als Kiran es war. Der Soldat war am Schlagbaum verblieben und nun kamen drei weitere Personen auf das Pärchen zu, die in dunkelblauen Zolluniformen steckten. Sie übergaben ihre Ausweise und die Ladepapiere, als Kiran fragte: „Ist ein ganz schöner Aufwand, den Sie hier betreiben. Ist das nicht alles ein wenig übertrieben?" Der offenbar Höchstrangige hob den Kopf und sah ihn durchdringend an. „Paddy, du kannst ruhig uns überlassen, wie wir unseren Job machen. Und nur zu deiner Information: seit dem Anschlag von Armagh gilt die höchste Sicherheitsstufe. Also, zuck nicht mal mit der Wimper und halt dein irisches Drecksmaul." Der Inhalt des Vortrags ließ keinen Zweifel aufkommen, den man vielleicht noch beim Duktus des Mannes hätte haben können: ein waschechter Engländer, mit breitem Slang. Und ein überzeugter Nationalist, das ließ schon das englische Schimpfwort für Iren, das Paddy, erkennen.

Mit Taras Pass ließ er sich besonders viel Zeit. Dann erschien auf seinem Gesicht ein zynisches Grinsen. „So, Miss Byrne, Sie wollen also in unser schönes Großbritannien einreisen. Kann es sein, dass wir Sie hier gar nicht haben wollen? Los, Leibesvisitation." Sofort sprangen die beiden anderen Zöllner auf die junge Frau zu, fixierten sie und begannen, sie abzutasten. Als sie auch vor dem Intimbereich der Irin nicht Halt machten, fuhr Kiran aus der Haut. „Sind Sie bescheuert, Mann? Das ist eine Frau. Holen Sie gefälligst eine Beamtin, die werden Sie ja wohl hier haben!" Die Untersuchenden hielten inne und blickten zu ihrem Chef. Dieser trat ganz nah auf Kiran zu und zischte: „Welchen Teil von halt dein irisches Drecksmaul hast du nicht verstanden, Paddy?" Blitzschnell zuckte seine Stirn nach vorne und traf mit voller Wucht Kirans Nase. Dieser schrie auf und Tara versuchte sich loszureißen. „Hört auf, ihr Schweine. Er hat nichts mit mir zu tun. Er hat mich nur als Anhalterin mitgenommen." Dieser Einwurf brachte ihr einen Fausthieb in die Magengrube ein, der sie atemlos zu Boden gehen ließ. Kiran, von Tränen und Blut in seinen Augen fast blind, taumelte umher, und es wäre möglicherweise noch schlimmer gekommen, wenn nicht drei Soldaten von der Schranke auf sie zugeeilt wären.

„Gibt's Probleme?" Die Frage war ruhig gestellt worden, aber der Tonfall ließ keinen Zweifel aufkommen, dass die drei Männer weitere Ausschreitungen unterbinden würden. Um ihre Worte zu unterstreichen, hatten sie ihre Waffen in Hüfthöhe erhoben und zielten damit lässig auf die Bäuche der drei Zöllner. Diese entspannten sich langsam, hoben langsam die Hände vor die Brust, um ihre Friedfertigkeit zu unterstreichen, und einer half Tara wieder auf die Beine. Kiran wischte sich das Blut mit dem Ärmel seines roten Hemdes aus dem Gesicht, was zu einer Art Kriegsbemalung führte. Grob riss der dem Chefkontrolleur die Pässe aus der Hand und reichte Tara ihren zurück.

Der Rest der Fahrzeugkontrolle verlief schweigend und wurde von den drei Soldaten mit Argusaugen beobachtet. Als man mit der Ladefläche fertig war und die Türen wieder plombierte, fuhren Taras Augen nervös hin und her. Ihr ganzer Körper war angespannt und sie wirkte wie ein Tiger vor dem Sprung. Doch die Untersuchung der Fahrerkabine war nur oberflächlich und O'Reilly erhielt die Papiere mit den erforderlichen Stempeln und Dokumenten zurück. Langsam zogen sich die Zöllner in ihr Gebäude zurück. Der kommandierende Soldat, der Winkel auf seinem Arm wies ihn als Staff Sergeant aus, trat ganz nah zu dem Paar und flüsterte: „Seht euch vor und macht, dass ihr wegkommt. Henderson wird sicher ein paar Polizeiposten auf eurer Strecke informieren, damit sie euch das Leben weiter schwermachen. Nehmt einfach eine längere, ungewöhnliche Route." Kiran streckte ihm die Hand hin, die dieser nach kurzem Zögern annahm. „Ich hoffe, es ist richtig, was ich getan habe. Einer der Hauptverdächtigen des Anschlags in Armagh ist ein Colin Byrne." Kiran begehrte auf. „Den Namen gibt's doch wie Sand am Meer und …". Traurig schüttelte der Unteroffizier den Kopf. „Leider nein. Tara und Colin sind Zwillinge." Damit wandte er sich um und ging mit seinen Kameraden zurück an die Schranke.

Schweigend stieg das Pärchen auf Zeit in den LKW und fuhr langsam aus der Grenzanlage hinaus. Nach Kurzem erreichten sie die Werkstatt von Kirans Freund an der Dublin Road. Dieser kam sofort herausgelaufen und umarmte den Freund herzlich. Entsetzt blickte er in das vom Blut gezeichnete Gesicht des Freundes und fragte scherzend: „Ist er Ihnen zu nahegetreten, junge Lady?“ Tara schüttelte den Kopf. „Nein, er hat versucht, mich zu verteidigen. Dafür haben sie ihn zusammengeschlagen.“ Kiran wollte die Fragen nach dem Warum und Wieso beantworten, aber Ethan, so der Name des Werkstattinhabers, hakte das Paar unter und führte sie zu seinem Privathaus, das hinter der Tankstelle und Werkstatt lag. Seine Frau Molly begrüßte sie überschwänglich und holte sofort heißes Wasser und einen Erste-Hilfe-Kasten. Bei einer Tasse Tee berichtete Kiran von den Vorkommnissen, während Tara schwieg und in einer anderen Welt zu verweilen schien. Auf vereinzelte Fragen Mollys reagierte sie halbherzig, sodass diese bald die Versuche einer Freundschaftsanbahnung aufgab. Ethan machte einen Vorschlag. „Auf den Schrecken solltet ihr nicht mehr weiterfahren. Der Sergeant an der Grenze hat sicher Recht und ihr würdet durch eine Übernachtung bei uns sicher den Nachstellungen entgehen. Außerdem habe Ich heute Abend ein paar Freunde eingeladen, wir wollten musizieren. Da kannst du, Kiran, uns doch wunderbar unterstützen.“ Zu Tara gewandt, sprach er: „Sie müssen nämlich wissen, Kiran hat den schönsten Bariton in den „Four Green Fields“ (poetische Bezeichnung für Irland). Ich bin sicher, einer seiner Vorfahren war einer der sagenumwobenen irischen Hochkönige, die mit ihrer Stimme manchen Kampf verhinderten." Beschämt senkte Kiran den Kopf und fragte dann Tara: „Geht das für dich in Ordnung? Dann haben Ethans Leute noch genug Zeit, sich meinen LKW anzusehen." Tara nickte zustimmend.

Molly hatte das Gästezimmer mit der Bemerkung „ihr macht doch bei zwei Betten sicher keinen Unsinn" hergerichtet und Kiran hatte sich ein wenig aufs Ohr gelegt. Tara war nach draußen gegangen und telefonierte mit ihrem Handy. Als sie das Haus wieder betrat, wirkte sie erregt und wütend. Molly vermied es jedoch, nach dem Grund zu fragen. Gemeinsam mit Tara deckte sie den Tisch, während Ethan am Herd stand und das Irish Stew kochte. Auf einmal klopfte es an der Tür und ein Mechaniker teilte mit, dass der Schaden an O'Reillys Laster behoben sei. „Prima", antwortete Ethan, „dann bis heute Abend." Und zu Tara gewandt, erläuterte er: „Das war unser Banjospieler." Gegen 19 Uhr trudelten die Mitlieder der Band und weitere Gäste ein und man ließ es sich bei Irish Stew und einer Menge Bier richtig gut gehen.

Dann räumten die fast 30 Personen gemeinsam auf und holten die Instrumente hervor. „Kannst du auch etwas zu unserem Spiel beitragen?", fragte Ethan Tara, dabei in das vertraute Du verfallend. Kiran antwortete statt ihr. „Ja, sie spielt Geige und die Bodhrán. Du hast doch bestimmt deine Instrumente dabei? Ich hole deine Tasche." Hastig sprang Tara auf und sagte: „Das mache ich lieber selbst." Nach wenigen Minuten kehrte sie zurück, eine irische Rahmentrommel in der einen Hand, einen doppelköpfigen, kurzen Trommelstock in der anderen. „Die Saiten an meiner Geige sind nicht mehr in Ordnung. Aber ich bin mit der Bodhrán eh besser." Man einigte sich darauf, mit einem Klassiker zu beginnen, mit *Farewell to Carlingford*. Dabei bewies Tara, dass sie nicht untertrieben hatte. Sie bediente das Instrument meisterhaft und der Schlegel tanzte wie ein Derwisch auf der straff bespannten Haut der Trommel. Kiran hielt sich noch zurück und sang nur beim Refrain mit. Erst vier Stücke später kam er aus sich heraus und sang *Spancil Hill* als Solist. Die nicht mitspielenden Gäste hingen an seinen Lippen und schienen zu träumen, als er sie mit seiner Stimme in eine andere Zeit entführte. Manche der Damen hatte dabei einen feuchten Glanz in den Augen und auch die älteren Männer mussten sich schnäuzen. Als er geendet hatte, war es still im Raum. Ethan sprang nach fast einer halben Minute des Schweigens auf. „Das schreit nach einem guten Tropfen. Ich habe da was ganz Besonderes, das genau zu so einem Abend passt. Es ist zwar kein irischer Whiskey, aber es lohnt sich. Botucal, ein hervorragender Rum. Der hätte auch unseren seefahrenden Vorvätern geschmeckt." Damit holte er drei bauchige Flaschen hervor und Molly sorgte für Gläser. Gemeinsam stießen sie an und ließen das Gastgeberpaar hochleben. Diese dankten mit einem alten Segensspruch: mögen die besten Tage eurer Vergangenheit die schlechtesten Tage eurer Zukunft sein.

Es war weit nach Mitternacht, als die ersten Gäste aufbrachen. Manche hatten dabei schwere Schlagseite und wurden von Verwandten abgeholt. Zum Schluss blieben nur noch Kiran, Tara, Molly, Ethan, der Banjospieler und ein Geiger zurück. „Komm, auf ein letztes Glas und ein letztes Lied. Was sollen wir singen?", fragte der sichtlich angebrütete Ethan. Molly hatte einen Wunsch. „Kiran hat mir erzählt, Tara hätte so eine schöne Stimme. Ich wünsche mir von den beiden *Four Green Fields*." Die Rothaarige zögerte zunächst, wollte aber gegenüber den so freigiebigen Menschen nicht unhöflich sein. Also begannen sie das alte Lied, das in poetischen Versen von der Zerteilung der schönen grünen Insel durch politische Wirren erzählte. Als sie endeten, waren die Gesichter der Zuhörer von Tränen feucht. Ethan räusperte sich und flüsterte: „Ich bin zwar weit entfernt davon, nüchtern zu sein, aber das war das Schönste, was ich jemals gehört habe. Ihr solltet zusammen auftreten und Schallplatten machen."

Betreten schwiegen die beiden, wünschten ihren Gastgebern eine gute Nacht und verzogen sich ins Gästezimmer. Als Tara aus dem Bad zurück ins Zimmer kam, lag Kiran schon in seinem Bett auf der anderen Seite des Raumes. Sie wünschten sich ebenfalls eine gute Nacht und löschten das Licht. An Schlaf war für Kiran aber nicht zu denken und nach einer Viertelstunde unruhigem hin und her Wälzen flüsterte er: „Schläfst du schon?" Tara antwortete ebenso leise: „Nein." Kiran lag seit dem Zwischenfall an der Grenze etwas auf dem Herzen. „Stimmt das, die

Sache mit deinem Bruder?" Tara fuhr hoch. „Fragst du das jetzt im Ernst? Ich habe dir doch erzählt, dass die IRA unseren Vater umgebracht hat. Und da glaubst du tatsächlich, dass wir mit diesen Schweinen zusammenarbeiten würden?" Kiran wusste keine Antwort darauf und legte eine Frage nach. „Und warum warst du so nervös, als die das Fahrerhaus untersucht haben?" „Wer war denn nervös? Hör mal, mein schöner Hochkönig, du hast für mich Partei ergriffen und mich verteidigt, aber bilde dir bloß nicht ein, dass dir das irgendwelche Rechte an mir gibt, erst recht keine zur Erziehung." Ihr Tonfall war jetzt sehr aggressiv. Kiran stand auf und ging zu ihrer Tasche. Als er sie öffnete, sprang Tara auf und wollte ihn daran hindern. Sie rangen miteinander, wobei der LKW-Fahrer schnell die Oberhand gewann. Er zog das Futteral mit der Geige hervor und öffnete es. Er entnahm das Instrument und untersuchte es. Auf einmal schnappte ein Mechanismus auf und eine Klappe auf der Rückseite des Klangkörpers öffnete sich. Heraus fiel ein kleines elektronisches Gerät. Tara drang wieder auf ihn ein und versuchte, ihm das Ding aus den Händen zu winden. Stumm rangen sie mit einander, ihre Körper berührten sich und sie spürten die Wärme des jeweils anderen. Und mit einem Mal schwang die Aggression um in Lust. Wie Ertrinkende fielen sie übereinander her und rissen sich die Pyjamas vom Leib. Ihre Vereinigung war heftig, geprägt von unterdrücktem Stöhnen und Keuchen. Schweißnass lagen sie in Taras Bett nebeneinander und atmeten schwer.

Kiran fand zuerst die Sprache wieder. „Also, was ist an der Sache mit deinem Zwillingsbruder dran? Wo hast du mich da reingezogen?" Er rechnete wieder mit einem Ausbruch ihrerseits, aber weit gefehlt. Sie legte den Kopf an seine Schulter und sie erzählte: „Als klar wurde, dass die Briten sich vom Kontinent abspalten würden, keimten alte Ideen wieder auf und die ehemaligen Kämpfer witterten Morgenluft. Sie rekrutierten unter den Unzufriedenen und den Verlierern der EU-Regularien neue Kräfte und planten ihre Vision eines vereinigten Irland, vor allem mit Waffengewalt. Sie haben sich Colins Vertrauen erschlichen, ohne sich erkennen zu geben und haben unsere Familie infiltriert. Colin arbeitete für die britische Verwaltung und galt als vertrauenswürdig. Daher sollte er Informationen beschaffen. Unsere Mutter hatte von Anfang an ein mieses Gefühl und ihr neuer Freund, ein immigrierter Deutscher, stand ihr bei. Der fand bei den Kerlen direkt Anklang, den hatten sie sofort in ihr Herz geschlossen. Als er sie nach dem Grund fragte, bekam er zur Antwort: weil ihr Deutschen in beiden Weltkriegen so viele Engländer umgebracht habt. Sie haben Colin gedroht, man würde unsere Mutter und auch mich töten, wenn er nicht kooperieren würde. Er hat ihnen die Pläne der Polizeiwache besorgt, aber als bei dem Anschlag 14 Menschen umgekommen waren, hat er ihnen gesagt, er würde nicht mehr mitmachen. Daraufhin haben sie ihn entführt und damit gedroht, ihn zu töten, wenn ich für sie nicht ein Steuergerät schmuggeln würde, mit dem sie die Überwachungsdrohnen der Engländer unschädlich machen können. Das ist die Geschichte."

Nach einem längeren Schweigen fragte sie: „Hasst du mich jetzt für das, was ich getan habe?" Kiran schüttelte den Kopf. „Du hattest keine Alternative. Und ich sehe ein, dass du mir nichts davon hattest sagen können. Ich kann dich gut verstehen. Es ist wahnsinnig schwer, gegen so eine Situation anzustehen. Ich weiß, wovon ich rede. Meine beiden Onkel sind bei der IRA gewesen und haben versucht, mich einzubinden. Seit ich es abgelehnt habe, bin ich persona non grata in der Familie. Ich kann nur bei Nacht meine Mutter besuchen, wenn mich keiner sieht. Kann ich dir irgendwie helfen?" Tara hob den Kopf. „Du HAST mir schon geholfen. Du verurteilst mich nicht. Und ich hoffe, sie halten Wort und lassen Colin frei. Ich habe mit ihnen telefoniert, als du geschlafen hast. Die Übergabe findet morgen Abend in Belfast statt. Wo, das teilen sie mir noch mit." Kiran erwiderte: „Ich liefere morgen die Ladung in einem Vorort von Belfast ab, die Firma liegt direkt am Ufer des Lagan. Danach werde ich dich begleiten und vielleicht kann ich dir helfen. Jetzt aber wirklich gute Nacht." Er machte Anstalten, ihr Bett zu verlassen, aber sie hielt ihn mit sanfter Gewalt zurück. „Nein, mein Hochkönig, komm, sing mich in den Schlaf." Und in seinen Armen und bei den Klängen von „The Town I loved so well" dämmerte sie in einen traumlosen, erholsamen Schlaf.

Am nächsten Morgen klopfte es leise an der Tür und als keine Reaktion erfolgte, öffnete Molly die Tür. Sie trat herein mit einem Tablett, auf dem zwei Tassen dampfend heißen Tees standen. Sie sah die beiden Arm in Arm schlafen und lächelte. Habe ich mich doch nicht getäuscht, dachte sie bei sich, da wird sich Ethan aber freuen, dass der Junge endlich fündig geworden ist. Beim Frühstück schlug der ältere, väterliche Freund dem jungen Trucker auf die Schulter und meinte: „Wenn man euch so sieht, kommen einem Erinnerungen an die eigene Jugend, nicht wahr, Molly, Liebe meines Lebens?" Das junge Paar lief rot an und konzentrierte sich auf das Kauen der mit Marmelade bestrichenen Toasts. Dann brachen sie auf, nicht, ohne sich vorher besonders herzlich von ihren Gasteltern zu verabschieden. Als Kiran und Tara den Laster bestiegen, war es anders als am Tag zuvor. Jetzt fuhr ein Paar in diesem Fahrzeug, das von einer gemeinsamen Zukunft träumte.

Der Verkehr war wie am Vortag und so kamen sie nur quälend langsam voran. Gegen Mittag erreichten sie die Firma, wo sie bereits erwartet wurden. Mit schweren Gabelstaplern hoben die Arbeiter die Maschinenteile von der freiliegenden Pritsche des LKWs. Der Chef holte Kiran und seine Freundin, wie sie bezeichnet wurde, in das Büro, wo sie einen Kaffee und belegte Brote angeboten bekamen. Sie unterhielten sich über die Silberhochzeit und den Betriebsausflug und ganz am Schluss fragte der Firmeninhaber: „Und wer hat dich so zugerichtet, mein Junge?" Kiran berichtete wahrheitsgemäß und das Gesicht des Patriarchen verfinsterte sich. Mit einem Seitenblick zu Tara versicherte sich Kiran, ob die auf der Fahrt getroffenen Absprache noch gelte. Sie nickte und Kiran hub an: „Daddy Patrick (ja, auch dieser ältere Herr war ein Freund der Familie), wir brauchen deinen Rat … oder besser noch, deine Unterstützung." Dann schilderte er Taras und Colins Situation. Der Senior nickte ernst und hörte schweigend zu. Dann bat er die beiden, das Büro zu verlassen. Nach einer halben Stunde rief er sie wieder herein. „Ihr könnt gerne bis heute Abend hierbleiben. Ich habe ein paar Telefonate geführt und Vorkehrungen getroffen. Tara, kümmere dich jetzt bitte darum, die Übergabebedingungen zu erfahren. Bestehe darauf, dass die Ware nur gegen direkte Auslieferung deines Bruders erfolgt." Sie nickte und führte ein kurzes Telefonat. Kaum, dass sie aufgelegt hatte, gab das Smartphone ein Geräusch von sich und sie hatte eine Nachricht mit den genauen GPS-Daten des Treffpunktes erhalten. Diese gab sie an den Firmeninhaber weiter, woraufhin er wieder telefonierte. Den Rest des Nachmittags saßen sie in der Sonne am Flussufer und hingen gemeinsamen Träumen nach.

Die Nacht war angebrochen und sie stiegen in den Jeep, den ihnen Patrick zur Verfügung gestellt hatte. „Seid ohne Sorge, ihr seid nie ohne Beobachtung und Schutz. Wir werden immer in der Nähe sein." Diese kryptische Botschaft trug nicht zur Beruhigung Taras bei, aber Kiran entspannte sich zusehends. Durch die exakten Daten führte sie das Navi direkt zu einem heruntergekommenen ehemaligen Gebäude im Hafengebiet unweit der M2. Die Übergabe sollte unmittelbar in dem schmalen Streifen zwischen

Hafenbecken und Fabrikhalle stattfinden. Hier hielten sie den Jeep an und warteten auf das vereinbarte Lichtzeichen. Dies kam jedoch nicht wie erwartet von einem Auto, sondern von einem sich schnell nähernden Boot, welches das Ufer ansteuerte. Dem Zodiac entstiegen vier mit Skimasken unkenntlich gemachte, bewaffnete Männer, die eine Person mit sich zerrten, über deren Kopf ein schwarzer Sack hing.

Tara näherte sich dem Ufer, Kiran an ihrer Seite. „Halt, das ist nah genug. Wo ist das Steuergerät?" Der erste Maskierte streckte fordernd die Hand aus. Tara schüttelte den Kopf. „Erst will ich sehen, wer unter dem Sack steckt." Der Sprecher der Gruppe schüttelte den Kopf: „Und wer sagt mir, dass du wirklich das Gerät und keine Attrappe mitgebracht hast?" Tara sprach ihren Bruder an. „Colin, ist alles in Ordnung?" Er nickte, versuchte zu antworten, musste sich aber zunächst räuspern. „Ja, alles in Ordnung. Hast du das Ding tatsächlich besorgen können?" „Ja, sicher. Ich wäre durch die Hölle gereist, um dich zu befreien. Erinnerst du dich noch an Vaters Lieblingsspruch?" Colin nickte und gemeinsam sprach das Zwillingspaar die Worte, die sie in ihrer Kindheit auswendig gelernt hatten: „Mögest du immer einen Freund an deiner Seite haben, der dir Vertrauen gibt, wenn es dir an Licht und Kraft gebricht." Damit war der letzte Zweifel aufgehoben, dass sie einer Täuschung unterlegen wäre. Tara griff in ihre Tasche, zog das Gerät hervor und hielt es in die Höhe. Der Anführer der RIRA wies einen Mann an, Taras ursprünglicher Forderung Folge zu leisten. Grob riss er den Stoffsack vom Kopf des

Gefangenen und ein Gesicht kam zum Vorschein, dessen Augen zugekniffen waren. Unverkennbar, das war Colin, dachte Kiran. Er war eine männliche Version seiner Geliebten, ebenso rothaarig, zierlich und hellhäutig. Er wollte einen Schritt nach vorne machen, wurde aber mit einer Kalaschnikow zurückgehalten. „Ich will erst einen Test machen. Gib mir das Ding. Wenn ich zufrieden bin, kannst du deinen Bruder mitnehmen." Tara empörte sich. „Das war so nicht ausgemacht. Ich will sofort Colin hier haben, oder ich schmeiße das Ding ins Meer." Um ihre Forderung zu unterstreichen, hob sie die Hand mit dem Steuergerät und holte weit aus.

Da erklang neben der Halle eine tiefe Stimme. „Das nennt man also ein Patt. Wie lösen wir also das Problem?" Die RIRA-Männer fuhren herum und legten ihre Maschinenpistolen auf den Sprecher an. Die Person kam näher und war nun im Zwielicht weit entfernter Scheinwerfer des Hafens zu erkennen. „Daddy Patrick!", stieß Kiran überrascht hervor. Dieser wies den Trucker mit einer Handbewegung an, sich still zu verhalten. „Du kannst die Maske ruhig abnehmen, Ronan. Ich habe dich längst erkannt. Du weißt, wer ich bin und du weißt, dass du mir vertrauen kannst." Der Angesprochene zog tatsächlich die Maske ab und es erschien das bärtige Gesicht eines attraktiven brünetten Mannes in den Dreißigern. „Patrick, was treibt dich hierher? Was hast du mit diesen beiden zu tun?" Patrick trat zu Kiran, legte ihm den Arm um die Schultern und antwortete: „Dieser Junge ist wie ein Sohn, den ich nie hatte. Sein Vater war mein bester Freund, den er durch ein Minenunglück verloren hatte, als Kiran gerade mal elf Jahre alt war. Ich habe immer im Hintergrund für seine Mutter Deirdra und ihn gesorgt. Und dieses Mädchen ist seine mo mhaise (er verwand diesen Begriff zum Zeichen, dass die beiden ein Paar waren). Also lass uns das Ganze zu einem guten Ende bringen." „Und wie stellst du dir das vor, Patrick?" „Ganz einfach, du wirst jetzt Colin zu mir rüberschicken. Dann gibt Tara dir das Gerät, damit du es testen kannst. Und dann trennen wir uns in Frieden und jeder geht seiner Wege. Ach ja, und das war das letzte Mal, dass du diese Familie belästigt hast. Haben wir uns verstanden?" Ronan wollte widersprechen, als plötzlich diverse rote Laserstrahlen die Nachtschwärze durchbrachen. Auf der Brust jedes RIRA-Mannes tanzten mindestens vier der roten, grellen Lichtpunkte. „Ronan, ich mag alt sein, aber ich bin nicht blöd und ich habe das Geschäft gelernt, als du noch beim Kacken an der Hand gehalten werden musstest. Entscheide dich jetzt … und entscheide dich klug." Ronan überlegte kurz, nickte dann zu einem seiner Männer, der aus einem mitgebrachten Koffer eine Drohne und eine Fernsteuerung holte. Ein anderer führte Colin zu Patrick hin, der ihm sofort die Kabelbinder von den Handgelenken schnitt. Binnen weniger Augenblicke startete das Fluggerät mit einem lauten Summen und schwankte ca. zehn Meter über dem Hafenbecken. Tara warf Ronan das Steuergerät zu und dieser drückte auf den grünen Auslöseknopf. Im gleichen Augenblick verloschen sämtliche Lichter des fliegenden Objektes und das Summen verstummte. Wie ein Stein stürzte die Drohne herab, schlug auf das Wasser auf und versank sofort.

Der RIRA-Anführer nickte und wandte sich um. Die Laserzielpunkte folgten ihnen. Als er und seine Männer wieder im Boot saßen und sich abstießen, rief er zu den Menschen am Ufer: „Ich habe nicht mit dir gerechnet, Patrick. Das wird mir nie wieder passieren. Aber ich halte mich an mein Wort. Die beiden haben mit der RIRA nichts mehr zu schaffen." Dann brauste das Zodiac mit Höchstgeschwindigkeit davon. Tara eilte zu ihrem Bruder, fiel ihm um den Hals und küsste seine Wangen. Kiran hielt sich zurück und beobachtete die Szene. Colin löste sich von seiner Schwester, reichte Patrick dankend die Hand und ging dann auf Kiran zu. „Dann bist du also bald mein Schwager. Pass gut auf sie auf, sonst bekommst du Ärger mit mir … egal, wie viele Patricks dir zur Seite stehen." Grinsend nahm er den Verdutzten in die Arme und drückte ihn an sich.

Patrick winkte seinen Leuten zu, dass sie sich zurückziehen sollten. Kiran fragte Patrick: „Dann bist du also immer schon dabei gewesen und bist auch heute noch aktiv?" Der Alte schüttelte den Kopf: „Nein, mein Junge. Meine Freunde und ich haben schon lange erkannt, dass das Töten keinen Segen bringt. Wir haben das Leid gesehen, dass wir mit unseren schlimmen Taten verursacht haben. Dafür werden wir in der Hölle braten, das ist gewiss. Aber wenn unser Schutzpatron ein Auge auf uns hat, dann dauert es bis dahin noch ein paar Jahre und wir können versuchen, einige Dinge wiedergutzumachen. So, jetzt nehmt den Jeep. Er ist ein Hochzeitsgeschenk von meinen Jungs und mir. Einer meiner Leute wird den LKW für dich nach Sligo fahren. Ich habe schon mit deiner Chefin und Walter telefoniert. Du hast jetzt drei Wochen Urlaub. Nutze ihn gut." Er umarmte und küsste das junge Paar und verschwand in der Dunkelheit. Tara formte vor dem Mund ein Sprachrohr und rief als Dank an die unbekannten Helfer nochmals den Segensspruch ihres Vaters. Doch es gab keine Reaktion.

***

Zwei Tage später standen Tara und Kiran vor der schmiedeeisernen Pforte des Friedhofs „Our Lady's Acre" in Belfast. „Wenn wir hier fertig sind, dann zeige ich dir ein Stück Land, das ich mir gekauft habe. Es liegt ganz im Westen, bei Rossbeg, meinem kleinen Dorf am Ende der Welt. Es liegt direkt an der Küste und wir können das Meer sehen und riechen. Ich habe schon einen Bootssteg angelegt. Dort werde ich uns ein Haus bauen und wir werden Kinder haben und ..." Tara lachte. „Lass uns erst einmal eins nach dem anderen machen. Jetzt will ich Blumen am Grab unseres Vaters niederlegen." Wie aufs Stichwort erschien Colin mit drei kleinen Sträußen in der Hand, vorrangig mit gelbem Ginster. Dann gingen sie stumm zu dritt den Schotterweg entlang der Gräber. Vor einem eher schmucklosen Grab aus grauem Granit blieben die Zwillinge stehen. Kiran wäre fast daran vorbeigelaufen. Colin und seine Schwester falteten die

Hände und sprachen ein Ave-Maria. Kiran hielt respektvollen Abstand und wollte die beiden nicht in ihren Gedanken stören. Aber er wollte nicht als herzlos gelten. Daher intonierte er nach einigen Minuten der Stille das Lied „Oh Danny Boy", ein altes Abschiedslied. Nach der ersten Strophe fiel Tara ein und Colin lauschte den beiden bewegt. Erst nach dem Ende des Liedes trat Kiran näher an das Grab und verneigte sich. Jetzt las er den Namen und die Daten … und erstarrte. Ruckhaft fuhr er herum und fragte. „Aber … ihr heißt doch Byrne. Hier steht … Liam O'Keefe." Tara blickte ihn fest an. „Meine Eltern waren nicht verheiratet. Du kannst dir sicher vorstellen, was das in unserem religiös dominierten Land bedeutete? Dazu noch eine Mischehe, denn unsere Mutter ist Protestantin. Wie oft haben sie uns die Scheiben eingeschmissen, wie oft haben uns andere Kinder in der Schule angespuckt! Wir haben gelebt wie Aussätzige! Nach dem geltenden Recht bekamen wir den Nachnamen unserer Mutter. Vater hatte so viel Geld gespart, dass wir eigentlich nach Kanada auswandern wollten. In drei Monaten sollte es losgehen und dann … dann gab es 2005 diese Schießerei. Unser Vater war ein Kollateralschaden, wie sie es nannten. Ich glaube eher, irgendeiner von der IRA hat ihn gezielt getötet. Aber genau werden wir es nie erfahren. Es gab Verdächtige, aber die Täter sind nie gefasst worden."

Schweigsam verließen die drei den Friedhof. Sie brachten Colin mit dem Jeep zum Bahnhof, von wo aus er nach Dublin reisen und einen neuen Job in einer

Software-Firma annehmen wollte. Das Pärchen brach mit dem Wagen nach Westen in die Republik auf und erreichte gegen Abend das Örtchen Rossbeg, wo seine Mutter ein winziges Cottage bewohnte. Tara führte Kirans Schweigsamkeit während der Fahrt auf die Neuigkeiten um ihre Familie zurück. Deirdra O'Reilly, eine sehr attraktive Mittfünfzigerin, begrüßte ihren Sohn sehr herzlich und nachdem ihr Tara vorgestellt worden war, wurde auch diese geherzt und geküsst. „Ich mache uns etwas Leckeres zum Abendessen. Deine Onkel waren auf der Jagd und haben mir gestern ein paar Kaninchen mitgebracht. Wollt ihr nicht einen Spaziergang ans Meer machen, bis ich das Essen fertig habe?" Tara meinte: „Eine gute Idee, sehr gerne. Dann kannst du mir ja mal das Grundstück zeigen, Kiran." Dieser nickte und sie machten sich Arm in Arm auf den Weg. Es war noch ein Fußmarsch von einer knappen Stunde, währenddessen Kiran immer wieder von Passanten gegrüßt wurde. Dann hatten sie den Platz erreicht.

Wirklich ein Traum, dachte sie bei sich. Vor einer Woche noch hätte ich so etwas für unmöglich gehalten. „Lass uns ans Wasser gehen", forderte sie ihren zukünftigen Mann lachend auf. Kiran folgte ihr, als sie zu dem Bootssteg eilte, sich die Schuhe auszog und die Hosenbeine hochkrempelte. Das Wasser war zwar eisigkalt, aber es war trotzdem einfach herrlich in der seichten Dünung herumzutappen und mit den Zehen Krebse zu jagen. Vielleicht 30 Meter entfernt tauchten auf einmal die Köpfe zweier Robben auf und Tara freute sich wie ein kleines Kind. Sie rannte den

Strand mit nackten Füßen auf und ab und ließ sich dann neben Kiran in den Sand fallen. „Ich möchte hier am liebsten nie wieder weg, so schön ist es hier. Können wir noch ein bisschen bleiben?" Kiran nickte und nach knapp zehn Minuten war Tara trotz der Temperaturen und des leichten Windes eingeschlafen.

Unendlich vorsichtig erhob sich Kiran und wanderte hinaus auf den Bootsanleger. An dessen Spitze angekommen, atmete er tief ein und aus und schüttelte verzweifelt den Kopf. „Wir haben doch keine Chance auf eine gemeinsame Zukunft. Wie soll ich ihr DAS nur erklären?", schrie er gegen den stärker werdenden Wind und die sich auftürmende Brandung an. Dabei zog er aus seiner Jacke seine Brieftasche hervor, in der ein ziemlich zerlesener Zeitungsartikel steckte. Er faltete ihn auf und las den Text, obwohl er ihn bereits auswendig kannte:

Am Ostermontag 2005 kam es zu einem Schusswechsel der lokalen Polizeikräfte mit einigen Mitgliedern der IRA. Die Schießerei fand auf einem Parkplatz nahe der St. Columba's Church in Londonderry statt. Im Rahmen einer Fahrzeugkontrolle wurde ein Wagen mit vier Personen angehalten, die ohne Warnung sofort das Feuer auf die Beamten eröffneten. Im Zuge der folgenden Auseinandersetzung wurden auch einige unbeteiligte Passanten getroffen, darunter der 37jährige Ingenieur Liam O'Keefe, der noch am Tatort seinen schweren Verletzungen erlag. Er hinterlässt eine Frau und ein minderjähriges Zwillingspaar. Die Täter konnten unerkannt fliehen, aber die Verhöre der Zeugen lassen Rückschlüsse zu. Im Zusammenhang mit der Tat werden insbesondere die Brüder Aidan und Luke Brennan gesucht. Hinweise an die Polizei werden erbeten unter ....

Kirans Blick fiel auf die Fotos der beiden Männer, die der Tat verdächtigt wurden. Sie zeigten die Gesichter von Aidan und Luke Brennan ... den Halbbrüdern seiner Mutter.

12

Interpret: Reinhard Mey

Erscheinungsjahr: 1992

Das Leben in der ehemaligen DDR ist mir von Kindesbeinen an vertraut. Ich erinnere mich an die Beklemmungen, wenn sich die Grenze näherte, die Furcht vor den Volkspolizisten, die Erleichterung, wenn alle Papiere in Ordnung waren. GRENZE handelt von einem Menschen, der unter Lebensgefahr von Ost nach West geflohen war. Ein stiller Mensch, der sich sozial engagiert, im fortgeschrittenen Alter aber etwas vereinsamt ist. In einer an Selbstaufgabe grenzenden Kraftanstrengung wächst er über sich hinaus und versucht, für Gerechtigkeit zu sorgen. Ob es ihm gelingt? Lesen und urteilen Sie bitte selbst.

Grenze

Jakub Zeman saß auf seiner Terrasse im 16. Stock des Hochhauses am Stadtweiher in Hochdahl. Es war ein wunderbarer Frühjahrsmorgen und er genoss es, dort seinen ersten Kaffee zu genießen, gekrönt mit der fantastischen Sicht über die Stadt und bis weit ins Bergische Land. Er hatte die Wohnung seit mehr als 20 Jahren gemietet und sie war sein Zuhause geworden, ein Heim. Anfangs hatte es nicht danach ausgesehen, dass er sich jemals solch einen Luxus hätte leisten können. Nach seiner Flucht über die damals noch nicht offene Grenze zwischen Tschechoslowakei und Deutschland hatte er ganz klein zunächst im Bayerischen Wald, danach in Heidelberg und dann im Rheinland begonnen. Arbeit hatte er schnell gefunden, aber die Ablehnung und Vorsicht gegenüber einem versierten Techniker aus dem Osten war bei jedem Bewerbungsgespräch deutlich spürbar gewesen. Wenn man von „hinter dem Eisernen Vorhang" kam, war man automatisch verdächtig und fast mit einem Spion gleichzusetzen.

Jakub kam zugute, dass er akzentfrei deutsch sprach. Seine Großmutter hatte immer deutsch gesprochen und aufgrund seiner Sprachbegabung lernte er schon als Kind sehr schnell, allein durchs Zuhören. Über seine Flucht sprach er nur ungern. Manchmal dachte er bei sich, wie viel ihm erspart geblieben wäre, wenn er noch die sechs Jahre in Prag durchgehalten hätte. Glasnost und Perestroika hätten ihm Angst und die Schusswunde im Rücken erspart. Er hatte nachts einen kleinen Bach an der Grenze durchschwommen und war entdeckt worden. Natürlich hatte er nicht gestoppt und natürlich hatte man auf ihn geschossen. Schwer verletzt erreichte er das Ufer auf der deutschen Seite. Er kam zunächst in Cham unter und verdingte sich dort als technischer Zeichner. Sein Chef kündigte ihm allerdings nach zwei Jahren, einerseits wegen der schlechten Auftragslage, andererseits, weil Jakub total überqualifiziert war. So zog es ihn mit einem Zwischenstopp von wieder zwei Jahren im Rhein-Neckar-Gebiet ins Rheinland, da dort ein entfernter Verwandter wohnte.

Der Mensch muss von irgendetwas leben. Dachte er sich und nahm ganz entgegen seiner Neigung die freie Stelle bei der Feuerwehr Erkrath an. Was als Notlösung begann, entwickelte sich zu einer Leidenschaft. Jakub erkannte, dass seine technischen Fähigkeiten hier voll entfaltet werden konnten, da er den Freiraum bekam, neue technische Geräte zu entwickeln und das Rettungswesen im technischen Bereich zu revolutionieren. Man wurde auf ihn aufmerksam, förderte ihn und schließlich wurde er der Chef der Berufsfeuerwehr Düsseldorf. Es war eine tolle Zeit und der Abschied fiel ihm unglaublich schwer, als der Tag der Pensionierung kam. Gut, mit seiner Gesundheit war es nicht mehr zum Besten bestellt. Er litt an fortgeschrittener Arthrose, Morbus Bechterew und Gicht. Zeman hatte sein Leben lang auf seine Fitness geachtet und mit Eintritt der Krankheiten auch seine Ernährung umgestellt, wodurch er die Folgen ein wenig im Zaum halten konnte. Aber manchmal packte es ihn doch so sehr, dass er den Tag im Rollstuhl verbringen musste. DAS nervte ihn dann besonders.

Aber nicht heute! Heute genoss er den strahlenden Sonnenaufgang. Er blickte über den See, der jetzt goldrot glitzerte und die langsam wieder Blätter tragenden Bäume bildeten sich wie Scherenschnitte vor dem Horizont ab. Es ging ihm gut, so gut wie selten. Und heute Nachmittag würde er wieder seinen Kurs für Senioren im Bürgerhaus abhalten. Aufgrund seines Charmes und seiner angenehmen Art zu erzählen, war der Kurs „PC-Technik für Best-Ager" bestens besucht. Auffällig war schon, dass überproportional viele Damen anwesend waren. Schwärmerei war also doch nicht altersabhängig, dachte er manchmal grinsend.

Gegen 14 Uhr machte er sich auf den kurzen Fußweg zum Bürgerhaus. Er wollte noch die PCs mit einigen „Macken" versehen, damit seine Schützlinge heute mal richtig ins Schwitzen kommen würden. Seine Gruppe war dann auch fast vollzählig anwesend. Lediglich seine Lieblingsschülerin, Marie Lohse, fehlte. Auf Nachfrage wusste aber niemand Näheres. So entschloss sich Zeman, Frau Lohse nach dem Kurs zu besuchen.

Sie wohnte nicht weit entfernt, im Rosenhof an der Sedentaler Straße. Da er sie dort schon einmal auf einen Kaffee besucht hatte, war ihm das Apartment bekannt. Er klingelte und musste einige Minuten warten. Zeitgleich mit dem zweiten Klingeln drehte sich der Schlüssel im Schloss und die Tür wurde geöffnet. Frau Lohse stand da, aber so völlig anders als er es gewohnt war. Die knapp 70jährige achtete sonst immer peinlich genau auf ihr Erscheinungsbild und war immer sehr adrett gekleidet und gut frisiert. Was ihm jetzt gegenüberstand, war eher so etwas aus der Kategorie „Trümmerlotte".

„Was um Herrgottswillen ist denn mit ihnen passiert?", entfuhr es ihm statt einer Begrüßung. Stumm winkte sie ihn herein und bot ihm Platz an. Dann schlurfte sie in die Küche des 2-Zimmer Apartments und kehrte mit einer Flasche Orangensaft und zwei Gläsern zurück. Er nahm dankend an und schenkte beide Gläser ein, da er bemerkt hatte, dass die Hände der Frau stark zitterten.

„Nun erzählen sie mal, was ist denn los?" Frau Lohse nahm sich sichtlich zusammen und begann: „Haben sie schon mal was von dem Enkeltrick gehört? Da erschleicht sich ein junger Mensch das Vertrauen von alten Leuten und luchst ihnen dann Geld oder Wertsachen ab." Sie atmete schwer und nahm einen Schluck Saft. „Mir kann sowas ja nicht passieren. Ich gucke ständig Aktenzeichen XY im Fernsehen und ich passe auch sehr auf. Aber wissen sie was? Ich bin trotzdem drauf reingefallen. Und nicht nur das! Das Mädchen hat mir sogar einigen Schmuck gestohlen. Und das mir! 10.000 € hat die mir abgezogen." Erheitert von diesem Gebrauch von Jugendsprache, begann Zeman einige Fragen zu stellen, die von Frau Lohse ausführlich beantwortet wurden. Der ehemalige Feuerwehrmann machte sich ein paar Stichpunkte in seinem Notizblock, als er merkte, dass sich ein starker Schmerzschub ankündigte. Etwas überhastet nahm er Abschied und versprach, sich am nächsten Tag zu melden.

Jeder Schritt wurde auf dem Heimweg zur Qual und als er vor der Aufzugstür stand, meinte er zusammenbrechen zu müssen. Sein Rücken brannte wie Feuer und von seiner an sich durchtrainierten Figur war kaum noch etwas zu sehen. Gekrümmt hielt er sich am Türgriff fest und wollte sie öffnen, als diese von innen aufgestoßen wurde und ihn mit sich riss. Aus dem Aufzug kam ein junger Mann um die 20 Jahre, der verblüfft den vor ihm liegenden Alten sah und sich dann anschickte, ihm aufzuhelfen. Mit einiger Mühe schleppte sich Zeman dann nach Verlassen des Aufzugs in der 16. Etage in seine Wohnung und nahm sofort das starke Schmerzmittel, welches ihm binnen Minuten Erleichterung verschaffte … ihn aber auch nahezu handlungsunfähig machte. Das Morphium war eben ein „Deiwelszeug“, wie seine Oma es wohl genannt hätte. Schwer atmend lag er in seinem Sessel, den Blick aus dem Fenster schweifend. Produktive Gedanken waren ihm zwar kaum möglich, aber er überlegte wenigstens, dass er den Vorfall in seinem PC-Kurs thematisieren würde. Dann schlief er endlich schmerzfrei ein.

In der folgenden Woche bat er seine Kursteilnehmer, zu denen auch wieder Frau Lohse gehörte, nach dem Kurs auf einen Kaffee ins Eiscafé am Hochdahler Markt ein. Dort informierte er die Gruppe über den Vorfall bei Frau Lohse und bat alle, besonders wachsam zu sein und ihn ggf. über einen Versuch in dieser Art zu informieren. Dann berichtete er von zwei Fällen aus

Süddeutschland, wo die betrogenen Alten aus lauter Verzweiflung Selbstmord begangen hatten.

Der Vorfall kam schnell, schneller als erwartet … und vor allem völlig anders. Keine zwei Wochen nach der Seniorenrunde erhielt Jakub Zeman einen Anruf. Er war gerade von seinen Einkäufen zurückgekehrt und befüllte seinen Kühlschrank, da klingelte sein Telefon. Er hörte eine ihm völlig unbekannte, junge Stimme: „Dobrý den, strýc Jakub. Hier ist Anna. Du kennst mich nicht, aber ich bin die Enkelin deines Bruders Jan. Ich bin seit kurzem in Köln an der Uni und ich wollte dich gerne besuchen."

Zeman zögerte. Ja, er hatte einen Bruder namens Jan, aber zu dem hatte er seit Jahrzehnten keinen Kontakt mehr. Er hatte ihm nie die Flucht in den Westen verziehen, vermutlich aufgrund der Repressalien, die er danach zu erleiden hatte. Es hatte noch einen sehr unschönen Briefwechsel gegeben und dann war der Kontakt abgebrochen. Jan hatte zwei Töchter gehabt, von denen eine das schwarze Schaf der Familie war: Widerstand, Proteste, Gefängnis, Ausweisung – das volle Programm. Jan hatte ziemlichen Kahlschlag in seinen Familienbanden veranstaltet. Aber egal, das war Geschichte.

Zeman stellte ein paar Fangfragen, die die junge Frau tatsächlich zufriedenstellend beantworten konnte. Neugierig geworden, lud er sie für den nächsten Tag zu sich ein. Anna kam auch pünktlich und stellte sich höflich mit Handschlag vor, um dann ihren Verwandten zu umarmen und an sich zu drücken. Es war schon ein warmes Gefühl, dachte sich Jakub, mal wieder einen nahen Verwandten um sich zu haben. Sein Misstrauen blieb jedoch latent vorhanden. Er führte sie durch die Wohnung, präsentierte seine Dachterrasse und nahm dann mit ihr auf der Couch bei einem Kaffee Platz. Das ganze Gespräch drehte sich um die Familie, den Heimatort in der Nähe von Cheb und die Jahre in Prag. Es fiel zwar auf, dass die junge Frau nur wenig Tschechisch sprach und dies mit starkem Akzent, aber sie war ja auch in Deutschland aufgewachsen. Anna war 19 Jahre alt, lebte mit ihrer Mutter im Bayerischen Wald und hatte nach dem Abitur einen Studienplatz in Köln ergattert. Sport und Medizin, sagte sie.

In den ganzen drei Stunden des Besuches kam das Gespräch kein einziges Mal auf das Thema Geld und so schöpfte Zeman ein wenig Hoffnung. Man verabredete sich für die nächste Woche Sonntag und Anna versprach, dann selbst gebackenen Kuchen mitzubringen. Jakubs Herz hatte Flügel bekommen. Hatte er auch keine eigenen Kinder gehabt, ihm waren immer nur kurze Affären vergönnt gewesen, so liebte er Kinder jedoch über alles. Sein größtes Glück bei der Feuerwehr war immer, wenn Schulklassen zu einer Führung auf die Wache kamen. Jetzt konnte er seine ganze Großvater-Energie der Enkelin seines Bruders, der leider vor drei Jahren verstorben war, zukommen lassen. Er putzte die Wohnung picobello, kaufte extra böhmische Spezialitäten ein und hoffte inständig, dass seine Krankheiten ihn wenigstens an diesem Sonntag in Ruhe lassen würden. Netterweise taten sie das ... nachdem sie ihn den kompletten Samstag mit so irrsinnigen Schmerzen gequält hatten, dass er fast versucht war, die Einladung abzusagen.

Er erwachte am Sonntagmorgen gegen 5 Uhr und sah über dem Horizont die rote Aura des anbrechenden Tages. Er kletterte aus dem Bett, machte einige Dehnungs- und Kraftübungen und setzte sich dann mit einem großen Kaffeepott auf die Terrasse. Es würde ein guter Tag werden, das spürte er. Um 15 Uhr klingelte es dann wie erwartet. Anna begrüßte ihn strahlend mit einem Kuss auf beide Wangen und hielt ihm ein Paket vor die Nase. „Mokkatorte, mit Karlsbader Oblaten, ein Rezept von Mama. Gestern ganz alleine nur für dich gebacken, Onkelchen!" Jakub brachte den Kuchen in die Küche neben der Wohnungstür und stellte ihn in den Kühlschrank. Gemeinsam traten die beiden auf die Terrasse und lauschten dem Chor der Vögel, die sich im Frühjahr eifrig auf Brautschau befanden. Es war eine Art Aufbruchsstimmung, wie auch Zeman sie in seinem Herzen fühlte. Dann bot sich Anna an, Kaffee zu kochen und den Kuchen aufzuschneiden. Jakub nahm gerne an und genoss die wärmenden Sonnenstrahlen auf seinem „Hochsitz", wie er gerne den riesigen Balkon nannte.

Anna kehrte zurück und deckte den Tisch mit Geschirr ein. „Kaffee ist gleich durch", rief sie durch die geöffnete Balkontür. Nach fünf Minuten erhob sich Zeman aus seinem Sonnenstuhl, um ins Wohnzimmer zu gehen, und zuckte zusammen. Neben Anna stand ein Mann von um die 30, kräftig gebaut, Jeans, Lederjacke, glatt rasiertes Gesicht, mit einem unangenehmen Lächeln auf den Lippen. „Das ist Berti, mein Freund. Du hast doch nichts dagegen, dass ich ihn mit eingeladen habe." Anna blickte Jakub mit Unschuldsmiene an. „Wenn du mir vorher etwas davon gesagt hättest, wäre es schon besser gewesen. Und vor allem, wenn du mich gefragt hättest, BEVOR du ihn reingelassen hast", erwiderte er erbost, mit deutlich gereizter Stimme.

Sofort verschwand das Lächeln aus den Zügen des anderen Mannes. Sei Blick wurde kalt und er ließ die Hand aus der Jackentasche gleiten. In ihr hielt er eine Pistole. Sie sah groß aus, mächtig, kalt, schwarz. „Dann eben auf die weniger nette Tour, Opa! Komm rein und setz dich, aber flott!" Jakubs Blick wandte sich zu Anna. Die aber blickte nur scheu auf ihren Freund, trat zu ihm und legte ihren Kopf vertrauensvoll auf seine Schulter. „Hab ich das gut gemacht, Schatzi?", fragte sie mit fast kindlicher Stimme. Ohne den Blick von Jakub Zeman zu lassen, gab er ihr einen Kuss auf die Stirn. „Ab auf die Couch, Alter! Anna-Schatz hat mir von den tollen Gemälden und Ikonen erzählt, die du hier rumstehen hast. Die sind sicher Einiges wert. Du hast doch sicher nichts dagegen, wenn du deiner Nichte ein wenig unter die Arme greifst?"

Zeman wollte sich am liebsten in den Hintern treten. ER hatte doch noch die anderen Senioren gewarnt und gebeten misstrauisch zu sein. Und jetzt fiel gerade ER auf diese Masche rein. Niedergeschlagen setzte er sich in einen Sessel und blickte das Pärchen fragend an. „Und wer bist du nun wirklich, Mädchen?" Diese lachte leise auf. „DAS ist ja der Witz an der Sache. Ich BIN die Enkelin deines Bruders. Alles ist wahr, was ich dir erzählt habe … bis auf das Studium in Köln. Uns wurde es in der bayerischen Provinz zu fad und nach einem Abstecher nach München und Frankfurt hat es uns eben ins Rheinland verschlagen. Kannst du dir vorstellen, wie überrascht ich war, als ich beim Stöbern im Internet auf deinen Namen gestoßen bin? So eine Fügung des Schicksals kann man doch nicht ungenutzt vorüberziehen lassen, nicht wahr, Schatzi?" Wieder ein Kuss auf Bertis Wange.

„Und überall habt ihr die gleiche Nummer abgezogen?", fragte Zeman nun mit leiser, gebrochener Stimme. Er gab ein Bild des Jammers ab, wie er so zusammengesunken und kraftlos in seinem Sessel hockte. „Sag mal, Opa, hast du nicht noch was anderes da als Kaffee? Ich hätte Lust auf ein Bierchen", fragte Berti. „Au ja, fein, er hat böhmische Spezialitäten für mich besorgt. Da ist auch bestimmt gutes Bier dabei. Ich hol's schnell", zwitscherte Anna und wollte in die Küche gehen. Berti hielt sie jedoch an der Hand fest. Er war sich sicher, dass der Alte zu keiner Gegenwehr mehr fähig war, so niedergeschlagen wie er wirkte. Und wenn doch, er hätte ja noch immer die Waffe. Die Wohnungstür war abgeschlossen und er hatte vorsorglich den Schlüssel in seiner Jacke gesteckt. „Wir beide haben doch sicher Besseres zu tun. Dein Onkelchen wird sicher gerne was für uns holen. Hopp-hopp, Alterchen, schwing deine müden Knochen in die Küche."

Mühsam erhob sich der alte Feuerwehrmann und fragte: „Wollt ihr Knödel oder Kartoffeln zum Schweinebraten?" Das Pärchen sah sich verwundert an und Berti antwortete: „Knödel dauern zu lange, also Kartoffeln. Ich hab Kohldampf!" Anna sah ihren Großonkel jetzt zum ersten Mal mitleidig an. Es schien fast, als wolle sie aufstehen und ihm helfen. Aber Berti hielt sie wieder zurück und sie begannen sich wild zu küssen. Auf dem Weg zur Küche kam Jakub nahe am Telefon vorbei, aber Berti hatte ihn trotz erotischer Ablenkung im Auge behalten. „Denk nicht mal dran, Alterchen! Ich bin eh schneller!" Zeman schlurfte weiter und brachte den Turteltäubchen zuerst ein Bier. Er öffnete die Flaschen Budweiser, füllte zwei Gläser und reichte sie ihnen.

Als Anna sich vorbeugte und das Glas annahm, rutschte ihre Kette aus der Bluse und Jakub sah einen ziemlich auffälligen Anhänger. Er war aus Silber in Form eines keltischen Zeichens gearbeitet und mit weißen und grünen Edelsteinen besetzt. Jakub erstarrte. Er kannte dieses Stück. Er hatte es mehrfach an Frau Lohse bemerkt, zum einen wegen seiner Schönheit, zum anderen, weil das Schmuckstück so untypisch für ihre Generation war. Also war seine Großnichte auch diejenige gewesen, die seinen Schützling beraubt und betrogen hatte. Jetzt keimte in dem Alten der Widerwillen auf und er spürte seinen Kampfesgeist zurückkehren, nachdem ihn die Enttäuschung übermannt hatte. Jetzt sich bloß nichts anmerken lassen, dachte er bei sich. Gebeugten Hauptes machte er sich wieder auf in die Küche, wo er bereits den Braten in den Backofen geschoben und die Kartoffeln aufgesetzt hatte. Der Weißkohl lag geschnitten auf dem Brett und war bereit, geschmort zu werden. Da erklang aus dem Wohnzimmer ein Pfiff.

„Alterchen, mein Bier ist alle! Nachschub!" Jakub holte die beiden leeren Gläser, ging an den Kühlschrank und entnahm ihm zwei Flaschen Budweiser. Beim Schließen der Kühlschranktür sah er neben Senf, Ketchup und Kräuterbutter eine kleine Glasflasche stehen. Natürlich! Seine Morphiumtropfen! Wenn sie ihn „wegschossen", sollte das auch bei den beiden Verbrechern möglich sein. Bier war an sich ja ein wenig bitter, sodass der Nebengeschmack der Tropfen kaum auffallen würde. Er nahm, wenn es richtig schlimm war, 50 Tropfen … mehr als verordnet war, aber er kannte sich damit aus und nahm das Zeug schon so lange, dass er einfach eine höhere Dosis brauchte. Es kam darauf an, die beiden schnell und für ihn gefahrlos außer Gefecht zu setzen. Kurzentschlossen gab er in jedes Glas 100 Tropfen und füllte mit Bier auf. Berti pfiff schon wieder ungeduldig und meinte: „Du sollst das Bier nicht frisch aus Prag holen, Alterchen!" Jetzt bekam er von Anna einen Klaps auf den Hinterkopf. „Lass ihn doch, er pariert doch. Es ist nicht nötig, dass du ihn jetzt auch noch quälst." Berti lachte auf, wischte ihre Hand weg und prostete ihr und Jakub zu. Anna und er leerten die Gläser in einem Zug und Berti verlange direkt wieder Nachschub.

Jakub sah das Mädchen an. Ob sie das Ganze nicht freiwillig machte? War sie Berti hörig? War sie nicht im Kern doch gut? Seine Gedanken wurden Lügen gestraft. Als sie bemerkte, dass er sie ansah, fauchte sie: „Was ist, Onkel? Macht dich das geil, zuzusehen? Sollen wir dir 'ne kleine Show liefern?" Sie lachte über ihren eigenen Witz und warf den Kopf nach hinten, ihre dunkle Mähne schüttelnd.

Nein, kam er zu dem Schluss. Sie war böse und tat, was sie tat, gerne. Er stellte sich an den Herd und rührte den Kohl um, gelegentlich einen Blick ins Wohnzimmer werfend. Eigentlich müsste die Wirkung der Tropfen langsam einsetzen!

Dann rief Berti: „Diese böhmische Babyplörre scheint es doch in sich zu haben. Drei Flaschen und ich hab schon einen in der Krone!" Anna kicherte nur und kuschelte sich näher an ihren Liebhaber. Wenige Minuten später jedoch nuschelte Berti: „Der Alte hat … uns … wasch … ins Bier … getan, die … Sau!" Er versuchte sich aufzurichten und zu erheben, bekam den Arm aber nicht einmal in Schulterhöhe. Jakub trat zu ihnen und betrachtete sie von oben herab. „Nicht mehr so stark, du Großmaul, was? Ist doch nicht so leicht, einen alten Penner wie mich übers Ohr zu hauen, was?" Berti stöhnte, wollte nach Jakub greifen, sackte dann aber wieder sofort zurück. „Ich mach dich fertig, Alter, … sei sicher … wenn nich jetz … dann, wenn ich wieder … rauschkomm… ich kriech … dich … egal, wo … du bist."

Jakub überlegte. Was er sagte, konnte stimmen. Er kannte die aus seiner Sicht zu lasche Justiz in Deutschland. Das Strafmaß wurde, insbesondere bei Ersttätern, nicht voll ausgeschöpft. Und was wäre, wenn Berti dann wieder draußen wäre? Der würde bestimmt weitermachen, womöglich weiter mit Anna. Und als erstes würde er sich an ihm, Jakub Zeman, rächen wollen. Eine Anzeige oder Verfügung würde nichts nutzen, so ein Stück Papier würde einen Kerl wie Berti nicht von seinem Ziel abhalten. Er kannte solche Typen. So jemand hatte ihn auch damals in Tschechien nach seinem ersten, missglückten Fluchtversuch verhört, allerdings mit einem fingerdicken Gummischlauch und einer Rasierklinge. Diese Bilder im Kopf formte sich in Zemans Kopf ein ungeheurer Gedanke. Das Pärchen lag mittlerweile bewusstlos aufeinander auf der Couch. Er nahm die Bierflaschen, wusch sie sorgfältig von außen ab und platzierte jeweils eine in der Hand von Berti und Anna. Vorsichtig einen Kochlöffel in die Flasche steckend, nahm er sie wieder an sich, seine Fingerabdrücke vermeidend. Da er auch als Aufzugswart gemeldet war, besaß er einen Schlüssel für den Dachzugang des

Hochhauses. Er zog sich Gummihandschuhe an und fummelte aus Bertis Jacke ein Päckchen Zigaretten, füllte die Kippen und Asche der Fluppen, die beide bei ihm geraucht hatten, in eine Tüte und entnahm Annas Handtasche einen Lippenstift. Diese Utensilien nahm er jetzt mit auf das Dach des 16stöckigen Hochhauses. Vorsichtig näherte er sich dem Rand, lugte herunter und schüttelte sich. Welch ein Abgrund! Mit der Taschenlampe, es war mittlerweile stockdunkel geworden, suchte er eine passende Stelle in unmittelbarer Nähe über seiner Terrasse, leerte dort die Asche- und Kippentüte aus und deponierte Zigarettenpackung, Lippenstift und die beiden Flaschen.

Schwer atmend kehrte er in seine Wohnung zurück. Die beiden Gauner lagen noch immer auf der Couch. Er zögerte ... und dann sah er vor seinem geistigen Auge die Artikel über die beiden toten Senioren, deren Existenz vermutlich von diesem Paar zerstört worden waren. Ihre Opfer hatten keinen anderen Ausweg mehr als den Tod gesehen. Dies verscheuchte seine letzten Skrupel. In weiser Voraussicht hatte er vor Jahren die Terrassentür so umbauen lassen, dass er auch mit einem Rollstuhl bequem rausfahren konnte. Er verfrachtete zunächst Anna in seinen Rollstuhl und danach Berti, was ungemein schwieriger war. Aber Jakub war noch immer fit genug für sein Alter und seine Krankheit. Beide legte er auf der Brüstung ab und betrachtete sie eine Weile. Berti begann sich zu regen und lallte: „Kommer ... du Ssau ... mach dich ...

fertich!" Anna nuschelte ebenfalls: „Machin ... tot ... für ... misch ...Schassi!"

Das gab den Ausschlag. Er hob zunächst Bertis Füße an und hebelte ihn über den Rand. Es ging erstaunlich leicht. Ohne Schrei stürzte er dem Boden entgegen. Mochte es an der Höhe gelegen haben oder am aufkommenden starken Wind, man hörte keinen Aufprall. Dann stand Jakub vor seiner Großnichte. Sie flüsterte noch: „Nicht ... Onkelschen ... ess war ... doch nur ... Geld!" Wieder hatte er die Artikel vor Augen: Rentner erschoss sich mit Schrotgewehr nach Betrug mit Enkeltrick - Gärtnereibesitzerin vergiftet sich mit blauem Eisenhut - Verarmt nach Enkeltrick.

Natürlich hatten die Alten auch ein wenig Schuld, sich so naiv täuschen zu lassen. Aber sie so zu berauben, dass sie nicht mehr überleben konnten? Nein! Er löste die Kette mit Frau Lohses Anhänger von ihrem Hals und steckte sie in die Hosentasche. Wortlos ergriff er Annas Knöchel und blickte ihr noch einmal ins Gesicht, bevor er sie über die Kante schob. Da war keine Angst, sondern nur maßloses Erstaunen in ihrem Blick.

Er blickte nach unten, konnte aber nichts von den beiden Körpern erkennen. In den frühen Abendstunden war offensichtlich wenig am Stadtweiher los. Weder Jogger noch Hundebesitzer waren zu sehen. Jakub machte sich daran, die Wohnung von verräterischen Spuren zu reinigen. Als dies geschehen war, kümmerte er sich um das mittlerweile fertige Essen und verpackte es in Gefrierboxen. Ihm stand jetzt nicht der Sinn nach Essen.

Er bereitete einige Unterlagen vor, als sich unvermittelt seine Schmerzen erneut einstellten. Aufstöhnend hinkte er zum Kühlschrank, bereitete sich eine Dosis Morphium vor und nahm die Tropfen mit ein wenig Orangensaft ein. Er schüttelte sich, die Bitterkeit war absolut widerlich. Dann nahm er in seinem Sessel Platz, blickte durch das Terrassenfenster und stellte mit der Fernbedienung seinen CD-Player an. Smetanas „Moldau" wäre jetzt genau das Richtige: ein wenig getragen, schwermütig und doch erhaben. Entspannt lehnte er sich zurück, schloss die Augen und genoss den sanften Klang.

***

Es klopfte an der Tür. Frau Lohse öffnete und sah sich einer jungen Frau in Zivil und einer Polizistin in Uniform gegenüber. „Frau Lohse?" Die alte Dame nickte. „Dürfen wir kurz reinkommen? Wir haben da ein paar Fragen an Sie!" „JA, aber erst zeigen Sie mir Ihren Ausweis", gab sie zur Antwort. „Gerne, wenn Ihnen die Uniform meiner Kollegin nicht reicht", lächelte die junge Frau in Zivil. „DAS heißt gar nichts", erwiderte die Seniorin, eingedenk ihres letzten Missgeschicks. Sie besah sich die beiden Ausweise genauestens und bat die Beamtinnen herein.

Nachdem sie Platz genommen hatten, stellte Kommissarin Hartmann die erste Frage: „Kennen Sie einen Jakub Zeman? Und falls ja, in welcher Beziehung stehen Sie zu ihm?" Frau Lohse erklärte ruhig die Zusammenhänge und fragte dann: „Weshalb wollen Sie das wissen?" Hartmann zögerte ein wenig, sah ihre Kollegin an, die ihr zunickte und begann: „Ja, es gab es vorgestern zwei ziemlich seltsame Vorfälle, von denen wir nicht wissen, ob sie etwas miteinander zu tun haben. Meine Kollegin hier, Kommissarin Leiters, wurde zu dem Hochhaus am Stadtweiher gerufen. Jemand hatte sich um zu laute Musik in der Nacht beschwert. Die Beamten sind dort hingefahren und haben dann in der 16. Etage geklingelt, da die Musik aus Herrn Zemans Wohnung zu kommen schien. Als uns nach Klingeln und Klopfen nicht geöffnet wurde, ließen wir die Wohnung von einem Schlüsseldienst öffnen. Herr Zeman lag tot in seinem Sessel. Die Rechtsmedizin hat eindeutig ein Herzversagen festgestellt. Im Todeskampf hat er wohl unabsichtlich auf die Fernbedienung seines CD-Players gedrückt und die Anlage laut und auf Wiederholung gestellt. In der Wohnung fanden wir einen verschlossenen Briefumschlag mit Ihrem Namen darauf. Darin befand sich dieses Schmuckstück." Damit zog die Kripobeamtin ein Plastiktütchen mit dem Kettenanhänger hervor. Erschrocken schlug Frau Lohse die Hand vor den Mund und stammelte: „Das ist ja mein Anhänger. Den hab ich von meinem Mann nach einer Irlandreise bekommen, eine Einzelanfertigung. Wie kommt Herr Zeman an das Ding?" „DAS, werte

Frau Lohse, wüssten wir auch gerne. Jetzt zu was Anderem: kennen Sie vielleicht eine der beiden Personen?" Die Rechtsmediziner hatten sich selbst übertroffen, als sie die Gesichter von Anna und Berti soweit wiederhergestellt hatten, dass man Fotos davon eventuellen Zeugen zeigen konnte. Nochmals schlug Frau Lohse die Hand vor den Mund. „Das ist das Miststück, das mich um mein Geld betrogen und den Schmuck geklaut hat! Mit dem Enkeltrick, wissen Sie?"

Kommissarin Hartmann nickte. „Dann ist jetzt ein wenig klarer, was wohl passiert ist. Wir haben vorhin aus Hessen und Bayern bestätigte Meldungen bekommen. Das Pärchen hatte bereits mehrfach mit dem Enkeltrick alte Menschen übers Ohr gehauen. Sie haben es wohl auch bei Herrn Zeman versucht und sind bei ihm an den Falschen geraten. Irgendwie muss er sie überwältigt haben, wir wissen noch nicht wie. Ob er sie vom Dach des Hauses gestürzt hat oder aber ob die beiden keinen Ausweg mehr sahen, nachdem Zeman die beiden enttarnt hatte, wird wohl ein ungeklärtes Rätsel bleiben. Aber ich denke, Herr Zeman hat mit dem, was er auch immer getan haben mag, noch einige Menschen vor einer Katastrophe bewahrt. Tragisch, dass er dafür möglicherweise ins Gefängnis gekommen wäre!"

Frau Lohse trat ans Fenster, blickte in Richtung des Hochhauses am Stadtweiher und flüsterte: „Danke, Jakub ... in unser aller Namen!"

13

Interpret: PUR

Erscheinungsjahr: 1993

Diese Erzählung entstand wutentbrannt Ende 2015 innerhalb von zwei Stunden, nachdem ich in den Nachrichten von der Nivellierung des § 217 BGB gehört hatte. Diese Rechtsgrundlage befasst sich mit der Hilfestellung bei Suiziden. Es mag ja sein, dass die Abgeordneten, die diese Änderung eingebracht haben, von hehren Zielen geleitet gewesen sein mögen, aber ... ich spreche JEDEM anderen Menschen das Recht ab, beurteilen oder gar entscheiden zu können, wann ein anderer sein eigenes Leben als nicht mehr lebenswert ansieht. Diese Machtbefugnis DARF keinem Mediziner oder Geistlichen überlassen werden, diese Macht darf nur jeder selbst innehaben. Denn: wir durften nicht entscheiden, ob wir geboren werden wollten. Aber in JEDEM Falle muss der Einzelne das uneingeschränkte Recht haben, über sein eigenes Ende zu entscheiden.

Noch ein Leben

Langsam öffnete sich die Tür der Sparkassenfiliale an der Heyestraße. Der Zugang lag nach innen versetzt einige Meter von der sonstigen Häuserfront entfernt. Direkt daneben befand sich die Rampe einer Zufahrt zur Tiefgarage. Das Rolltor war hochgezogen, der Raum dort war unbeleuchtet und wirkte wie der finstere Rachen eines Ungeheuers.

Zwei Personen verließen das Gebäude, eng aneinandergeschmiegt. Sie waren jedoch in dem vagen Licht, das von der Straße hereindrang, für die Passanten auf der gegenüberliegenden Straßenseite kaum zu erkennen. Mit winzig kleinen Schritten kamen die beiden näher ins Licht und es erhob sich ein Raunen in der Menschenmenge, die sich hinter dem Polizeiabsperrband versammelt hatte.

Ein aufgeregt wirkender Mann in Zivil sprach den neben ihm stehenden uniformierten Polizisten an: „Vergrößern sie umgehend den Absperrbereich, komplett zwischen Hardenberg- und Hatzfeldstraße. Aber schnell, Mann, wir können uns nicht erlauben, dass er weitere Geiseln nimmt oder Unbeteiligte bei einer Schießerei verletzt." Der Angesprochene reagierte sofort und gab die Anweisung an die sichernden Streifenbeamten weiter. Die Menschen, die sich sensationslustig auf dem Platz vor dem REWE Supermarkt versammelt hatten, murrten zwar, gaben aber ihren Widerstand gegen die resolut vorgehenden Beamten schnell auf.

Die Einsatzleitung in Person des 1. Kriminalhauptkommissars Anders Schwertfeger war vor wenigen Minuten eingetroffen und musste erst die

Lage sondieren und sich von den vor ihm eingetroffenen Kräften informieren lassen. Trotz Sirene und Blaulicht hatte ihn die Fahrt vom Jürgensplatz fast eine Stunde gekostet, da durch diverse Baustellen im Innenstadtbereich sowie mehrere Unfälle an Verkehrsknotenpunkten der Verkehr in der Landeshauptstadt fast völlig zum Erliegen gekommen war. Lediglich das Team des SEK war zeitnah eingetroffen, da sie sich zu einer Übung auf einem Feld bei Hubbelrath befunden hatten und von dort binnen acht Minuten nach Eingang des „stillen Alarms" den Tatort erreicht hatten. In Eigeninitiative hatte der Gruppenführer seine Leute an strategischen Punkten postiert, darunter in den Räumen eines Nachhilfeinstitutes, die sich im Haus gegenüber der Sparkasse im ersten Stock befanden. Der dort postierte Präzisionsschütze hatte das schmale Fenster zum Balkon geöffnet und konnte durch die Gitterbalustrade den Eingang der Bank leidlich gut erkennen. Über sein Headset gab er dem Kommandoführer durch: „Täter im Sichtfeld, BEWA (bewaffnet), unmittelbare Bedrohungslage, Täter hält Geisel Schusswaffe an die Schläfe." Diese Durchsage war auch in dem als Leitstelle genutzten Transporter zu hören und wurde von einem Techniker aufgezeichnet. Bevor Schwertfeger darauf reagieren konnte, kam die nächste Durchsage: „Täter zieht sich mit Geisel in Gebäude zurück. Keine freie Sicht, Tür durch Rollos verhängt." „Kacke", fluchte Schwertfeger und hieb mit der flachen Hand auf den Metalltisch mit der Aufzeichnungstechnik, sodass der Kollege mit den

Kopfhörern erschreckt zusammenzuckte. Der Leiter des SEK Teams betrat ebenfalls den Transporter und stellte sich vor. „Kallweit, angenehm. Ich habe das Kommando erst vor zwei Wochen übernommen und mache mich mit den Stärken und Schwächen meiner Leute erst noch vertraut. Daher kommt mir ein Einsatz wie dieser zwar noch etwas ungelegen, aber irgendwann muss es ja eh mal sein. Wie wollen Sie vorgehen?"

Schwertfeger überlegte kurz. „Bislang haben wir keinerlei Infos außer dem „stillen Alarm" aus der Sparkassenzentrale. Der Mann hat noch keine Forderungen gestellt. Ich denke, wir warten noch auf den Psychologen und nehmen dann Kontakt auf." Kallweit nickte und gab flüsternd entsprechende Kommandos an seine Leute weiter. Schwertfeger bat den Techniker, die Videoaufnahmen abzuspielen, auf denen der Täter beim Verlassen der Bank zu sehen war. Der Mann zoomte einen Bildausschnitt so nahe wie möglich heran. „Sorry, besser geht es bei den schlechten Lichtverhältnissen nicht." Auf dem Monitor zeigte sich ein krisseliges Bild, aber es war zu erkennen, dass es sich bei dem Geiselnehmer um einen älteren Mann um die 70 handelte, der mit einem entschlossenen Gesichtsausdruck seine Pistole an den Kopf einer Person hielt, nach der Kleidung zu urteilen eine Frau, deren Kopf von einem undurchsichtigen Leinenbeutel bedeckt war. „Die Waffe … was meinen Sie … echt oder Fake?" Der Mann an der Videoanlage blickte Schwertfeger fragend an.

„Ich nehme an, sie ist echt. Können sie an der Bildqualität noch was machen?“ „Ich gebe mein Bestes … dauert nur ein wenig.“ Der Einsatzleiter klopfte dem Kollegen leicht auf die Schulter, als sich die Wagentür erneut öffnete und eine Frau in Zivil eintrat. „Katja Breidenbach, forensische Psychologin vom Polizeipräsidium Duisburg, im Moment zur Hospitation in Düsseldorf. Haben sie schon mit dem oder den Tätern gesprochen?“ Schwertfeger stellte sich kurz vor und verneinte die Frage. „Wollen Sie das Ersttelefonat übernehmen oder soll ich …?“ Breidenbach blickte den Polizisten mit leicht schief gehaltenem Kopf an. „Ihr Spielfeld, Frau Breidenbach. Kessler, machen Sie uns eine Verbindung in die Bank.“

Nach zehnmaligem Klingeln meldete sich eine ruhige Männerstimme. „Ja?“ „Hier ist Katja Breidenbach, Polizei Düsseldorf. Mit wem spreche ich bitte?“ Stille! „Wollen Sie mir nicht Ihren Namen nennen? Gut, dann …“ „Nennen Sie mich Walter.“ „Ist das Ihr Vorname?“ Stille! „Gut dann, also Herr Walter. Geht es Ihnen gut? Wie geht es den Menschen in der Sparkasse? Wie viele Personen befinden sich …“ Sie wurde unterbrochen. „Zwei Millionen Euro, in ungeschliffenen Diamanten, nicht kleiner als zwei Karat, nicht größer als fünf. Nicht signiert, nicht gelasert, lupenrein, Farbe nach Wahl. Sie haben drei Stunden Zeit. Sie stellen mir einen Dienstwagen der Polizei mit einem Fahrer, der mich nach Essen-Mülheim zum Flugplatz bringt. Dort steht eine mindestens zweimotorige Maschine zu meiner

Verfügung. Der Luftraum bleibt frei. Ich werde im Falle von Gegenmaßnahmen sofort ein Exempel an den Geiseln statuieren. Dies ist das einzige Gespräch bis zur Ankunft des Fahrzeugs um … 17.30 Uhr. Die Zeit läuft, Frau Breidenbach." Damit legte der Mann auf.

Stumm sahen sich Verhandlungsführerin und Einsatzleiter an. In dieser kurzen Zeit würde es verdammt schwer werden, die geforderten Edelsteine in der bezeichneten Qualität zu erhalten, dafür musste man kein Schmuckexperte sein. Schwertfeger hängte sich sofort ans Telefon und sprach mit dem Polizeipräsidium und dem Innenministerium. Breidenbach hörte sich die Aufzeichnung des Telefonats an. Als Beide mit ihren Vorhaben fertig waren, begann die Psychologin: „Nach der Stimme und den Bildern schätze ich den Mann auf ca. 70 Jahre. Er ist gebildet und sich seines Handelns wohl bewusst. Er ist entschlossen und hat diesen Auftritt offensichtlich minutiös geplant. Ich denke, es hat zwar wenig Sinn, aber ich probiere doch noch einmal, ihn anzurufen." Ihre Annahme bestätigte sich. Nachdem das Rufzeichen 30 Mal erklungen war, legte sie auf. „Herr Schwertfeger, haben wir eigentlich Zugriff auf die Kameras, die in der Bank montiert sind?" „Wir sind mit der Datenzentrale der Stadtsparkasse vernetzt, aber das nützt nichts. Der Täter hat die Kameras mit einem Gehstock mit Metallgriff direkt nach dem Betreten der Räumlichkeiten zerstört. Weder visueller noch Audio-Kontakt." „Kann man aus einem Nachbarraum oder Nachbargebäude irgendwie die

Bankräume anzapfen?" Schwertfeger schüttelte den Kopf. „Leider nicht. Massiver, armierter Stahlbeton. Das geht nicht geräuschlos. Daher fällt auch eine Sprengung und Eindringen des SEK als Option aus."

Der Kommandoführer des SEK hatte mittlerweile seine Leute umgruppiert. Einer der Spezialisten hatte sich an der Häuserfront entlanggeschlichen und sich direkt neben dem Bankeingang auf der Tiefgaragenrampe postiert. In diesem Moment fuhr Kallweit herum und raunzte einen Streifenpolizisten an: „Mensch, Junge, schaff mir die Pressemeute vom Hals. Die bringen es noch fertig und senden ein Livestream unserer Aktionen übers Internet, sodass der Täter über jeden unserer Schritte informiert ist." Kallweit war seit dem Anschlag auf das französische Satiremagazin Charlie Hebdo sensibilisiert, da im Zusammenhang mit diesem Fall die Medien live im TV gezeigt hatten, wie die Spezialkräfte zum Zugriff vorgerückt und die Täter somit auf den Vorstoß vorbereitet gewesen waren. Sichtlich angepisst ob dieses Anpfiffs zog der Beamte los und drängte mit drei Kollegen die neugierigen Pressevertreter ab.

In Gerresheim war das absolute Chaos ausgebrochen. Die sonst stark befahrene Heyestraße war wegen der Geiselnahme abgesperrt worden und somit kam auch kein Zug der Rheinbahn mehr durch. Diverse Einsatzfahrzeuge hatten weiträumig sämtliche Zufahrten zu dem Bereich blockiert.

Unerbittlich wanderten die Zeiger der Uhr im Transporter der Einsatzleitung vorwärts. Dann klingelte das Telefon im Wagen. „Die Steine sind da. Ein Glück! Und wir haben sogar noch 15 Minuten vor Fristablauf Zeit. Nur wie kommen wir mit ihm in Kontakt, wenn er doch nicht rangeht?" Diese Frage beantwortete sich von selbst, da in diesem Augenblick das Handy der Psychologin klingelte. „Frau Breidenbach, 15 Minuten bis Fristablauf. Können Sie meine Forderungen erfüllen?" „Ja, Herr Walter, die Steine sind entsprechend Ihren Parametern eingetroffen." „Gut! Dann wird in … 14 Minuten eine weibliche Beamtin mit T-Shirt und Shorts bekleidet unbewaffnet mit einem Einsatzwagen vorfahren. Ich komme mit einer Geisel heraus, die ich mit in das Flugzeug nehmen werde. In Essen Mülheim …" Breidenbach unterbrach ihn. „DAS geht nicht, Herr Walter. Wir können Sie nicht MIT einer Geisel wegfliegen lassen. Die brauchen Sie dann doch auch gar nicht mehr. Abschießen können und dürfen wir Sie nicht und …" Die Stimme des Mannes hatte jetzt jeden freundlichen Ton verloren. „WAGEN SIE ES NICHT, MICH NOCH EINMAL ZU UNTERBRECHEN! Also, ich werde die Maschine zuvor auf Transponder und Wanzen untersuchen, ich habe dazu die technischen Möglichkeiten. Ich werde selbst fliegen. Im Umkreis von 500 Metern wird sich kein Beamter aufhalten, dies dürfte außerhalb des Bereiches ihrer Präzisionsschützen liegen. So, jetzt sind es noch elf Minuten. Bis gleich!" Damit legte er auf.

Die Anspannung bei allen Beteiligten stieg ins Unermessliche. Kallweit rief seine Kräfte zu extremer Wachsamkeit auf. Bislang mussten sie davon ausgehen, dass es sich um einen Einzeltäter handelte. Das war gut UND schlecht zugleich. Gut, weil nur EIN Täter im Fall der Fälle auszuschalten war – schlecht, weil Einzeltäter noch schwerer zu kalkulieren waren als eine Tätergruppe – vor allem, wenn man so wenig über ihn wusste wie über diesen „Walter". Eine Suche in den Polizeisystemen anhand der Gesichtsaufnahmen war erfolglos geblieben. Der Mann war aus Polizeisicht ein unbeschriebenes Blatt.

17.30 Uhr. Punktgenau hielt ein Streifenwagen vor dem Gebäude Heyestraße 109. Eine genauestens eingewiesene Beamtin stieg aus, nur mit einem schwarzen T-Shirt und einer Boxershorts bekleidet. Sie achtete darauf, nicht in der Schusslinie des SEK-Spezialisten zu stehen und wartete. Langsam öffnete sich die Tür der Bankfiliale. Wieder kam der Mann mit der Geisel heraus, die Waffe an den Kopf der durch den Leinenbeutel unkenntlichen Person gepresst. Die Beamtin hob die Hände und drehte sich um die eigene Achse, um zu zeigen, dass sie unbewaffnet sei.

„Zeigen Sie mir die Steine." Die Polizistin beugte sich in das Wageninnere, holte einen Koffer hervor und legte diesen geöffnet auf die Motorhaube. Der Täter trat mit seiner Geisel auf den Bürgersteig und kam auf den Wagen zu, sich vorsichtig umblickend. Den SEK-Mann in der Tiefgaragenzufahrt bemerkte er nicht.

„Walter" wechselte die Waffe in die linke Hand und fuhr mit der rechten durch den Edelsteinhaufen. Er trat einen Schritt zurück und ... dann passierte es! Der SEK`ler auf der Garagenzufahrt hatte sich erhoben und nach vorne gewagt, was der Täter aus dem Augenwinkel bemerkt haben musste. Dieser spannte den Hahn seiner Automatik. Der Präzisionsschütze im gegenüberliegenden Haus rief diese Beobachtung in sein Headset und nach einer Schrecksekunde brüllte Schwertfeger: „SWG (Schusswaffengebrauch) frei, eigenes Ermessen!" Der Scharfschütze hatte den Täter die ganze Zeit im Zielfernrohr verfolgt und ihn sicher im Blick gehabt. Er bemerkte, wie sich der Finger des Geiselnehmers leicht zu krümmen begann und schoss. In der Optik seiner Waffe sah er, wie das Projektil in der Stirn des Mannes aufschlug, ein kleines Loch hinterließ und mit einer gewaltigen Explosion aus Blut, Hirnmasse und Knochen aus dem Hinterkopf austrat. Der Erschossene sackte in sich zusammen und sein Arm glitt von der Schulter seiner Geisel. Die Stofftüte, die den Kopf der Frau bedeckt hatte, war blutdurchtränkt. Beamte eilten sofort auf die Frau zu und brachten sie aus der real gar nicht mehr existierenden Gefahrenzone und führten sie zu einem bereitstehenden Krankenwagen. Ein Arzt untersuchte den Getöteten und stellte logischerweise fest: „Exitus!" Die Polizistin in der Unterwäsche hatte die Waffe des Geiselnehmers aufgehoben, untersuchte sie und ... zuckte zusammen: Weder im Magazin noch im Lauf steckte eine Patrone und der Schlagbolzen war komplett abgefeilt worden.

Zwei Stunden später saß eine ernst dreinblickende Frau in einem Verhörzimmer des Polizeipräsidiums. Die ehemalige Geisel, eine Bankangestellte namens Nele Schäfer, schwieg zu allen ihr gestellten Fragen und blickte jetzt in die zunehmend verärgerten Gesichter der sie befragenden Polizisten. Dann räusperte sie sich. „Ich möchte, dass Anwalt John Keller hierherkommt. Wenn er da ist und ich mich mit ihm besprochen habe, werde ich Ihnen antworten." Verdutzt sahen sich die Beamten an und nach einigen Sekunden ergriff Schwertfeger die ihm zugeschobene Visitenkarte mit der Nummer des Juristen. Ein kurzes Telefonat und Frau Schäfer wurde bis zum Eintreffen ihres Rechtsbeistandes in einen Warteraum gebracht.

Als Keller eingetroffen war, verlangte er einen Raum, in dem er sich ungestört und unabgehört mit seiner Mandantin besprechen konnte. Nach einer halben Stunde öffnete sich die Tür dieses Raumes und die wartenden und nun extrem wütenden Beamten wurden eingelassen. Keller saß neben Nele Schäfer und hielt einen Stapel bedruckter Blätter in seinen Händen. Als alle Platz genommen hatten, erhob sich die Frau, öffnete ihre Hose und zog aus dem Hosenbein einen gleich großen Papierstapel, wie ihn der Anwalt hatte. „Ich habe hier ein Schreiben von Robert Hagedorn ... der Mann, den Sie vor ein paar Stunden erschossen haben. Er hat mir dieses Schriftstück ausgehändigt mit der Bitte, es nach vorheriger Konsultation mit meinem

Anwalt Ihnen auszuhändigen. Er äußerte die Bitte, dass der leitende Ermittler seinen Text laut vorlesen würde, damit er auch aufgezeichnet würde. Ich kenne Robert Hagedorn seit über 15 Jahren. Er war mein Nachbar, als mein Mann und ich mit unseren Kindern noch in Flingern wohnten. Das wäre alles, was ich Ihnen zum jetzigen Zeitpunkt zu sagen habe."

War Schwertfeger bis eben noch stinksauer gewesen, war er jetzt einfach nur verblüfft. Er nahm die Blätter an sich und, wie von einem Zwang getrieben, begann er, laut vorzulesen:

Mein Name ist Robert Hagedorn. Ich wurde 1945 in Düsseldorf geboren. Ich erkläre hiermit, dass ich die Tat im Vollbesitz meiner geistigen Kräfte und ohne jegliche Beteiligung Dritter begangen habe. Ich hatte nie die Absicht gehabt, irgendeinem Menschen Schaden zuzufügen – vor allem nicht Frau Schäfer, die ich sehr schätze. Ich werde Ihnen jetzt die Hintergründe meiner Tat erklären:

Ich war viele Jahre glücklich mit Cosima, meiner Frau, verheiratet. Sie verstarb vor sechs Jahren an Krebs. Ich habe in der Zeit danach versucht, mein Leben in den Griff zu bekommen und ihm irgendeinen Sinn zu geben. Ich hatte viele Jahre den Kindern in der Nachbarschaft Nachhilfe in Englisch und Naturwissenschaften gegeben, darunter auch den beiden Kindern von Frau Schäfer, bei denen ich gelegentlich auch als Babysitter aushalf. Diese Arbeit intensivierte ich nun.

Vor drei Jahren nun wurde bei einer Routineuntersuchung ein Hirntumor bei mir festgestellt. Ich durchlief das gesamte Programm der konventionellen Therapien, versuchte mich auch in einigen alternativen Heilmethoden – alles blieb jedoch ohne nennenswerten Erfolg. Im Gegenteil, der Tumor wuchs weiter und es zeigten sich erste Ausfallerscheinungen. Mehrere Ärzte eröffneten mir, dass der Tumor inoperabel sei und ich mich auf das Ende vorbereiten müsse. Man beschrieb mir die Möglichkeiten der Palliativmedizin und riet mir, meine Angelegenheiten zu regeln.

Ich habe mein Leben stets selbstbestimmt geführt und gedenke nicht, diesen Weg kurz vor meinem Lebensende zu verlassen. Bevor ich also als sabbernder Greis in einem Pflegeheim oder als beatmetes Stück Fleisch auf einer Intensivstation ende, werde ich mein Leben selbst beenden. Das war mein Entschluss und deshalb wurde ich Mitglied im Verein „Vita mia", der unheilbar Erkrankten beim begleiteten Suizid hilft.

Vor wenigen Monaten sahen sich unsere Volksvertreter genötigt, ein Gesetz zu verabschieden, das die segensreiche Arbeit dieser mitfühlenden Menschen und Mediziner unmöglich machte und sogar kriminalisierte. Somit stand ab sofort der Beistand beim Suizid unter Strafe, sofern er geschäftsmäßig betrieben wird. Hinter diesem juristischen Begriff verbirgt sich lediglich die verklausulierte Aussage, dass die Handlung der Helfenden auf Wiederholung ausgelegt ist. Welch ein Hohn! Nach diesem unsäglichen Handeln der Abgeordneten des Bundestages sahen die Gründer und Mitglieder von „Vita mia" keine andere Möglichkeit, als den Verein aufzulösen und ihre Tätigkeit einzustellen.

Zu keinem Zeitpunkt hat ein Vertreter von „Vita mia" Forderungen gestellt, weder wirtschaftlich noch nach Handlungen. Eine umgangssprachliche Geschäftsmäßigkeit war also nie gegeben.

Ich habe lange hin und her überlegt und nach einer Lösung gesucht. Diese fand ich vor wenigen Wochen. Dieser Staat hat sich in inakzeptabler Weise Macht über mein Leben und meine Entscheidungsfreiheit angeeignet. Daher werde ich konsequenterweise auch IHN in die Pflicht nehmen, hier Abhilfe zu schaffen.

Ich bin kein Held, ich bin eher feige und ich habe in meinem Leben mehr Schmerz ertragen müssen, als für mich gut war. Ich kenne niemand, der bereit wäre, mein Leben für mich zu beenden. Sämtliche, einem normalen Menschen zur Verfügung stehenden Möglichkeiten des Suizids bergen in sich das Risiko des Scheiterns ... mit teilweise schlimmen Folgen. Schlaftabletten können nicht ausreichen, Drogen sind mir nicht zugänglich, im Falle des Erhängens könnte ich zu früh gefunden und wiederbelebt werden – die Liste ließe sich beliebig fortsetzen.

Ich traf meine frühere Nachbarin, Frau Schäfer, wieder, was die Initialzündung für meinen Plan war. Ich wusste um ihren Job und traf meine Vorbereitungen.

Wenn Sie diese Zeilen lesen, werde ich nicht mehr leben ... und das war auch meine Absicht. Vielleicht hätte ich ja doch den Mut aufgebracht, mich zu erschießen, aber diese Vorgehensweise bietet mir eine letzte Möglichkeit, auf dieses würdelose Gesetz aufmerksam zu machen.

Ich habe Frau Schäfer, die mich sicher sofort beim Betreten der Bank erkannt hat, erst kurz, bevor ich sie mit der Tasche über dem Kopf das erste Mal nach draußen führte, über meinen Plan informiert. Sie hatte keine Möglichkeit zu intervenieren, da ich ihr vorgaukelte, ein Messer zu besitzen, welches ich notfalls verwenden würde – aber nie gegen sie. Indem Sie, Herr oder Frau Polizist, diese Zeilen lesen, gehe ich davon aus, dass Frau Schäfer meine Beweggründe verstanden hat. Sie hat von mir den gleichen Schriftsatz erhalten, ergänzt um die Kontaktdaten eines guten Anwalts, den sie sicher hinzugezogen hat. Ich glaube nicht, dass Sie ihr Schwierigkeiten machen können.

Bevor ich nun meine Ausführungen beende, richte ich mich an den Beamten, der den tödlichen Schuss auf mich abgegeben hat: ich werfe Ihnen nichts vor, im Gegenteil: ich DANKE Ihnen! Sie haben Ihre Pflicht getan und damit mich vor einem menschen-unwürdigen Ende bewahrt. Ich bete für Sie und Ihre

Familie, dass Sie das durch mich Erlebte schnell verarbeitet haben werden. In St. Margareta am Gerricusplatz in Gerresheim brennt für Sie eine Opferkerze als mein Dank.

Ich schließe nun … es war MEINE Entscheidung! Ich hatte keine andere Wahl!

14

Interpret: Fischer Chöre (Original: Roy Black)

Erscheinungsjahr: 1976

Weihnachten war immer das höchste Fest in meiner Familie. Es war sehr traditionell, sehr gefühlvoll und leider oft genug auch sehr stressig. Aber in jedem Falle liebte ich die Vorfreude auf diesen großen Tag – nicht allein wegen der Geschenke, sondern wegen der Heimlichkeit, der Erwartung von etwas Besonderem, der Festlichkeit und des Lichterglanzes. In jedem Fall war es DAS Familienfest. Was aber, wenn die Familie auf einmal zerrissen ist? Wie geht ein kleiner Junge mit dieser Veränderung um? Ich gebe zu, auch heute mit den Tränen zu kämpfen, wenn ich dieses Weihnachtslied höre.

Weihnachten bin ich zu Haus'

Verdammt, wie lange ist das jetzt her? Ja, es war im vergangenen Jahrtausend, im vergangenen Jahrhundert, genauer gesagt, am 24.12.1966. So alt bin ich schon?

Dieses Jahr war an sich schon eine einzige Anhäufung von Katastrophen gewesen. Die zunächst Schlimmste: ich wurde eingeschult! Hatte ich mich noch erfolgreich gegen eine tägliche Unterbringung im Kindergarten zur Wehr gesetzt, konnte ich dieser erneuten Zwangsmaßnahme nicht mehr entgehen. Ich konnte und wollte nicht einsehen, was es mir bringen sollte, tagtäglich Zäunchen zu malen, die später gestückelt als Buchstaben verwandt werden sollten.

Die an sich kleine Wohnung auf der Florastraße in Düsseldorf war mittlerweile doch zu groß und teuer geworden, als dass meine Eltern sie sich hätten weiter leisten können. Es war an sich schon schwer genug. Mein Vater hatte schwerste Verletzungen aus dem Krieg mitgebracht und sich zunächst als Hilfsarbeiter bei den Amerikanern durchgeschlagen. Diesem Job folgte ein nicht minder schlechter: Vertreter für Werbemittel, unterwegs bei Wind und Wetter mit dem Motorroller quer durch das Ruhrgebiet. Mutter versuchte, die Haushaltskasse aufzubessern, indem sie das elterliche Schlafzimmer an Messegäste vermietete. Sie war eine geniale Köchin und Gastgeberin, insofern war das im Preis enthaltene Frühstück für die Gäste aus aller Welt entsprechend großzügig und aus meiner heutigen Sicht besser als in den meisten Hotels. Wie bin ich jetzt hierhin gekommen? Ach ja, die Wohnung! Meine Eltern hatten sich wirklich Mark für Mark das gesamte Geld für Genossenschaftsanteile zusammengespart und sich in eine Wohnungsbaugenossenschaft eingekauft. Zum Anfang des nächsten Jahres stand also ein Umzug an, auf die linke Rheinseite nach Heerdt. Kaum hatte ich mich an die Klassenkameraden in der evangelischen

Knabengrundschule an der Konkordiastraße gewöhnt, musste ich schon wieder weg. Ich fand das Oberaffendoppelkacke!

Aber hinter meinem Rücken war etwas passiert, was mir den Boden unter den Füßen wegzog. Meine Schwester Bärbel wohnte nicht mehr in der Wohnung, ich weiß nicht mehr, warum. Aber im Sommer, kurz vor meiner Einschulung, wurde mir mitgeteilt, dass mein Bruder, zehneinhalb Jahre älter als ich, ebenfalls aus dem Haus gehen würde. Rainer hatte einen Ausbildungsplatz als Seemann ergattert und würde nach den Ferien nach Bremen gehen, um dort auf dem Segelschulschiff „Deutschland" das nautische Handwerk zu erlernen. Sicher, unser Vater hatte sich im Rahmen seiner Möglichkeiten um uns gekümmert und sich um eine gute Erziehung bemüht. Aber ein echtes Vorbild, eine Orientierung – nein, das war er für mich nicht. Diesen Job füllte mein Bruder aus, der sich, ganz sicher nicht selten zum Spott seiner Kameraden oder Mitschüler, sehr um mich kümmerte, viel mit mir unternahm und einfach nur da war. So ruderte er mich auf den damals noch existierenden Booten über den Schwanenspiegel, fuhr mit mir zum Wasserspielplatz am Südpark oder machte mit mir Ausflüge an den Rhein. Ich sonnte mich zufrieden und sicher unter den Fittichen meines großen Bruders Rainer.

Und der sollte jetzt weg gehen? Jedes Mal, wenn ich darüber nachdachte, saß mir ein Kloß in der Kehle. Und auch heute noch werde ich sehr emotional, wenn ich an diese Zeit zurückdenke. Ich war nicht dabei, als mein Vater ihn nach Bremen begleitete und auf dem Segler ablieferte. Aber wie das so ist mit Trauer und Verletzungen und Schmerzen … mit der Zeit drängte der Alltag diese Dinge in den Hintergrund und machte sie erträglicher.

Weihnachten hatte in meiner Familie immer eine besondere Bedeutung und wurde wie kein anderes Fest traditionell gefeiert. Dazu gehörte das obligatorische Schmücken des Baumes am Morgen des Heiligen Abends durch meinen Vater, die ohrfeigengeschwängerte Luft in der Küche, in der meine Mutter schweißgebadet und mit wirrem Haar umherwirbelte, um für die Festtage so viel Speisen zuzubereiten, als wären wir zahlreicher als die Walton-Familie. Was das ist? Stimmt, muss ich erklären: das war eine TV-Serie aus den 70ern über eine einfache amerikanische Landfamilie mit sieben Kindern.

So wurden Frikadellen, Soleier, Kartoffelsalat und Kassler für die Feiertage vorgekocht. Für den Heiligen Abend war es aber eine ebenso heilige Pflicht, einen Puter mit Füllung, selbst gemachten Rotkohl sowie einen sogenannten Serviettenkloß zuzubereiten. Alles in allem eine sehr arbeitsintensive Küche, das weiß ich heute aus eigener Erfahrung.

Die Sonntage waren am schlimmsten, wo sie doch eigentlich die schönsten Tage im Advent sein sollten. Da hatte ich Zeit, wurde durch nichts abgelenkt, aber die Freunde durften nicht zum Spielen rauskommen, da man in Familie machte. Klar, es gab die Kinderstunde im Fernsehen, mit Sendungen wie „Sport-Spiel-Spannung" oder „Mato, der Indianer" oder meine heißgeliebte Augsburger Puppenkiste. Ja, liebe Kinder, in unserem alten Fernsehgerät gab es nur EINEN TV-Sender und der lief nur in schwarz-weiß. Und es gab so etwas wie einen Sendeschluss und es gab Ansagerinnen ... aber ich schweife wieder ab.

In dieser Zeit gab es sowas wie Internet oder Handys nicht. Wollte man mit dem Ausland telefonieren, musste man manchmal diese Gespräche vorher anmelden und dann zu einer bestimmten Zeit vor dem Telefon sitzend warten ... ohne sicher sein zu können, dass die Verbindung zustande kommen würde. Noch schwerer war es, mit Schiffen zu telefonieren. Wenn man nicht gerade einen Funker im Bekanntenkreis hatte, war man auf „Radio Norddeich", eine Seefunkstation, angewiesen. Wir wollten natürlich diese Möglichkeit nutzen.

Vater hatte ein Tonbandgerät, mit dem er Bänder besprach, die er dann seinem Bruder und dessen Familie nach Amerika schickte. Der Alltag wurde beschrieben, Neuigkeiten aus der näheren oder erweiterten Familie, Schönes, Trauriges ... eben eine Art akustischer Spiegel unseres Lebens. Wir saßen also am 2. Advent allesamt im Wohnzimmer und warteten mucksmäuschenstill auf Vaters Signal, aufgrund dessen wir einstudierte Texte auf Band sprechen sollten. Dieses Prachtwerk von 15 Sekunden wurde dann verpackt und an „Radio Norddeich" gesandt, damit unsere Grüße am Heiligen Abend an meinen Bruder, irgendwo auf einem der Weltmeere, gesendet werden konnten. Außerdem erweiterten wir unser „Sendespektrum", indem wir einen nahezu gleichlautenden Text an „RTL Radio" sandten, die dann am 24.12. ganze Sendungen mit Weihnachtsliedern und Grüßen über Kurzwelle in den Äther schickten.

Aber zurück zum 24.12.1966. Fest stand, dass wir alleine sein würden. Bereits am Freitagabend hatte Vater bedrückt erklärt, dass es wohl doch nichts mit Rainer zu Hause sein würde – was zur Folge hatte, dass ich den Abend heulend unter dem Wohnzimmertisch verbrachte.

Am Morgen des 24.12. waren meine Eltern früh aufgestanden. Ich war durch das Klappern in der Küche aufgewacht und tappte schlaftrunken durch die Diele. Mutter war hektisch und ich wurde schnell mit einer Stulle und einer Tasse elend heißen Hagebuttentee ins Kinderzimmer geschickt. Dort kaute ich lustlos auf dem Brot herum, hörte mir auf dem von meiner Schwester zurückgelassenen Plattenspieler Hörspiele an (das waren pizzagroße schwarze Scheiben, auf der Musik gespeichert wurde – nicht onlinefähig und in keinen CD-Player passend) und spielte verträumt mit meinen Ritterfiguren. Mein aktueller Lieblingsheld im Kinderprogramm der ARD war damals „Ivanhoe, der edle Ritter", dargestellt vom späteren „James Bond"-Darsteller Roger Moore. Also spielte ich die Szenen der letzten Folgen mit meinen Ritterfiguren nach, bis ich auf die Idee kam, ich könnte mich doch auch als Ritter verkleiden und so selbst zu Ivanhoe werden. Gesagt, getan! Ich zog mir lange Kniestrümpfe an, umwickelte die Waden über Kreuz mit einem schwarzen Band (das hatte ich so in der Serie gesehen) und steckte mir mein Plastikschwert in den Gürtel meiner kurzen Hose. Faszinierend, wie wenig wir damals brauchten, um unserer Fantasie Flügel zu verleihen! So gewandet wagte ich mich wieder in die Diele, in der Vater gerade sorgfältig mit dem Christbaumschmuck hantierte. Diesen verfrachtete er ins Wohnzimmer, darauf achtend, dass ich keinen Blick ins verschlossene Wohnzimmer werfen konnte, als er hinter der Tür verschwand. Gelangweilt legte ich mich auf die Telefonbank in der Diele und ließ zwei Ritterfiguren einen imaginären Schwertkampf auf meinem Bauch ausüben. Ich war völlig ins Spiel vertieft, als es an der Tür klingelte.

Aus der Küche erscholl die hörbar genervte Stimme meiner Mutter: „Mein Gott, Heinz, geh doch mal an die Tür. Du weißt doch, dass ich zu tun habe. Das ist bestimmt der Postbote!". Mein Vater kam mit einer Zigarette im Mundwinkel aus dem Wohnzimmer, das er direkt wieder sorgfältig verschloss. In unserem Mehrfamilienaus gab es noch keine Gegensprechanlage. Daher musste man wohl oder übel einfach den Türöffner betätigen und sich überraschen lassen. Vater hatte als Weihnachtsgruß schon ein Päckchen

Zigaretten für unseren Postboten, Herrn Toups, bereitliegen, der die gleiche Marke wie mein alter Herr rauchte. Mich selbst interessierte das Geschehen weniger, da die Pakete der Großeltern aus der DDR und Bamberg bereits eingetroffen waren.

Es dauerte eine Weile und man hörte im Treppenhaus einen schlurfenden Gang. Vater wurde ungeduldig und holte sich aus der Küche eine Tasse Kaffee. Wieder an der Wohnungstür angekommen, öffnete er diese und blickte ins Treppenhaus. Was da zu uns in den zweiten Stock hochstieg, war ganz sicher nicht der Postbote – so viel war zumindest zu erkennen. Vater sah zuerst eine speckige, dunkle Mütze und eine beige Jacke. Dann erstarrte er in der Bewegung, fasste sich ans Herz … und rief laut: „Es ist der Junge!" Ich verstand nicht, setzte mich aber von Neugier geplagt auf. Meine Ritter lagen vor mir auf dem Fußboden, als unser Familienoberhaupt die Tür freigab und ein seltsam schmutziger Mann unsere Wohnung betrat. Dann erst erkannte ich ihn. MEIN BRUDER! Starrend vor Schmutz stand er grinsend da, einen Seesack über seiner Schulter tragend. „Ich bin doch rechtzeitig von Bord gekommen und habe noch einen Flieger erwischt. Bis gestern habe ich noch Rost in Karatschi geklopft!" Mutter war inzwischen ebenfalls aus der Küche gekommen und stand heulend im Türrahmen. Ich stand vor meinem großen Idol, mein Glück kaum fassend, und heulte vor Freude. Mein Rainer war wieder da – und das an Weihnachten!

Rainer wurde nach einer Tasse Kaffee und einer Portion Kartoffelsalat (ja, wir waren schon eine seltsame Familie) ins Bad genötigt, wo er den Schmutz der letzten Tage in der Wanne beseitigte. Liebend gerne hätte ich meinen Bruder belagert und ihm stundenlang zugehört, aber jetzt gehörte er erst einmal den Eltern. Zum Ausgleich hatte Vater den Fernseher ins elterliche Schlafzimmer gewuchtet, wo ich dann, frisch gebadet im Bett liegend, die Zeit bis zur Bescherung mit der Sendung „Wir warten aufs Christkind" überbrückte. Rainer hatte sich nach den Gesprächen auch ein wenig hingelegt. Er war müde von der Reise – das Wort Jetlag war mir damals noch nicht geläufig.

Abends aßen wir gemeinsam den Puter mit Rotkohl und Serviettenkloß, der wieder einmal prächtig gelungen war. Dann wurde die „gute Stube" geöffnet und die Bescherung folgte. Natürlich war ich glücklich über die Gaben, die ich von den Menschen bekommen hatte, die mich offenbar liebten – aber das größte Geschenk saß in unserer Mitte und riss wieder dumme Witze auf meine Kosten. Ganz egal – Hauptsache, er war da!

Und dann erklang aus dem Radio die Stimme der Moderatorin von RTL: „Und jetzt senden wir Grüße an den Schiffsjungen Rainer Marenski auf der „Wartenfels". Frohe Weihnachten sagen Papi, Mami, Bärbi und Jörgi!"

Heute schmunzle ich über diese Worte, aber es erfüllt mich auch mit tiefer Dankbarkeit, dass ich dieses einzigartige Weihnachtsfest erleben durfte. Und was ich besonders genieße, ist, dass sich zwei Brüder nach jahrelanger Funkstille wieder aneinander angenähert haben. DAS ist auch so etwas wie ein unbezahlbares Weihnachtsgeschenk!

1 5

Interpret: Hannes Wader

Erscheinungsjahr: 1977 (Original 1933)

Als ich das erste Mal dieses Lied hörte, war ich zu Tränen gerührt. Ich wusste aus dem Schulunterricht einiges über das Dritte Reich, aber das hier war so konkret, so unfassbar, so grausam. Viele Jahrzehnte später musste ich feststellen, dass Verbrechen dieser Art noch viel näher lagen als vermutet. Hier, in meiner Heimatstadt Düsseldorf, fanden Menschenversuche statt und Mediziner ließen Personen zur Vernichtung deportieren. Gemeinsam mit befreundeten, engagierten Autoren schufen wir eine Anthologie, aus der die folgende Erzählung stammt.

Die Moorsoldaten (T4 … voll krass)

Sie saßen zu fünft im bunten Herbstlaub, an ihrem angestammten Platz unter der Hainbuche, die jetzt schon wie ein goldenes Eis am Stiel über ihnen aufragte. Gelegentlich gab es einen Windstoß und dann wurden sie von einem Regen goldgelber Blätter überströmt.

Jasmin hatte in ihrem Rucksack eine Thermosflasche mit Glühwein mitgebracht, Tanja hatte für ein paar Tassen gesorgt. „Ey, du Schnalle, hast wieder nicht gedacht, dass wir fünf sind?", meckerte Tarek beim Anblick der vier Becher mit dem Stadtsparkassenmotiv. Entschuldigend zog Tanja die Schultern hoch. „Kann man doch mal vergessen, DU hast doch auch nicht an das Börek aus der Bäckerei deines Vaters gedacht." Tarek fuhr auf: „Willst du misch anmachen, du Blondie?" Er war aufgesprungen, aber vor ihm stand bereits Lars, nahezu anderthalb Köpfe größer und einen halben Zentner schwerer als der 17jährige Deutschtürke. Obwohl Lars so aussah, als ob er spielend mit einer Ohrfeige Typen wie Tarek umhauen könne, hatte er doch noch nie die Hand gegen den Jugendfreund erhoben. Es war auch nie nötig gewesen, denn mit seiner ruhigen Art wusste er immer, wie man mit Tarek umgehen musste, wenn dieser Stress mit seinen Eltern oder Brüdern hatte. „Schon gut, schon gut, isch setz misch ja. Brauchst machen keinen Stress." Lars schüttelte nur zweifelnd den Kopf und hockte sich wieder auf den Boden. Der Fünfte in der Runde, ein pummeliger, kleiner Schwarzhaariger, ergriff nun das Wort: „Wat jut, dat ihr misch noch habt. Mama hat wieder viel zu viel Antipasti für die Familia gemacht und ich hab was abgestaubt. Wenn ihr euren Francesco nicht hättet!" Damit packte er aus seinem Rucksack ein paar Gefrierdosen und Plastikgabeln aus. Die Gruppe stürzte sich begeistert darauf und nach kurzer Zeit waren Knoblauchbrot, gefüllte Artischocken, Vitello tonnato und das marinierte Rindfleisch aufgegessen.

Die anfängliche Meckerei war völlig unnötig gewesen, denn statt alle vier Tassen zu nutzen, machte nur ein einziger Becher zwischen den Fünfen die Runde. Langsam wurde es dunkel und die Freunde verabschiedeten sich voneinander.

Es war schon eine mehr als seltsame Konstellation: ein Türke, ein Italiener, eine Polin und eine Russin – und alle waren sie genau wie Lars Deutsche! Bereits in der Realschule waren sie eine Clique geworden, wenn auch mit anfänglichen Schwierigkeiten. Aber mit den Jahren fanden sie heraus, dass sie sich gegenseitig perfekt ergänzten. Auf sie traf das Sprichwort zu: das Ganze ist mehr als nur die Summe seiner Teile. War Tarek aufbrausend, holte Lars ihn runter. War Francesco zu großmäulig, brachte Tanja ihn wieder auf Spur. War Jasmin mal wieder ohne Selbstbewusstsein, wurde sie von Tarek verteidigt. So kam es auch, dass drei von ihnen gemeinsam nach der Realschule die Handelsschule besuchten und zwei zusammen eine Ausbildung in einer Großgärtnerei anfingen. Durch diese Ausbildung waren sie auch an ihren sehr speziellen Treffpunkt gekommen. Auf dem Gelände der LVR Klinik in Düsseldorf Grafenberg befand sich ein Park mit einem Baumlehrpfad, zu dem auch eine Anzahl von Gewächshäusern gehörte. Diese wurden von der Großgärtnerei betreut, in der Jasmin und Francesco ihre Ausbildung machten. Sie hatten entdeckt, dass es dort gegen Nachmittag sehr ruhig und friedlich war und sie zeigten eines Tages nach der Arbeit ihren Freunden diese Anlage. Seit diesem Tag war der Park des LVR-Klinikums, im Volksmund noch immer Ballerburg oder Plemmi-Anstalt genannt, zwei Mal pro Woche ihr fester Treffpunkt. Das nächste Meeting würde am folgenden Sonntag sein.

Tarek war wieder einmal der Letzte. „Tut misch leid, aber mein Vatta …" Lars schüttelte wieder den Kopf. Diese Mischung aus Turku-Ghetto-Deutsch und ein wenig rheinischem Platt ging ihm auf die Nerven – vor allem, da er wusste, dass Tarek astreines, grammatikalisch richtiges Deutsch sprechen konnte. Aber wie hatte dieser ihm einmal erklärt? Weißt du, wie oft ich die Fresse blau bekomme, wenn ich in meinem Viertel Goethe-Deutsch rede? Der Ghetto-Slang ist manchmal reiner Selbstschutz und da rutscht man einfach unbewusst rein. „Mensch, Großmufti, rede vernünftig! Wir sind hier nicht bei Kaya Yanar!" Grinsend schlug der Angesprochene seinem Freund auf die Schulter und händigte ihm eine große Sporttasche aus. „Schmutzige Wäsche?" „Nee, dieses Mal hab ich dran gedacht, damit Jasmin-Maus nicht wieder ausrastet." Die Tasche barst fast vor türkischen Spezialitäten, herzhaft und auch süß. Jasmin ging auf ihn zu, küsste ihn auf die Wange und hauchte: „Shukran, habibi (danke, mein Schatz)". Francesco verdrehte die Augen und rief: „Komm schon, Mr. Lover-Lover, hilf mir oder muss ich den Mist alleine schleppen?" Die anderen grinsten und jeder schnappte sich einen der bereitstehenden Klappstühle. Der Sonntag wurde seinem Namen gerecht, es schien der letzte Sonnentag des

Altweibersommers zu sein. Sie wollten ein Picknick veranstalten, auf ihrem Lieblingsplatz im Park auf einer Lichtung. Bis dorthin verirrte sich an diesen Tagen kaum ein Besucher oder Patient und sie würden dort Ruhe haben.

Irrtum! An der Stelle angekommen, sahen sie eine einzelne, in sich zusammengesunkene Person mitten auf der Lichtung hocken. Sie stoppten, blickten sich fragend an. Das war irgendwie wie ein Eindringen in IHRE Privatsphäre, in ihr ganz privates Reich. Was machte der Typ da? Hockte da einfach blöd rum und störte. Je länger sie den Menschen betrachteten, desto erregter wurde Tarek, bis er das aussprach, was jedem der fünf auf bestimmte Art und Weise durch den Kopf ging. „Was macht der Arsch da? Das ist UNSER Platz. Der soll sisch verpissen, der Honk!" Lars hatte sich Tanja, Jasmin und Francesco zugewandt und bekam daher nicht mit, wie Tarek auf die Person zuging. Er hörte auf einmal die laute, aggressive Stimme seines Freundes: „ Ey, du Honk, verpiss disch! Das ist unser Revier, Homie!" Vor Tarek saß ein Mann mit geneigtem Kopf auf einem Klapphocker. Die Person trug einen abgewetzten, beigen Trenchcoat und eine karierte Schirmmütze. Unter dem Mantel lugten ausgelatschte Caterpillar-Arbeitsschuhe hervor. Er beachtete den Deutschtürken nicht, sondern starrte weiterhin auf eine Reihe halb in den Rasen eingegrabener rechteckiger Steine. „Ey, du Opfer, isch red mit dir! Pass auf oder isch mach disch platt!" Damit stieß er sein Gegenüber mit einer Hand gegen die Schulter, woraufhin der Alte zu Boden rutschte. Lars und Jasmin kamen hinzugerannt und drängten Tarek von seinem Opfer ab. Das Mädchen beugte sich zu dem Mann herab und wollte ihm aufhelfen, aber dieser sprang mit einer Behändigkeit auf, die man ihm in seinem Alter niemals zugetraut hätte. Den Falten im Gesicht nach zu urteilen, musste er weit über 70 Jahre alt sein. Er schob das Mädchen sanft beiseite, ging auf Tarek zu und ergriff ihn am Handgelenk. Der Alte machte nur eine kleine, ruckhafte Bewegung und Tarek schrie auf und sank in die Knie, wimmernd seine Hand umklammernd. Lars wollte dem Freund helfen und sich dazwischendrängen, aber der Mann trat einen Schritt zurück, nahm eine Abwehrhaltung ein und ließ aus seiner linken Hand eine Teleskop-Stahlrute schnellen. „Stay away, boys, I don't want to harm you!"

Verschreckt gruppierten sich die Freunde um ihren verletzten Kumpel. Ihr Schulenglisch reichte aus, um die Worte den Mannes zu verstehen. Francesco fand als Erster die Sprache wieder: „Was soll das, Alter? Wir haben dir doch nichts getan ..." „Moment", mischte Tanja sich ein, „Tarek hat angefangen!" Die Fünf betrachteten ihr Gegenüber: jetzt wirkte der Mann ganz anders, nicht mehr hilflos und verfallen. Jetzt war er drahtig, agil und voller Spannung. Seine schokobraune Gesichtshaut zuckte jetzt ein wenig und langsam begann er zu grinsen. „No problem, Kids, ich war selbst ganz erschrocken!" Er ging auf Tarek zu, der vor ihm zurückzuckte. „Lass mich, Boy, ich kann helfen!" Sein amerikanischer Akzent klang irgendwie seltsam lustig. Er drückte einen Punkt an Tareks Handwurzel und schlagartig ließen die Schmerzen nach. Der Junge ließ sich von ihm aufhelfen und blickte ihn verunsichert an.

Lars ergriff nun das Wort: „Möchten sie sich zu uns setzen? Wir haben ein Picknick dabei. Dürfen wir sie einladen auf den Schreck?" Tarek brummelte zwar etwas von „einladen, den Arsch", bekam dafür von Tanja aber direkt einen Klaps auf den Hinterkopf. Der Alte zögerte, nahm aber dann doch dankend an. Francesco rannte los und holte einen weiteren Klappstuhl aus den Gewächshäusern. Als sie Platz nahmen, stellte sich der Mann vor: „My Name is Hans Wilkinson, aber geboren wurde ich 1940 in Düsseldorf unter dem Namen Hans Rennefeld!" Die Jugendlichen stellten sich alle mit Vornamen vor. „Was machen sie hier, Mr. Wilkinson?", fragte Jasmin. „Du kannst Hans zu mir sagen. Ich suche meine Familie!" Die Gruppe blickte ihn fragend an. „Familie? Sind die denn hier alle in der Ballerburg?", kam es von Francesco. Der Amerikaner lachte auf und aus seinen Augenwinkeln rannen zwei kleine Tränen. „Ja und nein, meine jungen Freunde. Aber das ist eine lange Geschichte!" Er trank einen Schluck von dem heißen, süßen Pfefferminztee, den Tarek ebenfalls mitgebracht hatte. „Bitte, erzählen sie, wir haben Zeit!"

Wilkinson zögerte, atmete schwer auf und begann dann: „It is a matter of … Es handelt sich um das Projekt T4 …" Tarek warf ein: „Das kenn isch, T4 …

Terminator 4, echt voll krass, der Film. Mit Robotern und Kanonen, die alles platt machen. Bäng! BOOM! Bäng!" Dabei imitierte er eine in der Hüfte gehaltene Maschinenpistole. Wilkinson schüttelte nachdenklich den Kopf. „Nein, so nicht – oder doch ein wenig so! Aber das kommt später. Soll ich weitererzählen?" Die andern Vier nickten und straften Tarek mit Blicken, ab sofort den Mund zu halten.

„Ich bin Chief Sergeant Major der US-Marines und habe dem kompletten Krieg in Vietnam mitgemacht. Später war ich im Ausbildungscamp Pendleton Instruktor für waffenlose Selbstverteidigung!" Dabei grinste er in Tareks Richtung, der sich das hämische Grinsen seiner Freunde und ein verständnisvolles Schulterklopfen von Jasmin gefallen lassen musste.

„Aber was hat das mit ihrer Familie zu tun?" „Das Marine Corps war meine zweite Familie. Von meiner ersten erzähle ich euch jetzt! Schaut mal, wie sieht meine Haut aus, was sagt ihr?" Tanja zögerte und sagte dann: „Alt, faltig und dunkel!" Wilkinson nickte: „Ja, genau! Ich bin ein halber Farbiger, ein Nigger, wie man bei uns noch heute in den Südstaaten sagt! Mein Daddy war der Sohn eines somalischen Stammeshäuptlings, der im Rahmen der sogenannten „Völkerschauen" im Zirkus Hagenbeck auftrat. Das war bis 1939. Dann wurde er rausgeschmissen. Da es ihm aber in Deutschland an sich gut gefiel, blieb er hier. Hier gab es wenigstens zu essen und er hatte es warm. In Somalia waren große Teile seiner Familie verhungert. Er schlug sich als Gelegenheitsarbeiter durch, was immer schwerer unter den Nazis wurde. Daddy kam ins Rheinland und verliebte sich in Düsseldorf in eine Frau aus guter Familie. Ihre Eltern waren natürlich gegen eine Verbindung mit einem Neger. Sie waren stramme Nazis und als ihre Tochter nicht gehorchen wollte, da zeigten sie meinen Vater bei der Gestapo an. Da war meine Mama aber schon schwanger mit mir. Das nannte man damals Rassenschande, eines der schlimmsten Verbrechen."

„Was ist denn daran so schlimm, ein Kind von einem Farbigen?", fragte Tanja und die anderen nickten. Traurig blickte der Alte nacheinander seine Gegenüber an. „Moment mal, mal sehen, ob ich das noch richtig hinbekomme! Tarek … Mokkalöffel, Ölauge – Lars … Krautfresser, Nazisau – Francesco … Spaghettifresser – Tanja und Jasmin, woher kommen eure Familien?" Nahezu sprachlos von den Schimpfworten kam nur: „Russland – Polen!" „Na bitte, Russenschlampe und Pollackenjule!" Die Jungen wollten den Alten bedrängen, aber der hob abwehrend die Hände. „Das ist nicht meine Meinung, sondern ich will euch klar machen, wie damals über Ausländer oder Fremde gedacht und gesprochen wurde!" Tarek meinte nachdenklich: „Nicht viel anders als heute!" Wilkinson fuhr fort. „Die Schwangerschaft blieb natürlich nicht unbemerkt und meine Mutter wurde von ihren Eltern empört rausgeworfen. Meine Eltern hatten das Glück, in einem Schrebergarten in Derendorf Unterschlupf zu finden. Der gehörte der Familie einer von Mamas Schulfreundinnen. Und dann machte Mama eines

Tages einen Fehler. Kurz nachdem sie mich in dieser Laube auf die Welt gebracht hatte, Daddy hatte ihr dabei geholfen, ging sie in die Stadt, um etwas zum Essen zu organisieren. Dabei muss sie von anderen Menschen im Schrebergarten beobachtet worden sein. Diese haben dann die Polizei geholt und sie wurde von der Gestapo verhaftet. Uns wollte man auch holen, aber Daddy schaffte es gerade noch zu entkommen. Er schlug sich durch bis in den Hafen und konnte dort auf einen holländischen Frachter flüchten. Die Bootsleute waren sehr nett und haben uns versteckt und versorgt. Nachts ist Daddy los und hat versucht rauszubekommen, was mit Mama passiert ist. Von ihren Eltern hat er dann alles erfahren. Und sie haben die Polizei gerufen, damit sie ihn fangen. Daddy konnte noch einmal entkommen. Ich habe ihn später oft gefragt, warum er Mama nicht geholfen hatte. Er sagte nur: es waren zu viele Feinde, ich konnte sie nicht alle besiegen. Und dann warst da ja auch noch du und ich war für dich verantwortlich. Die Holländer nahmen uns mit nach Rotterdam und schafften uns auf einen amerikanischen Frachter, mit dem wir in die USA entkamen. Daddy wurde Küchenhilfe und später Koch beim Militär und ich wurde Berufssoldat. That's all, my friends, the story of my life!"

Fragend blickten ihn die Jugendlichen an: „Aber das kann doch nicht alles gewesen sein! Was wurde aus ihrer Mutter?" Wilkinson atmete schwer, schloss die Augen und lehnte sich zurück. „Ihr habt doch bestimmt in der Schule mal das Wort Euthanasie gehört? Damit bezeichneten die Nazis die Tötung von sogenanntem „unwerten Leben“. Dazu gehörten geistig und körperlich Behinderte, Menschen die länger als fünf Jahre in einer Anstalt gewesen waren, und sogar Menschen, die nicht die deutsche Staatsangehörigkeit besaßen oder nicht „artverwandten Blutes“ waren. Das war das T4-Projekt, benannt nach den Standort der entscheidenden Behörde, der Tiergartenstraße in Berlin. Meine Mutter hatte ein Kind von einem Schwarzen bekommen, einem Nigger, weniger wert als ein Stück Vieh. Das nannte man Rassenschande. Da man der Ansicht war, dass so etwas niemand freiwillig tun würde, der bei Verstand war, wurde meine Mutter nach Grafenberg, die Irrenanstalt, eingewiesen. Die meisten anderen Patienten wurden mit Giftspritzen oder mit Gas getötet. Am Anfang hat man Mama noch behandelt und grauenhafte Versuche mit ihr angestellt, aber als dann der Krieg auch nach Deutschland kam, wurden Medikamente und Nahrung knapp. 1945 kam dann der Befehl aus Berlin, dass alle Patienten, die nicht kriegswichtig waren, von der Versorgung aus-zuschließen seien. Das hieß auch: kein Essen mehr! Ich habe es in den Akten in Berlin gelesen, sie haben meine Mama ans Bett gefesselt und sie einfach verhungern lassen!“ Die Stimme des Alten war rau geworden und jetzt stockte er schwer atmend. Als er wieder die Augen öffnete, rannen Tränen durch das faltige Gesicht. Die Jugendlichen saßen stumm mit entsetzten Gesichtern vor ihm. „Die hätt isch platt gemacht, die Nazischweine!"; rief Tarek aus und sprang auf.

Hans Wilkinson erhob sich, ging auf Tarek zu und tätschelte liebevoll mit einer Hand dessen Wange. Dann ergriff er dessen Hand und zog ihn mit sich zu den in den Boden eingelassenen Steinen. Die Anderen folgten den beiden. Vor einem Stein blieb Wilkinson stehen und deutete nach unten. „Da liegt meine Mama, verhungert in einem Krankenhaus in Düsseldorf, ein deutsches junges Mädchen!" Er schluckte schwer und wandte sich um. Tanja und Jasmin rannen ebenfalls Tränen über das Gesicht, Lars und Francesco kämpften noch dagegen an und Tarek stand wie erstarrt an der Hand des Alten. „Achtet IHR darauf, dass so etwas nie wieder passiert. Es liegt in eurer Hand und Verantwortung!"

Die jungen Leute traten zusammen vor und blickten auf den Grabstein. Dort stand ein Name und ein paar Zahlen: Gabriele Rennefeld, geboren 17. März 1918, gestorben 1945. Düsseldorf Grafenberg

Sie wandten sich um und wollten Wilkinson noch so vieles fragen, aber der Alte war inzwischen in dem aufkommenden Herbstnebel wie ein Geist verschwunden.

Nachwort

Es sind oft genug die kleinen Dinge im Leben, die in der Rückschau betrachtet von großem Wert sind: das erste Mal Fahrradfahren ohne Stützräder oder Hilfe, der erste Sprung vom Drei-Meter-Brett im Schwimmbad, das erste Auffordern eines Mädchens zum Tanz, der erste Kuss … all dies speichern wir in unserem Gedächtnis. Diese Dinge prägen uns unbewusst und tragen zu der Persönlichkeit bei, zu der man sich mit den Jahren entwickelt.

Mit diesem Buch habe ich Ereignisse dieser Art zu Papier gebracht, die mich zu dem Mann gemacht haben, der ich heute bin. Insofern habe ich Ihnen, meine Leserinnen und Leser, einen besonders tiefen Blick in mein Seelenleben zugestanden. Vielleicht erleichtert Ihnen diese Erfahrung den Zugang zu meinen Kriminalromanen, die sicherlich oftmals sehr hart oder grausam erscheinen mögen.

Im besten Fall erkennen Sie sich in der einen oder anderen Situation selbst wieder, nicken und lächeln und denken: ja, DAS hätte auch bei mir so sein können!

Wenn ich Sie mit dieser „Playlist meines Lebens" unterhalten, zu Tränen rühren, zum Nachdenken bringen konnte oder zum Kopfschütteln … dann sollte mich das sehr freuen, denn dann habe ich einen guten Job gemacht.

Herzliche Grüße aus Düsseldorf sendet Ihnen

Jörg Marenski